BASTEI
LÜBBE

NICHOLAS MEYER
im BASTEI-LÜBBE-Programm:

13 596 Sherlock Holmes und das
Phantom der Oper

NICHOLAS MEYER

Aus den Memoiren von
JOHN H. WATSON

SHERLOCK HOLMES UND DER FALL SIGMUND FREUD

Ins Deutsche übertragen
von Victoria Wocker
Bearbeitet und ergänzt
von Stefan Bauer

BASTEI LÜBBE

BASTEI-LÜBBE-TASCHENBUCH
Band 13 648

Erste Auflage:
Mai 1995

Deutsche Lizenzausgabe 1995
Bastei-Verlag Gustav H. Lübbe
GmbH & Co., Bergisch Gladbach
Originaltitel:
The Seven-Per-Cent-Solution

Lektorat: Stefan Bauer
Zeichnungen und Vignetten:
Fabian Fröhlich
Titelbild: Louis Royo,
Norma Agency, Barcelona
Umschlaggestaltung:
Quadro Grafik, Bensberg
Satz: KCS GmbH,
Buchholz/Hamburg
Druck und Verarbeitung:
Brodard & Taupin, La Flèche,
Frankreich
Printed in France

ISBN 3-404-13648-9

Der Preis dieses Bandes
versteht sich einschließlich der
gesetzlichen Mehrwertsteuer.

Für Sally

VORWORT

Ohne Zweifel wird die literarische Welt das Auftauchen eines unveröffentlichten Manuskripts von John H. Watson mit ebensoviel Skepsis wie Erstaunen begrüßen. Sie würde sich wohl eher mit der Entdeckung einer weiteren Schriftrolle vom Toten Meer abfinden als mit einem erneuten Werk aus der Feder des unermüdlichen Biographen.

Gewiß, es gibt eine Flut von Fälschungen – manche davon nicht schlecht, andere einfach läppisch –, und so wird das Erscheinen einer neuen, als authentisch ausgegebenen Chronik bei der seriösen Forschung wohl auf gelangweilte Ablehnung stoßen. Woher stammt sie, und warum wurde sie nicht früher gefunden? Das sind die unvermeidlichen Fragen, die der Gelehrte sich stellen wird, bevor er damit beginnt, die Myriaden von Fehlern und Widersprüchen in Stil und Inhalt aufzudecken und das Manuskript als Schwindel zu entlarven.

Was das vorliegende Dokument angeht, so ist es nicht von Bedeutung, ob ich es für echt halte, was ich übrigens tue. In meinen Besitz gelangt ist es durch einen klaren Fall von Vetternwirtschaft, was der im folgenden ungekürzt abgedruckte Brief meines Onkels bezeugt.

London, 7. März 1970

Lieber Nick,
ich weiß, daß Deine Zeit so knapp ist wie die meine, ich komme also gleich zur Sache. (Und keine Sorge, das

anliegende Paket soll nicht beweisen, wie lustig und/oder leicht das Leben eines Börsenmaklers ist.)

Vinny und ich haben vor drei Monaten ein Haus in Hampshire gekauft – von einem Witwer namens Swingline (ob Du es glaubst oder nicht). Der arme Mann hatte gerade seine Frau verloren – sie war, soweit ich weiß, erst um die Fünfzig – und war ganz gebrochen. Er wollte so schnell wie möglich ausziehen. Sie hatten das Haus seit dem Krieg bewohnt, und er konnte sich nicht dazu überwinden, den Speicher zu betreten. Alle wichtigen Effekten und Dokumente bewahrte er im Haus selbst auf (wieviel sich doch in einem Leben ansammelt), und er schlug uns vor, den Speicher selbst aufzuräumen und alles zu behalten, was wir brauchen konnten.

Na, man hat nicht oft Gelegenheit, im Trödel anderer Leute zu kramen und sich zu nehmen, was man will, aber ich muß ehrlich sagen, daß mir der Gedanke immer weniger behagte. Der Speicher stand gerammelt voll mit Möbeln, Nippes, Stehlampen, verstaubten Gegenständen aller Art, sogar alten Schrankkoffern(!), aber irgendwie war es mir unangenehm, in der Vergangenheit des armen Swingline zu stöbern, selbst mit seiner Zustimmung.

Vinny empfand das zwar auch, aber ihr häuslicher Instinkt war stärker. Sie hoffte – immer die heutigen Möbelpreise vor Augen –, dort oben etwas für unsere Einrichtung zu finden. Außerdem wollte sie einige unserer eigenen Sachen verstauen. Sie verschwand also nach oben und kam, schwarz wie ein Schornsteinfeger und halb erstickt von Staub, wieder herunter. Ich will Dich nicht mit Einzelheiten langweilen, aber wir fanden das anliegende Dokument, fotokopierten es und schicken es Dir hiermit zu. Offensichtlich war die verstorbene Mrs.

Swingline Sekretärin (ihr Mädchenname war Dobson) und arbeitete in dieser Eigenschaft im Aylesworth House, einem Altersheim, das kürzlich vom Nationalen Gesundheitsdienst übernommen worden ist (hurra, hurra). Sie half dort unter anderem den Patienten mit Briefen und dergleichen, und im Rahmen dieser Tätigkeit schrieb sie auf ihrer Schreibmaschine (die sich übrigens auch – in erstklassigem Zustand – auf dem Speicher fand) das beigefügte Manuskript nach dem Diktat eines gewissen ›Dr. John H. Watson‹, wie er sich selbst nennt.

Ich nahm mir Zeit mit dem Lesen und hatte schon drei Seiten dessen hinter mir, was er seine ›Einführung‹ nennt, bevor mir klar wurde, um was es sich da handelte. Natürlich kam mir der Gedanke, es könne irgendein erfolgloser Schwindel sein, der schließlich auf dem Dachboden endete; also versuchte ich, Näheres herauszufinden. Zunächst einmal stellte ich fest, daß Swingline überhaupt nichts von der Sache wußte. Ich befragte ihn unauffällig, doch er konnte sich weder erinnern noch zeigte er das geringste Interesse. Dann bat ich die Verwaltung von Aylesworth House, ihre Unterlagen für mich durchzusehen. Es war ein bißchen unsicher, ob so alte Akten noch komplett sein würden – der Krieg hatte alles durcheinandergebracht –, aber ich hatte Glück. Im Jahr 1932 war ein Dr. John H. Watson eingeliefert worden (mit schwerer Arthritis), und seinem Gesundheitszeugnis war zu entnehmen, daß er bei den Fünften Northumberland-Füsilieren gedient hatte. Jetzt konnte – jedenfalls für mich – kein Zweifel mehr herrschen, und ich hätte mir gerne die näheren Einzelheiten angesehen (wüßtest Du nicht auch gerne, wo Watson *wirklich* verwundet wurde?), aber die Oberschwester ließ es nicht zu. Sie sagte, die Akte sei vertraulich, und sie habe keine Zeit herumzustehen (o Bürokratie, wo wäre der staatliche Gesundheitsdienst ohne dich?).

Wie dem auch sei, die Authentizität des Manuskripts scheint mir so gut wie bestätigt. Du kannst damit tun, was Du für richtig hältst. Du bist der Sherlock-Holmes-Spezialist in der Familie und weißt sicher den besten Weg. Kommt etwas dabei heraus, dann teilen wir uns den Gewinn.

Herzlichst
Dein Henry

PS Vinny sagt, sie müsse auch beteiligt werden – sie habe es gefunden.
PPS Wir haben das Originalmanuskript behalten. Wir wollen sehen, ob Sotheby es versteigert.

Authentisch oder nicht, das Manuskript bedurfte der Überarbeitung. Eine endgültige Ausgabe des Plutarch könnte dem Herausgeber keine schwereren Probleme bereiten als dieses ans Licht der Welt gelangte Werk Watsons. Ich korrespondierte ausgiebig mit zahllosen Sherlock-Holmes-Fachleuten; sie alle haben mir mit unschätzbaren Ratschlägen, Kommentaren und Hinweisen geholfen. Nur das Buch selbst kann den Dank ausdrücken, den ich ihnen schuldig bin. Mit ihrer Hilfe konnte ich Dr. Watsons Niederschrift zu einer zusammenhängenden Erzählung gestalten.

Aus unbekannten Gründen hat Watson (soviel ich weiß) das Manuskript niemals redigiert. Vielleicht waren es sein eigener Tod oder auch die Unruhen des Krieges, die ihn daran hinderten. Ich habe mich also bei der Fertigstellung des Buches an seine Stelle versetzt. Ich habe Überflüssiges gestrichen. Alte Leute tendieren dazu, sich zu wiederholen, und obwohl Watsons Gedächtnis offensichtlich intakt geblieben war, hatte er eine Neigung, auf Einzelheiten herumzureiten. Außerdem habe ich Stellen weggelassen, in denen er von seiner Erzählung abschweift und sich ungehemmt in den dazwischen liegenden Jahren ergeht. (Diese Erinnerungen selbst sind nicht uninteressant, und ich werde sie späteren Ausgaben als Anhang beifügen.) Fußnoten, die den Leser meist nur irritieren, habe ich so kurz und einfach wie möglich gehalten.

Davon abgesehen, habe ich nicht viele Änderungen vorgenommen. Der Doktor war ein erfahrener Erzähler und bedurfte meiner Hilfe nicht. Hier und da habe ich der Versuchung nachgegeben, etwas umständliche Wendungen zu verbessern (was der gute Doktor sicherlich auch selbst getan haben würde). Sonst aber ist alles so, wie der getreue Watson es niederschrieb.

Nicholas Meyer

EINFÜHRUNG

Jahrelang ist mir das große Glück zuteil gewesen, meinem Freund Mr. Sherlock Holmes als Zeuge, Chronist und Assistent bei den Fällen dienen zu dürfen, die ihm in seiner ungewöhnlichen Eigenschaft als beratender Detektiv übertragen wurden. In der Tat war Mr. Holmes 1881*, als ich unseren ersten gemeinsamen Fall zu Papier brachte, der *einzige* beratende Detektiv der Welt. Das hat sich mit den Jahren geändert, und heute, im Jahre 1939, haben Detektive (wenn sie auch nicht immer so genannt werden) Hochkonjunktur innerhalb und außerhalb der Polizei in fast jedem Lande der sogenannten zivilisierten Welt. Erfreulicherweise verwenden viele von ihnen die Methoden und Techniken, die mein Freund vor so langer Zeit als erster entwickelte – obwohl nicht alle den Anstand besitzen, die enormen Verdienste des genialen Mannes zu würdigen.

* ›Eine Studie in Scharlachrot‹, von Watson gleich nach der Abwicklung des Falles im Jahre 1881 verfaßt, wurde erst im Dezember 1887 veröffentlicht, und zwar unter dem Pseudonym A. Conan Doyle in Beetons ›Christmas Annual‹. N. M.

Ich habe immer versucht, Holmes als das darzustellen, was er war: eine sehr reservierte Persönlichkeit, gelegentlich zurückgezogen bis zur Exzentrizität. Er legte Wert darauf, kühl und distanziert zu wirken wie eine Denkmaschine, die keinerlei Kontakt zu dem hat, was er als die vulgäre Realität physischer Existenz betrachtete. Den Ruf, kalt und gefühllos zu sein, hatte er sich ausschließlich und absichtlich selbst geschaffen. Es waren auch nicht seine Freunde – deren er, wie ich zugebe, wenig hatte – noch sein Biograph, die er von dieser Seite seines Charakters überzeugen wollte. Es war er selbst.

Seit seinem Tod sind zehn Jahre vergangen, die mir reichlich Gelegenheit gegeben haben, über seinen Charakter nachzudenken. Und mir ist klargeworden, was ich eigentlich immer gewußt habe – sozusagen ohne es zu wissen –: Holmes war ein zutiefst leidenschaftlicher Mensch. Er versuchte, seine Anfälligkeit für Emotionen beinahe physisch zu unterdrücken. Holmes empfand Gefühle als störend, ja als bedrohlich. Er war überzeugt davon, daß sie das für seine Arbeit erforderliche präzise Denken herabmindern würden, und er war entschlossen, dagegen anzugehen. Er wich allen Empfindungen aus; die seltenen Anlässe, bei denen sich die Schleusen öffneten und seine Gefühle offenbar wurden, hatten etwas Erschreckendes. Es war, als beobachte man das Zucken leuchtender Blitze über einer dunklen Ebene.

Um solche Ausbrüche zu vermeiden – deren Plötzlichkeit nicht nur andere, sondern auch ihn selbst aus dem Gleichgewicht brachte –, verfügte Holmes über einen wahren Hort von Hilfsquellen, die (ob er es nun zugab oder nicht) ganz der Erleichterung seiner emotionalen Spannungen dienten. Sein eiserner Wille hatte die konventionellen Möglichkeiten des Selbstausdrucks längst ausgemerzt, und er nahm Zuflucht zu abstrusen und oft sehr übelriechenden chemischen Experimenten; er improvisierte stundenlang auf der Geige (ich habe meiner Bewunderung für sein musikalisches Talent andernorts Ausdruck verliehen); oder er verzierte die Wände unserer Wohnung in der Baker Street mit Einschüssen aus seiner Pistole, die oft die Initialen unserer allergnädigsten Herrscherin bildeten, der Königin Victoria, oder irgendeiner anderen Standesperson, die seinen ruhelosen Geist gerade beschäftigte.

Außerdem nahm er Kokain.

Es mag manchem merkwürdig erscheinen, daß ich eine neue Chronik in so umständlicher Weise beginne. Ja, daß ich überhaupt noch eines seiner Abenteuer niederschreibe, mag befremden. Ich will versuchen, die Ursprünge der Erzählung und die Verspätung zu erklären, mit der ich sie dem Leser unterbreite.

Die Hintergründe dieses Manuskripts haben mit denen vergangener Fälle nicht das geringste gemein. In allen meinen anderen Aufzeichnungen habe ich mich ständig meiner Notizen bedient. Während der Zeit, in der das hier Niedergeschriebene sich ereignete, habe ich mir überhaupt nichts notiert. Diese meine scheinbare Pflichtvergessenheit hatte zwei gute Gründe. Erstens begann der Fall unter so außergewöhnlichen Umständen, daß er schon weit fortgeschritten war, bevor ich ihn überhaupt als solchen erkannte. Zweitens war ich aus vielen Gründen davon überzeugt, daß dieses Abenteuer für immer geheim bleiben müsse.

Daß ich mich in dieser Annahme irrte, bezeugt das vorliegende Manuskript. Und obwohl ich aus moralischen Gründen davon überzeugt war, daß sich nie Gelegenheit zu einer Publizierung finden würde, hatte ich

Grund, auch seine geringsten Einzelheiten niemals zu vergessen. Ich kann sagen, daß jedes Detail meinem Gedächtnis eingegraben ist bis zu meinem Tode, möglicherweise sogar darüber hinaus; allerdings ist Metaphysik nicht meine Stärke.

Die Gründe für die verspätete Veröffentlichung sind komplexerer Art. Ich habe schon erwähnt, daß Holmes ein reservierter Mann war, und gerade dieser Fall kann ohne eine Analyse seiner Persönlichkeit, die ihm zu Lebzeiten widerwärtig gewesen wäre, nicht festgehalten werden. Allerdings war das nicht das einzige Hindernis. Sonst hätte ich dies schon vor zehn Jahren niedergeschrieben, als er in den von ihm so geliebten Hügeln von Sussex seinem Ende entgegensah. Auch hätte ich mich nicht geschämt, das Buch, wie es so schön heißt, ›über seine Leiche hinweg‹ zu schreiben. Denn Holmes war äußerst skeptisch, was sein jenseitiges Leben betraf. Es bekümmerte ihn nicht im geringsten, ob seine irdischen Werke ihm auf der Reise in jenes unbekannte Land nachfolgen würden, von dem kein Wanderer je zurückkehrt.

Nein, der Grund ist, daß ein Zweiter in den Fall verwickelt war. Und es war der Respekt vor dem Betreffenden und Sorge um seinen guten Ruf, die Holmes veranlaßten, mir das heilige Versprechen abzunehmen, bis zum Ableben jenes Mannes nichts über die Sache zu verlautbaren. Sollte ich vorher sterben, dann war eben nichts zu ändern.

Aber das Schicksal hat zugunsten der Nachwelt entschieden. Die erwähnte Persönlichkeit ist vor vierundzwanzig Stunden gestorben. Und während die Welt noch von Lobpreisungen (von manchen Seiten auch von Verdammungen) widerhallt, während in aller Eile Biographien und Rückblicke gedruckt und veröffentlicht werden, beeile auch ich mich das niederzuschreiben, was außer mir niemand weiß, solange ich noch die nötigen Kräfte besitze (denn ich bin siebenundachtzig, und das ist ein hohes Alter).

Solch eine Enthüllung muß natürlich Kontroversen auslösen, um so mehr, da aus ihr auch hervorgeht, daß ich zwei berühmte Fälle einfach erfand. Einige meiner aufmerksamen Leser haben immer wieder auf die angeblichen Widersprüche in meinen Schriften, auf meine nicht immer korrekten Namen und Daten hingewiesen und allerhand Beweise dafür vorgelegt, daß ich ein stümperhafter Narr oder zumindest ein zerstreuter und kindsköpfiger Greis sei. Die klügeren – oder vielleicht auch nachsichtigeren – unter den Kennern meiner Werke vertreten die Meinung, daß meine Irrtümer absichtliche Irreführungen seien. Es ist nicht meine Absicht, hier etwas richtigzustellen. Eine entschuldigende Erklärung muß genügen: Ich habe die Fälle oft in größter Eile aufgezeichnet und manchmal den einfachsten Ausweg gewählt, wenn Takt und Diskretion eine Verschleierung geboten. Rückblickend stelle ich fest, daß es einfacher gewesen wäre, die Wahrheit zu schreiben. Aber dazu besaß ich weder die Dreistigkeit noch, in manchen Fällen, die Skrupellosigkeit.

Aber die erwähnten scharfsinnigen Leser haben niemals jene beiden Fälle verdächtigt, die tatsächlich aus der Luft gegriffen waren. Ich spreche nicht von Fälschungen aus fremder Hand, von albernen Machwerken wie ›Die Mähne des Löwen‹, ›Der dunkelblaue Stein‹, ›Der kriechende Mann‹ und ›Die drei Giebel‹.

Ich meine ›Das letzte Problem‹ mit seiner Beschreibung des tödlichen Duells zwischen Holmes und seinem Erzfeind, dem üblen Professor Moriarty, und ›Das leere

Haus‹, in dem das dramatische Wiederauftauchen Sherlock Holmes' und seine dreijährigen Wanderungen durch Europa, Afrika und Indien geschildert sind. Ich habe die beiden Fälle gerade wieder durchgelesen und muß sagen, daß ich über meine eigene Ungeschicklichkeit entsetzt bin. Wie konnte meinen Lesern die Übertriebenheit meiner Beteuerungen entgehen, daß es sich um ›die Wahrheit‹ handle? Und die theatralischen Stilblüten, die so viel mehr Holmes' Geschmack entsprachen als meinem? (Denn obwohl er sich als kalter Logiker ausgab, hatte er einen Hang zum Romantischen und Melodramatischen.)

Sherlock Holmes hat es oft genug gesagt: Indizien, die eindeutig in eine Richtung zu zeigen scheinen, können plötzlich das Gegenteil bedeuten, wenn man sie aus leicht veränderter Perspektive betrachtet. So ist es auch beim Schreiben. Meine wiederholten Versicherungen, daß ›Das letzte Problem‹ die ungetrübte Wahrheit enthalte, hätte bei meinen Lesern Verdacht erwecken sollen.

Ich bin jedoch froh, daß es unterblieb; denn wie man sehen wird, war Geheimhaltung von größter Wichtigkeit. Jetzt, da die von Holmes gestellten Bedingungen erfüllt sind, kann ich die Wahrheit berichten.

Ich habe einfließen lassen, daß ich siebenundachtzig Jahre alt bin, und obwohl mein Verstand mir sagt, daß mein Ende nahe ist, sind meine Gefühle nicht auf den Tod eingestellt, genausowenig wie bei jemandem, der erst halb so alt wie ich ist – oder sogar noch jünger. Dennoch muß ich meinen Jahren die Schuld geben, daß der vorliegenden Erzählung die Prägnanz meines gewohnten Stils abgeht. Zum Teil liegt das auch daran, daß ich seit Jahren nicht mehr geschrieben habe. Auch daß ich ohne Notizen arbeiten mußte, hat sich auf das Buch ausgewirkt, sei mein Gedächtnis noch so gut.

Eine andere Ursache für meinen veränderten Stil ist, daß ich meiner Arthritis wegen nicht mehr selbst schreiben kann und diesen Text einer liebenswürdigen Dame, einem Fräulein Dobson, diktieren muß. Sie hält alles in einer Art verkürzter Schlüsselschrift fest und wird es, wie sie sagt, anschließend ins Englische übertragen.

Schließlich mag mein Stil verändert erscheinen, weil dieses Abenteuer keinem anderen gleicht, das Sherlock Holmes je zu bestehen hatte. Einen Fehler werde ich nicht wieder begehen: Ich werde nicht versuchen, die Skepsis meiner Leser damit zu beschwichtigen, daß ich das vorliegende als die Wahrheit ausgebe.

John H. Watson, M. D.
Aylesworth Home
Hampshire, 1939

Teil EINS

DAS PROBLEM

KAPITEL EINS

Professor Moriarty

Im Vorwort zu meinem Buch ›Das letzte Problem‹ habe ich bereits erwähnt, daß meine Verheiratung und die darauf folgende Eröffnung einer Privatpraxis eine subtile, doch bemerkbare Änderung meiner Freundschaft mit Sherlock Holmes herbeiführten. Zunächst besuchte er mich regelmäßig in meinem neuen Heim, und ich erwiderte diese Visiten nicht selten mit kurzen Aufenthalten in den alten Räumen in der Baker Street. Dann saßen wir vor dem Kamin, rauchten unsere Pfeifen, und Holmes berichtete mir von seinen neuesten Fällen.

Aber dabei blieb es nicht lange. Holmes' Besuche wurden immer sporadischer und kürzer. Und mit dem Anwachsen meiner Praxis wurde es auch schwieriger für mich, diese seltenen Besuche zu erwidern.

Im Winter 90/91 sah ich ihn überhaupt nicht; ich entnahm lediglich den Zeitungen, daß er in Frankreich mit einem Fall beschäftigt war. In zwei kurzen Schreiben – das eine in Narbonne, das andere in Nimes datiert – teilte er mir mit, was er zu der Sache zu sagen bereit war. Und das war nicht viel. Offenbar war seine Zeit mit anderen Dingen ausgefüllt.

Ein regenreicher Frühling trug dazu bei, meine kleine, aber solide Praxis zu erweitern, und es wurde April, ohne daß ich von Holmes gehört hatte. Es war, in der Tat, der 24. April, und ich war soeben dabei, die Unordnung eines Arbeitstages aus meinem Praxisraum zu entfernen (den Luxus einer Sprechstundenhilfe konnte ich mir noch nicht leisten), als mein Freund eintrat.

Ich war erstaunt, ihn zu sehen – nicht etwa wegen der späten Stunde seines Besuches (denn ich war an sein Kommen und Gehen zu allen möglichen Zeiten gewöhnt), sondern wegen der Veränderung, die mit ihm vorgegangen war. Er schien schmaler und bleicher als gewöhnlich – dabei war er ohnehin immer hager und blaß. Seine Haut war von eindeutig ungesunder Blässe, und seine Augen ließen das gewohnte Funkeln vermissen. Statt dessen rollten sie ruhelos in den Höhlen und – so schien es – nahmen ihre Umgebung in sich auf, ohne sie wirklich zu sehen.

»Haben Sie etwas dagegen, daß ich die Läden schließe?« – Das waren praktisch seine ersten Worte. Bevor ich antworten konnte, schob er sich mit großer Geschwindigkeit an der Wand entlang, warf mit einem plötzlichen Ruck die Läden zu und verriegelte sie sorgfältig. Zum Glück brannte eine der Lampen im Zimmer, und bei ihrem Licht sah ich die Schweißperlen über sein Gesicht rinnen.

»Luftgewehre.« Er nahm eine Zigarette aus der Tasche und suchte mit unsicheren Händen nach einem Streichholz. Ich hatte ihn noch nie so nervös gesehen.

»Hier.« Ich gab ihm Feuer. Über die unruhige Flamme hinweg sah er mich einen Augenblick lang scharf an; er hatte mein basses Erstaunen über sein Benehmen ganz zweifellos wahrgenommen.

»Entschuldigen Sie den späten Besuch!« Er zog mit einem raschen Zurückwerfen des Kopfes dankbar den Rauch ein. »Ist Mrs. Watson zu Hause?« fuhr er fort, bevor ich auf seine Entschuldigung eingehen konnte. Er ging in dem kleinen Raum auf und ab, ohne auf meine erstaunten Blicke zu achten.

»Sie ist ausgegangen.«

»In der Tat! Sind Sie allein?«

»Ja.«

So plötzlich, wie er begonnen hatte, hielt er inne und blickte mich an. Er sah den Ausdruck in meinem Gesicht, und der seine milderte sich.

»Mein Guter, ich bin Ihnen eine Erklärung schuldig. Sie müssen all dies äußerst bizarr finden.«

Ich war gerne bereit, das zuzugeben, und lud ihn ein, sich ans Feuer zu setzen und einen Brandy mit mir zu trinken. Er erwog den Vorschlag, mit einem konzentrierten Gesichtsausdruck, der komisch gewesen wäre, hätte ich ihn nicht als einen Mann gekannt, der sich niemals über Kleinigkeiten aufregte. Er gab schließlich seine Zustimmung unter einer Bedingung: Er wollte mit dem Rücken zum Kamin auf dem Boden sitzen.

Als wir uns mit unseren Gläsern vor dem frisch geschürten Feuer im Wohnzimmer niedergelassen hatten – ich in meinem Armsessel und Holmes auf dem Fußboden –, wartete ich neugierig auf eine Erklärung. Er nahm einen oder zwei Schluck Brandy und kam direkt zur Sache.

»Haben Sie jemals von Professor Moriarty gehört?« fragte er.

Ich kannte diesen Namen allerdings, verschwieg es aber. Moriarty, den Namen hatte ich ihn manchmal ausrufen hören, wenn er sich in den Paroxysmen einer Kokain-Injektion befand. Wenn die Wirkung der Droge nachgelassen hatte, erwähnte er den Mann jedoch nie. Und obwohl ich ihn schon immer gerne nach dem Namen und seiner Bedeutung gefragt hätte, war es nie dazu gekommen. Es war etwas in Holmes' Gebaren, das solche Fragen ausschloß. Er wußte ohnehin, daß ich seine widerliche Angewohnheit von Herzen ablehnte, und ich hatte nicht den geringsten Wunsch, diesen Streitpunkt zwischen uns zu vergrößern, indem ich auf sein Verhalten unter dem Einfluß des Rauschgifts Bezug nahm.

»Niemals.«

»Ah, genau das ist das Geniale und das Erstaunliche an ihm!« Er sprach mit Nachdruck, jedoch ohne seine Stellung vor dem Kamin zu verändern. »Der Mann durchdringt London – ja, die ganze westliche Welt –, und niemand hat je von ihm gehört.« Er stürzte sich in einen fast endlosen Monolog über den ›Professor‹. Ich traute meinen Ohren kaum und lauschte mit wachsender Verwunderung und böser Ahnung der Beschreibung seines bösen Genius, seiner Nemesis, wie er es nannte. Die Gefahr, die ihm von Luftgewehren drohte, vergaß er dabei ganz (er wäre allerdings zu dieser Stunde und in diesem Licht in meinem Wohnzimmer ohnehin ein schlechtes Ziel gewesen). Er stand auf, und während er zu dem ruhelosen Aufundabschreiten zurückkehrte, schilderte er mir die Einzelheiten einer Laufbahn voll jeder erdenklichen Verdorbenheit und Scheußlichkeit. Er berichtete, daß Moriarty aus einer guten Familie stammte und daß er, von Natur aus mit phänomenaler mathematischer Begabung versehen, eine vorzügliche Erziehung genossen hatte. Im Alter von einundzwanzig Jahren hatte er eine Arbeit über den Binomischen Lehrsatz verfaßt, die sich großen Erfolges in ganz Europa erfreute. Infolgedessen hatte er den Lehrstuhl für Mathematik an einer der kleineren englischen Universitäten erhalten. Aber der Mann besaß, zusammen mit seiner unglaublichen Geistesschärfe, erbliche Anlagen teuflischer Art. Es dauerte nicht lange, bis dunkle Gerüchte über ihn sich in der Universitätsstadt verbreiteten, und er mußte schließlich den Lehrstuhl aufgeben und nach London ziehen, wo er sich als Mathematiklehrer für die Armee niederließ.

»Aber das war nur Tarnung.« Holmes beugte sich nach vorne und starrte mir ins Gesicht, wobei er seine Hände auf meine Stuhllehne stützte. Selbst im Dämmerlicht konnte ich erkennen, wie seine Pupillen sich mit ruheloser Intensität erweiterten. Und schon hatte er sein enervierendes Aufundabschreiten wieder aufgenommen.

»Seit Jahren, Watson, habe ich eine Macht hinter einzelnen Verbrechern gespürt, eine tief wurzelnde, organisierte Macht, die auf immer gegen das Gesetz verschworen ist und ein schützendes Schild vor den Übeltäter hält. Wieder und wieder habe ich in Kriminalfällen verschiedenster Art – Fälschungen, Raub, Mord – die Gegenwart dieser Macht gefühlt, und ich habe ihr Vorhandensein auch in ungelösten Fällen deduziert, in denen ich nicht persönlich konsultiert worden war. Seit Jahren versuche ich, den Schleier zu zerreißen, in den diese Macht sich hüllt. Ich hielt einen dünnen Faden in Händen und folgte ihm unermüdlich, bis er mich nach tausend raffinierten Drehungen und Windungen zu dem gefeierten Mathematiker Professor A. D. Moriarty führte.«

»Aber, Holmes –«

»Watson, er ist der Napoleon des Verbrechens!« Mit

einer plötzlichen Bewegung drehte er sich um und stand nun mit dem Rücken zum Feuer. Die Flammen im Hintergrund und der schrille, unnatürliche Klang seiner Stimme gaben seiner Erscheinung etwas Erschreckendes. Ich konnte sehen, daß seine Nerven bis zum äußersten gespannt waren. »Er ist der Organisator der Hälfte alles Üblen und beinahe aller unentdeckten Verbrechen in dieser großen Stadt und in den Annalen zeitgenössischer Kriminalität. Er ist ein Genie, ein Philosoph, ein abstrakter Denker – er sitzt bewegungslos wie eine Spinne im Mittelpunkt des Netzes. Aber das Netz hat tausend Fäden, und er kennt jede ihrer leisesten Regungen. Seine Handlanger mag man fassen, verhaften und an weiteren Untaten hindern, aber ihn – *ihn* – rührt man niemals an, er wird nicht einmal verdächtigt!«*

Und er schwatzte fort, teils inkohärent, teils deklamierend, als stünde er auf der Bühne des Old Vic. Er zählte die von dem Professor in Gang gesetzten Verbrechen auf, er sprach von seinem Sicherheitssystem, das ihn vor jeglichem Verdacht oder Schaden schützte. Er beschrieb mit einiger Befriedigung, wie es ihm, Holmes gelungen war, die Peripherie des Schutzwalls zu durchdringen, und wie des Professors Kreaturen dies entdeckt hätten und ihm auf der Spur seien – mit dem Luftgewehr.

Ich tat mein Bestes, um die wachsende Besorgnis zu verbergen, die diese wirre Erzählung in mir hervorrief. Ich hatte nie eine Unwahrheit aus Holmes' Mund gehört, und es war klar, daß es sich nicht um einen seiner gelegentlichen Scherze handelte. Es war ihm todernst, und

* All dies entspricht mehr oder minder Watsons Beschreibung von Holmes' Beurteilung, die dieser in *Das letzte Problem* von Moriarty gegeben hat. N. M.

er stammelte fast vor Angst und Schrecken. Kein menschliches Wesen auf dieser Erde konnte mit der Liste von Abscheulichkeiten rivalisieren, die Holmes dem Professor zuschrieb. Gegen meinen Willen drängte sich mir das Bild von Don Quixotes Erzfeind, dem Zauberer, auf.

Die Tirade kam nicht zum Schluß, sie versickerte. Holmes' schrille Verlautbarungen verebbten allmählich, erst zu unartikuliertem Gemurmel, dann zu Geflüster. Sein Körper hatte die Modulation seiner Stimme begleitet, erst mit energischem Aufundabschreiten, dann lehnte er gegen eine Wand, schließlich warf er sich wie unabsichtlich in einen Stuhl. Bevor mir klar wurde, was vorging, war Holmes in den Schlaf gesunken.

Ich saß sehr still vor dem erlöschenden Feuer und betrachtete meinen Freund. Nie hatte ich ihn in solchen Schwierigkeiten gesehen, aber ich war im ungewissen, was sein eigentliches Problem war. Seine Redeweise ließ mich vermuten, daß er unter dem Einfluß einer schweren narkotischen Droge stand.

Und dann kam mir ein fürchterlicher Gedanke. Zum zweitenmal in dieser Nacht entsann ich mich anderer Anlässe, bei denen Holmes von Moriarty gesprochen hatte: wenn er sich tief im Bann seines Kokains befand.

Ich stahl mich vorsichtig zu dem Sessel, auf dem er offensichtlich erschöpft in sich zusammengesunken war, und zog seine Augenlider zurück, um die Pupillen zu untersuchen. Dann fühlte ich seinen Puls. Er war schwach und unregelmäßig. Ich überlegte, ob ich es wagen sollte, sein Jackett zu entfernen und seinen Arm nach den Spuren einer kürzlich erfolgten Einspritzung abzusuchen; aber ich wollte keinesfalls riskieren, ihn aufzuwecken.

Ich setzte mich wieder hin und dachte nach. Ich konnte mich an Kokain-›Gelage‹ erinnern, die manchmal einen

Monat oder länger gedauert hatten. Er injizierte sich dreimal täglich mit einer siebenprozentigen Lösung. Viele meiner Leser haben fälschlich angenommen, daß Holmes unsere Freundschaft dazu benutzte, sich von mir, dem Arzt, mit diesem schrecklichen Rauschgift versorgen zu lassen. In jüngster Zeit habe ich sogar Versionen gehört, nach denen meine Bereitschaft, Holmes Kokain zu geben, der einzige Grund für ihn war, sich mit mir zu befreunden. Einen Kommentar zu einer solchen unsinnigen Behauptung will ich mir ersparen. Es genügt wohl zu erwähnen, daß Holmes dergleichen gar nicht nötig hatte. Im neunzehnten Jahrhundert gab es keine Vorschrift, die einen Mann hinderte, soviel Kokain oder Opium zu kaufen, wie er wollte. Das war in keiner Weise ungesetzlich, und daher ist es vollkommen irrelevant, ob ich bereit war oder nicht, ihm Kokain zu verschaffen. In jedem Fall ist oft genug bewiesen worden, daß ich mich bemüht habe, ihm seine verwerfliche und selbstzerstörerische Gewohnheit auszureden.

Hin und wieder war ich darin erfolgreich gewesen – oder vielmehr meine Überredungskunst in Verbindung mit einem neuen und interessanten Fall. Holmes brauchte seine Arbeit mehr als alles andere; konfrontiert mit wirklich herausfordernden und verblüffenden Problemen, war er in seinem Element. War er in eine solche Aufgabe verwickelt, so brauchte er keinerlei künstliches Stimulans. Er trank dann selten etwas Stärkeres als Wein beim Abendessen. Mehr erlaubte er sich nicht, wenn er an einem Fall arbeitete, ausgenommen enorme Mengen von Shag!*

* Shag: ein billiger, starker Tabak, von Holmes bevorzugt. Shag bezieht sich auch auf den Schnitt der Mischung. N. M.

Aber solche reizvollen Aufgaben waren rar. War es nicht Holmes, der immer wieder den Mangel an Scharfsinn in kriminellen Kreisen beklagte? »Es gibt keine großen Verbrecher mehr, Watson«, war seine ständige und bittere Litanei, als wir noch zusammen in der Baker Street wohnten. War es möglich, daß Holmes nach meinem Auszug aus der Baker Street und in Ermangelung faszinierender Übeltaten dem bösen Einfluß des Kokains wieder verfallen war – und dieses Mal rettungslos?

Es gab keine andere Erklärung dafür, es sei denn, die phantastische Mär, die er mir gerade erzählt hatte, war nicht erfunden. Hat man die plausiblen Lösungen eliminiert, so ist das, was übrigbleibt, die Wahrheit, mag es auch noch so unwahrscheinlich klingen. Das war eine von Holmes' Maximen.

Mit diesem Gedanken erhob ich mich, klopfte meine Pfeife am Kamingitter aus und beschloß, die weitere Entwicklung abzuwarten. Ich warf eine Wolldecke über die reglose Gestalt meines Freundes und drehte das Licht herunter.

Ich bin nicht sicher, wieviel Zeit im Dunkeln vergangen war – es müssen ein, zwei Stunden gewesen sein –, denn ich dämmerte vor mich hin, als Holmes sich plötzlich bewegte und mich aufweckte. Einen Augenblick lang wußte ich nicht, wo ich mich befand und was vorgefallen war. Dann, mit einem Mal, entsann ich mich und drehte langsam das Licht höher.

Auch Holmes war dabei, sich zu erheben. Einen Moment lang starrte er ausdruckslos um sich. Auch er hatte vergessen, wo er war. Konnte er sich erinnern, was ihn hergetrieben hatte?

»Es geht doch nichts über eine Pfeife und einen wärmenden Schluck in einer kalten Frühlingsnacht, Watson.« Er gähnte mit Behagen. »Haben auch Sie in Morpheus' Armen geruht?«

Ich sagte, dies wäre wohl der Fall. Dann fragte ich nach Professor Moriarty.

Holmes sah mich verständnislos an. »Wer?«

Ich versuchte zu erklären, daß wir von diesem Herrn gesprochen hatten, bevor die Wirkung des Brandys und des Feuers in meinem Kamin sich bemerkbar gemacht hatten.

»Unfug«, erwiderte er gereizt, »wir diskutierten über Windwood Reade und *The Martyrdom of Man,* und ich zitierte irgendeinen Jean-Paul. Das ist das letzte, woran ich mich entsinne«, fügte er hinzu und warf mir einen vielsagenden Blick zu. »Wenn Sie sich an etwas anderes erinnern, kann ich nur unterstellen, daß Ihr Brandy stärker ist, als selbst seine Hersteller behaupten.«

Ich entschuldigte mich und gab zu, daß meine Phantasie mir wohl einen Streich gespielt hatte. Kurz darauf begann Holmes sich zu verabschieden. Meinen Einwand, daß es beinahe drei Uhr morgens sei, wehrte er ab.

»Die Nachtluft wird mir guttun, alter Freund. Und Sie wissen, niemand ist mehr erfahren als ich darin, London zu ungewöhnlicher Stunde zu durchstreifen. Seien Sie so gut und sprechen Sie Mrs. Watson meinen Dank für einen reizenden Abend aus.«

Ich wies darauf hin, daß meine Frau auf dem Lande sei, woraufhin er mich scharf ansah, nickte, eine weitere abfällige Bemerkung über den Brandy äußerte und entschwand.

Schweren Herzens verriegelte ich die Tür hinter ihm und stieg die Treppe zum Schlafzimmer hinauf. Hier begann ich mich zu entkleiden, entschied mich aber schließlich dagegen und setzte mich vor das – längst erloschene – Feuer, die Hände auf den Knien.

Eine Zeitlang versuchte ich, mir einzureden, daß Holmes recht hatte, daß er auf einen späten Besuch hereingeschneit war, daß wir ein, zwei Pfeifen geraucht und ein bis drei Gläser getrunken hatten und daß das Gespräch über Professor Moriarty allein meiner Einbildungskraft entsprungen war, da wir über gänzlich andere Themen geplaudert hatten. War das möglich? Es war schwierig, in meinem gegenwärtigen erschöpften Zustand klar zu denken. Ich fühlte mich wie ein Mann, der von einem eindringlichen Alptraum erwacht und für lange Zeit nicht begreift, daß er nicht wirklich in der Hölle ist.

Ich brauchte handfestere Beweise. Ich nahm die Lampe und schlich wieder nach unten. Hätte unser Hausmädchen zufällig das Zimmer verlassen, so hätte ich ihr einen kuriosen Anblick geboten: ein Mann mittleren Alters ohne Stiefel und Kragen, der sich mit allen Zeichen von Verwirrung die Treppen seines eigenen Hauses herunterstiehlt!

Ich ging in die Praxis, wo dieses Hirngespinst – wenn es denn eines war – begonnen hatte, und untersuchte die Fensterläden. Sie waren zweifellos geschlossen und verriegelt, aber von wem? War es Holmes gewesen, wie meine Erinnerung es wollte, oder ich? Ich ließ mich hinter meinem Schreibtisch nieder und versuchte, jede Einzelheit unseres Gespräches zurückzurufen, wobei ich mich bemühte vorzugeben, ich sei Holmes in unserem alten Wohnzimmer in der Baker Street und lausche den Darlegungen eines Klienten. Das Resultat hätte einen Zuschauer sicher köstlich amüsiert. Der stiefellose Herr saß nunmehr beim Schein einer einzigen Lampe in einem leeren Sprechzimmer und sprach zu sich selbst – denn es schien mir nötig, von Zeit zu Zeit meine eigenen Ausführungen mit Fragen zu unterbrechen (ganz wie Holmes selbst es zu tun pflegte).

»Versuchen Sie sich an etwas zu erinnern, das er sagte oder tat bevor Sie beide aufwachten und er den Brandy erwähnte, den Sie zusammen getrunken haben. Gibt es da irgend etwas?«

»Nein, doch, halt, mir fällt etwas ein!«

»Exzellent, mein lieber Watson, exzellent!« Ich hörte den vertrauten Ausruf, nur diesmal von meiner eigenen Stimme gesprochen.

»Als wir zuerst ins Sprechzimmer kamen, fragte er nach Mary. Ich sagte ihm, sie sei aus, wir seien allein. Dann, später, nach unserem Schläfchen vor dem Feuer, bat er mich, während seines Aufbruchs, ihr doch für den reizenden Abend zu danken. Ich wiederholte, was ich schon früher erwähnt hatte.«

»Sind Sie ganz sicher, es vorher erwähnt zu haben?«

»Absolut«, erwiderte ich, etwas verdrossen über diese Frage.

»Kann es denn nicht sein – wir haben ja die Wirkung des Brandys bereits erwähnt –, daß *er* es ganz einfach vergessen hatte? Äußerte er sich nicht selbst in dieser Richtung?«

»Ja, aber – nein, zum Teufel! Weder er noch ich waren dermaßen berauscht!«

In meiner Erregung sprang ich auf, ergriff die Lampe und wanderte auf Strümpfen wieder ins Wohnzimmer, mit der Absicht, meiner zweiten Stimme zu entgehen.

Als ich die Vorhänge zurückzog, sah ich, daß es dämmerte. Ich war schon müde gewesen, als Holmes auftauchte, jetzt, so schien es mir, war ich gänzlich erschöpft.

Aber war er überhaupt aufgetaucht?

Das war eine wirklich wahnwitzige Idee, und ich verwünschte mich, sie – wenn auch nur andeutungsweise – gedacht zu haben. Ich kehrte dem Fenster und dem ersten Dämmerlicht meinen Rücken.

Natürlich war er da gewesen!

Dieses Mal war der Beweis für meine Annahme handgreiflich. Die beiden gebrauchten Kognakschwenker waren da, wo Holmes und ich sie abgestellt hatten.

Ich erwachte am nächsten Morgen, oder vielmehr an demselben Morgen, in meinem eigenen Bett, auf das ich mich offensichtlich zu irgendeinem Zeitpunkt meiner fruchtlosen Grübeleien halb angekleidet geworfen hatte. Das Haus war schon lebendig mit den üblichen Vorbereitungen für den Tag, und ich erhob mich mit der Absicht, noch einmal von vorne anzufangen und zu sehen, was dabei herauskam.

Umgezogen und rasiert, begab ich mich nach unten und frühstückte. Nicht einmal die Zeitungen konnten mich ablenken: Meine Gedanken waren schon woanders. es fiel mir ein, daß ich letzte Nacht Holmes' Puls gefühlt und seine Pupillen untersucht hatte. Aber wieder bedrückte mich dieselbe Frage: Hatte ich es wirklich getan, oder war auch das Teil eines Traumes?

Das Grübeln wurde unerträglich, und ich beendete mein Frühstück in Hast. Dann suchte ich Dr. Cullingworth auf und bat ihn, für diesen Morgen meine Praxis zu übernehmen. Er war gern dazu bereit (ich hatte ihn schon oft kurzfristig um Hilfe gebeten), und ich nahm mir ohne weitere Umstände eine Droschke und machte mich auf den Weg zur Baker Street.

Es war noch früher Morgen, als ich auf dem vertrauten Bürgersteig von Nummer 221 B ausstieg und den Fahrer bezahlte. Ich nahm ein paar kräftige Züge der allerdings noch etwas feuchten Morgenluft und klingelte. Die Tür wurde sofort von Mrs. Hudson, unserer Hauswirtin, geöffnet. Sie schien ungewöhnlich erfreut, mich zu sehen.

»Oh, Dr. Watson, dem Himmel sei Dank, Sie sind es!« rief sie ohne jede Einleitung und zog mich zu meiner Verblüffung am Mantelärmel ins Haus.

»Was gibt es?« fragte ich, aber sie legte den Finger auf den Mund und sah ängstlich die Treppe hinauf. Holmes' Ohren jedoch waren scharf, und es wurde uns bald klar, daß er zumindest einen Teil unserer kurzen Konversation gehört hatte.

Eine schrille Stimme, die kaum noch als die seine zu erkennen war, ließ sich von oben hören. »Mrs. Hudson, sollte es sich bei diesem Herrn um Professor Moriarty handeln, so führen Sie ihn bitte herauf, ich werde mich mit ihm befassen! Mrs. Hudson?«

»Da sehen Sie, wie es ist, Dr. Watson«, flüsterte die unglückliche Hauswirtin mir zu. »Er hat sich da oben verbarrikadiert; lehnt alles Essen ab, die Läden bleiben den ganzen Tag geschlossen – und dann schleicht er sich nachts hinaus, *nachdem* ich die Tür verriegelt habe und das Dienstmädchen zu Bett gegangen ist.«

»Mrs. Hudson!«

»Ich gehe zu ihm«, bot ich an und klopfte beruhigend ihre Schulter, obwohl ich, offen gestanden, nicht besonders zuversichtlich war. Es *gab* also einen Professor Moriarty, zumindest in Holmes' Phantasie. Schweren Herzens stieg ich die sieben abgetretenen Stufen zu meiner alten Wohnung hinauf. Was für ein edler Geist war hier gestört!

»Wer ist da?« fragte Holmes auf der anderen Seite der Tür, als ich klopfte. »Moriarty, sind Sie es?«

»Ich bin's, Watson«, erwiderte ich, mußte es aber mehrfach wiederholen, bevor er sich schließlich bereit fand, die Tür ein wenig zu öffnen und in höchst sonderbarer Weise durch den Spalt zu spähen.

»Wie Sie sehen, bin ich es tatsächlich, Holmes. Lassen Sie mich herein!«

»Nicht so schnell.« Sein Fuß blockierte die Tür. »Das könnte eine Verkleidung sein. Beweisen Sie mir, daß Sie Watson sind.«

»Wie?« fragte ich jämmerlich, denn ich hatte wirklich keine Ahnung, was ihm als ausreichender Beweis für meine Identität erscheinen würde.

Er überlegte einen Augenblick.

»Wo bewahre ich meinen Tabak auf?« fragte er dann abrupt.

»In der Spitze Ihrer persischen Pantoffeln.«

Diese prompte Antwort schien seinen Verdacht zu besänftigen, denn seine Stimme klang etwas milder.

»Und meine Korrespondenz?«

»Ist mit einem Taschenmesser ans Kaminsims gespießt.«

Er brummte zustimmend.

»Und was waren die ersten Worte, die ich an Sie richtete?«

»›Ich sehe, Sie sind in Afghanistan gewesen.‹ Um Himmels willen, Holmes!« bat ich.

»Also gut, kommen Sie herein«, antwortete er, endlich zufriedengestellt. Er nahm seinen Fuß von der Tür, vergrößerte die Öffnung ein wenig und zog mich mit einer heftigen Bewegung hinein. Sowie ich über die Schwelle war, schloß er die Tür und verrammelte sie mit mehreren

Riegeln und Schlössern, die ich dort vorher nie gesehen hatte. Ich stand wie angewurzelt und sah zu, wie er diesen Vorgang beendete und dann sein Ohr an die Türfüllung legte, um auf ich weiß nicht was zu horchen. Schließlich richtete er sich auf und drehte sich mit ausgestreckter Hand zu mir um.

»Verzeihen Sie meine Zweifel, Watson«, sagte er mit einem Lächeln, »aber ich mußte sichergehen. Die sind zu allem bereit.«

»Die Bande des Professors?«

»So ist es.«

Er führte mich ins Zimmer und bot mir Tee an, den er offensichtlich selbst zubereitet hatte, und zwar mit Hilfe des Bunsenbrenners, der mit den anderen Utensilien für seine chemischen Experimente auf einem rohen Holztisch plaziert war. Ich akzeptierte, setzte mich und sah mich um, während Holmes einschenkte. Der Raum war ganz wie damals, als wir ihn uns geteilt hatten – unordentlich wie immer –, aber die Fenster und Fensterläden waren verriegelt, die Läden selbst waren neu und, soweit ich beurteilen konnte, aus schwerem Eisen konstruiert. Das und die vielen Schlösser an den Türen waren die einzig sichtbaren Veränderungen.

»Hier, alter Freund.«

Von seinem Platz am Fenster streckte Holmes seinen Arm aus, um mir eine Tasse zu reichen. Er trug seinen Morgenrock (den mausfarbenen), und sein nackter Arm ragte aus dem Ärmel, als er mir den Tee herüberreichte.

Er war ein Schlachtfeld von Einstichspuren.

Ich werde nicht auf Einzelheiten dieses bedauerlichen

Gesprächs eingehen; sein Verlauf läßt sich leicht erraten, und ich würde einen unwürdigen Schatten auf das Gedenken an einen großen Mann werfen, wollte ich berichten, welche Wirkung die abscheuliche Droge auf den Geist meines Freundes hatte.

Nach einer Stunde verließ ich die Baker Street – ich wurde der Außenwelt mit fast ebensoviel Vorsichtsmaßnahmen übergeben wie bei meinem Eintritt –, nahm mir wieder eine Droschke und fuhr nach Hause.

Noch tief schockiert über Holmes geistigen Zusammenbruch, sah ich mich einer unangenehmen Überraschung gegenüber. Das Mädchen teilte mir mit, daß ein Fremder auf mich warte.

»Haben Sie dem Herrn denn nicht gesagt, daß Dr. Cullingworth mich heute morgen vertritt?«

»Doch, das hab' ich«, antwortete sie verlegen, »aber der Herr bestand darauf, Sie persönlich zu sprechen. Ich wollte ihm nicht die Tür weisen, deshalb habe ich ihn im Sprechzimmer warten lassen.«

Zuviel war zuviel, und ich wollte eben meinem wachsenden Ärger Luft machen, als sie mir ängstlich ein Tablett überreichte.

»Hier ist seine Karte.«

Ich drehte die kleine weiße Karte um und erschauderte. Das Blut gefror mir in den Adern. Auf der Karte stand: Professor Moriarty.

KAPITEL ZWEI

Biographisches

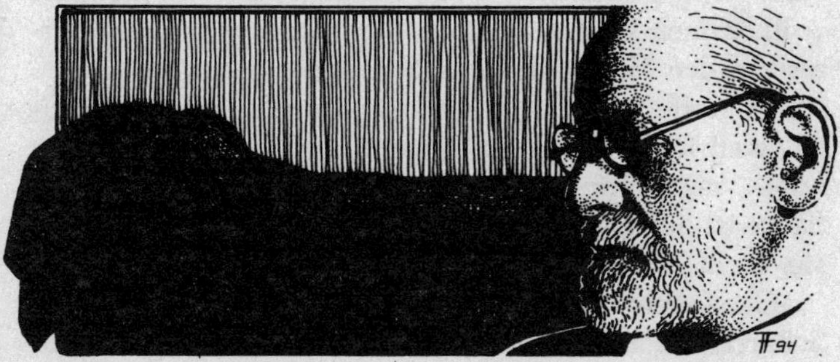

Fast eine Minute lang starrte ich stumpfsinnig die Visitenkarte an. Dann wurde ich mir der Gegenwart des Mädchens bewußt, schob die Karte in meine Tasche, gab ihr das Tablett zurück und ging an ihr vorbei ins Sprechzimmer.

Ich wagte nicht zu denken. Ich wollte nicht denken. Ich war eines klaren Gedankens nicht fähig. Sollte dieser – dieser Herr, wer immer er war und wie immer er sich nannte, mir die Sache erklären, wenn er dazu imstande war. Ich hatte für den Augenblick nicht die Absicht, mich auf weitere Spekulationen einzulassen.

Er erhob sich sofort, als ich die Tür öffnete, ein kleiner, scheuer Mensch um die sechzig mit einem Hut in der Hand und einem erschreckten Ausdruck im Gesicht, der sich in ein Lächeln verwandelte, sobald ich mich vorgestellt hatte. Er streckte eine dünne Hand aus und berührte die meine flüchtig. Er war gut, aber nicht teuer gekleidet, wie ein Akademiker, der an den Tumult der realen Welt außerhalb seines Elfenbeinturms nicht gewöhnt ist. Er hätte in ein Kloster gepaßt, in dem seine kurzsichtigen Augen keine andere Aufgabe gehabt hätten, als uralte Pergamente zu studieren und ihren Inhalt zu entziffern. Sein Kopf verstärkte diesen Eindruck. Er war beinahe vollkommen kahl, mit feinen Büscheln weißgrauen Haares um den Hinterkopf und Schläfen.

»Ich hoffe, ich habe Ihnen keine Ungelegenheiten bereitet, weil ich Ihr Sprechzimmer in Anspruch genommen habe«, sagte er mit ruhiger, aber besorgter Stimme. »Die Sache ist äußerst dringend und persönlich, und es waren sie, nicht Dr. – äh – Cullingworth, den ich –«

»Ganz recht, ganz recht«, unterbrach ich ihn mit einer Schärfe, die ihn offensichtlich erschreckte. »Bitte kommen wir zur Sache. Um was handelt es sich?« fuhr ich etwas freundlicher fort, bedeutete ihm, sich wieder zu setzen, und zog mir einen Stuhl heran.

»Ich weiß nicht recht, wie ich beginnen soll.« Er hatte die irritierende Angewohnheit, beim Sprechen seinen Hut in den Händen zu drehen. Ich versuchte, in ihm zu sehen, was Holmes beschrieben hatte – einen brillanten, diabolischen Schurken, der bewegungslos im Zentrum eines ungeheuerlichen Netzes übelster Konspirationen saß. Seine Erscheinung und sein Benehmen waren dabei nicht sehr hilfreich.

»Ich bin zu Ihnen gekommen«, sagte der Professor mit unerwartetem Nachdruck, »weil ich Ihren Veröffentlichungen entnommen haben, daß Sie Mr. Sherlock Holmes' intimster Bekannter sind.«

»Ich habe diese Ehre«, erwiderte ich kühl mit einem flüchtigen Kopfnicken. Ich war entschlossen, auf der Hut zu sein, denn obwohl mir sein Äußeres harmlos erschien, war nicht bereit, mich dadurch irreführen zu lassen.

»Ich weiß nicht recht, wie ich es sagen soll«, fuhr er fort, immer noch den Hut drehend, »aber Mr. Holmes – nun, ich glaube, er *verfolgt* mich, ist das rechte Wort.«

»Verfolgt *Sie*?« stieß ich aus.

»Ja«, stimmte er hastig zu, wieder erschreckt vom Klang meiner Stimme, aber anscheinend ohne die Betonung zu bemerken. »Ich weiß, es klingt absurd, aber ich kann es nicht anders beschreiben. Er – nun, er steht nachts vor meinem Haus – in der Straße.« Er warf mir einen Seitenblick zu, um sich meiner Reaktion zu versichern. Zu seiner Beruhigung entdeckte er keine Anzeichen für einen bevorstehenden Wutausbruch und fuhr fort.

»Er steht nachts vor meinem Haus – nicht jede Nacht natürlich, aber mehrmals jede Woche. Er folgt mir! Manchmal spürt er mir tagelang nach, auf Schritt und Tritt. Es scheint ihn nicht zu stören, daß ich es weiß. Oh, und er schickt mir Briefe«, fügte er hinzu, als falle es ihm soeben erst ein.

»Briefe?«

»Nun ja, eigentlich sind es Telegramme; es sind immer nur ein bis zwei Sätze. ›Moriarty, nimm dich in acht; deine Tage sind gezählt‹ und dergleichen. Und er hat den Schulleiter meinetwegen aufgesucht.«

»Den Schulleiter? Was für einen Schulleiter?«

»Direktor Brice-Jones, Leiter der Roylott-Schule, an der ich den Posten des Mathematiklehrers bekleide.« Es handelte sich um eine der weniger bekannten Privatschulen im Westen von London. »Der Direktor ließ mich kommen und bat mich, eine Erklärung zu Mr. Holmes' Unterstellungen abzugeben.«

»Und was haben Sie ihm gesagt?«

»Ich sagte, ich könnte keine abgeben, da ich nicht wisse, um welche Unterstellungen es sich handele. Also beschrieb er sie.« Moriarty wand sich in seinem Sessel und verdrehte seine blauen Augen in meine Richtung. »Dr. Watson, Ihr Freund ist davon überzeugt, ich sei eine Art« – er suchte nach Worten – »eine Art Meister des Verbrechens. Und zwar der übelsten Sorte«, fügte er mit einem hilflosen Achselzucken hinzu und warf die Hände hoch. »Ich frage Sie, Herr Doktor: Allen Ernstes, können Sie in mir auch nur im entferntesten Merkmale entdecken, die ein solches Individuum auszeichnen?«

Es schien mir beinahe sinnlos, zu bestätigen, daß dies unmöglich war.

»Aber was kann ich denn tun?« klagte der kleine Mann. »Ich weiß, Ihr Freund ist ein guter Mann – ganz England lobt und preist ihn. Aber in meinem Fall ist er einem fürchterlichen Irrtum verfallen, und ich bin das Opfer.«

Ich saß wortlos, tief in Gedanken versunken.

Das Klagen hielt an: »Ich bin der letzte, Doktor, der ihn in Verlegenheit bringen möchte, aber ich bin am Ende. Wenn nicht irgend etwas geschieht, um diese ... diese Verfolgung zu beenden, dann habe ich keine Wahl. Ich muß die Sache meinem Rechtsanwalt übergeben.«

»Das wird sich erübrigen«, erwiderte ich schnell, obwohl ich keine Ahnung hatte, wie ich es verhindern sollte.

»Das hoffe ich auch, von ganzem Herzen«, seufzte er, »darum habe ich Sie ja aufgesucht.«

»Meinem Freund geht es gesundheitlich nicht gut«, antwortete ich vorsichtig. »Diese Handlungen entsprechen nicht seinem normalen Verhalten. Würden Sie ihn in gesundem Zustand kennen –«

»Aber das tue ich«, unterbrach mich der Professor zu meinem äußersten Erstaunen.

»Sie kennen ihn?«

»Allerdings kenne ich ihn. Und was für ein reizender Junge Master Sherlock war.«

»Master Sherlock?«

»Aber ja. Ich war sein Privatlehrer – in Mathematik.«

Ich starrte ihn mit offenem Munde an. Seinem Mienenspiel konnte ich entnehmen, daß er angenommen hatte, ich wüßte dies. Ich überzeugte ihn vom Gegenteil und bat ihn, mir mehr zu erzählen.

»Da gibt es nicht viel zu berichten.« Der weinerliche Ton in seiner Stimme verstärkte sich unangenehm. »Bevor ich nach London kam – das war vor Jahren, nach meinem Studium –«

»Sie haben nicht vielleicht eine Arbeit über die Binomische Theorie geschrieben?« unterbrach ich ihn.

Er starrte mich an.

»Selbstverständlich nicht. Wer hat dieser Tage schon etwas zur Binomischen Theorie zu sagen? Und ich schon gar nicht.«

»Entschuldigen Sie. Bitte fahren Sie fort.«

»Wie gesagt, ich verließ die Universität und nahm eine Stelle als Mathematiklehrer im Haus des Squire Holmes an. Ich unterrichtete Master Mycroft und Master Sherlock –«

»Bitte vergeben Sie mir, wenn ich noch einmal unterbreche«, bemerkte ich in höchster Erregung, denn Holmes hatte während der ganzen Zeit unserer Bekanntschaft niemals von seiner Familie gesprochen. »Wo war das?«

»Nun, natürlich auf dem Familiensitz, in der Grafschaft Sussex.«

»Die Familie stammte aus Sussex?«

»Ursprünglich nicht. Das heißt, der Holmes-Clan stammte wohl dort her, aber der Squire war ein jüngerer Sohn, der von Rechts wegen keine Chance hatte, den Besitz zu erben. Er und seine Familie lebten in North Riding – in Yorkshire –, dort wurde Master Mycroft geboren. Dann starb der ältere Bruder als Witwer ohne Erben, und Master Sherlocks Vater zog auf den alten Familiensitz.«*

»Aha. Und dort trafen Sie Holmes zuerst?«

»Ich unterrichtete beide Jungen«, erwiderte Moriarty mit großem Stolz, »und es waren beides brillante Burschen. Ich wäre gerne länger dort geblieben, aber dann –«, er zögerte, »dann kam die Tragödie.«

»Tragödie, was für eine Tragödie?«

Wieder warf er mir einen erstaunten Blick zu.

»Wissen Sie denn nicht?«

»Wissen? Was soll ich denn wissen, Mensch? Um Himmels willen, so reden Sie doch.«

Ich saß vor lauter Aufregung auf der Stuhlkante. All dies war mir vollkommen unbekannt, und ich vergaß vor lauter Neugier auf den Holmes der Vergangenheit beinahe den Holmes der Gegenwart und die Schwierigkeiten, in denen er sich befand. Jedes Wort, das der kleine Mann hervorbrachte, versetzte mich in neues Staunen.

»Wenn Master Sherlock Ihnen nichts davon gesagt hat, dann sollte ich wohl nicht –«

* Diese Behauptungen könnten den Streit zwischen Trevor Hall und dem verstorbenen W. S. Baring-Gould schlichten. Der letztere erklärte in seiner Biographie Yorkshire zur Heimat Holmes', während der erstere davon ausgeht, daß Holmes in East Sussex geboren und aufgewachsen ist. Baring-Gould erwähnt auch, daß Holmes von Moriarty in Mathematik unterrichtet wurde. Wie er sich diese Information – ohne Einsicht in das vorliegende MS – verschaffen konnte –, wissen wir nicht. N. M.

»Aber, hören Sie –«

Ich konnte ihn nicht umstimmen. Seiner Ansicht nach unterlag er einer Art Schweigepflicht, und es gelang mir mit all meiner Überredungskunst nicht, ihn davon abzubringen. Je mehr ich ihn drängte, desto zurückhaltender wurde er, bis er schließlich ohne länger auf mein Zureden zu hören, aufstand und sich nach seinem Spazierstock umsah.

»Ich habe wirklich alles gesagt, was zu sagen ist«, beharrte er und vermied es, mir in die Augen zu sehen, während er nach dem Stock suchte. »Sie müssen mich nun entschuldigen – ich kann und will nicht indiskret sein. Ich habe Ihnen so viel mitgeteilt, wie ich verantworten kann, und ich überlasse es Ihnen, dieses – dieses Dilemma zu lösen.«

Er blieb dabei, und das mit einer Bestimmtheit, die ich ihm kaum zugetraut hätte. Sein Drang, von mir fortzukommen, war plötzlich stärker als seine Schüchternheit. Er verabschiedete sich und überließ mich meinen Überlegungen.

Was die vielversprechenden, obskure Tragödien verheißenden Andeutungen über Holmes' Vergangenheit betraf, so hatte ich das Gefühl, daß dem Professor – einem offensichtlich übertrieben sensiblen Gemüt – womöglich etwas tragisch erschien, was ich selbst vielleicht nur als bedauerlich bezeichnen würde. Aber ich hatte keine Zeit für solche Gedankengänge, ich war zu beschäftigt mit den unmittelbaren Problemen: Holmes' Zusammenbruch und Moriartys verschleierte (unter den Umständen zugegebenermaßen verständliche) Drohung, seinen Rechtsanwalt einzuschalten. Das mußte um jeden Preis vermieden werden. Holmes war ein hochnervöser Mensch (ich hatte ihn schon früher zusammenbrechen sehen, wenn auch nicht infolge von Kokaingenuß), und eine solche Bloßstellung war undenkbar.*

Vielmehr, so entschied ich nach einigem Nachdenken, brauchte er Therapie. Seine schreckliche Sucht mußte geheilt werden, und um das zu erreichen, brauchte ich Hilfe. Die Erfahrung hatte mich gelehrt, daß ich nicht imstande war, mit meinen eigenen begrenzten Möglichkeiten und Kenntnissen gegen die Sucht anzugehen. Wenn ich mich nicht sehr täuschte, war ein solcher Versuch, der schon früher meine Fähigkeiten überstiegen hatte, jetzt ganz unmöglich geworden. Während der Monate, in denen wir uns kaum gesehen hatte, hatte der fatale Drang in Holmes sich mindestens verzehnfacht, so daß er jetzt mehr denn je darin verfangen war. War es mir damals nicht möglich gewesen, ihn aus diesem Bann zu lösen, wie konnte mir das jetzt gelingen?

Ich sah auf die Uhr: Es war kurz vor zwei. Der Tag war so gut wie vorüber, und es wäre unsinnig gewesen, jetzt noch die Sprechstunde wieder aufzunehmen, denn Mary sollte um fünf von ihrem Besuch bei Mrs. Forrester zurückkommen, und ich wollte sie zu dieser Zeit in Waterloo Station abholen.

Ich beschloß, in der Zwischenzeit zum Bartholomews-Hospital zu gehen und Stamford um Rat zu bitten. Ich wollte ihm nicht die ganze Wahrheit sagen, sondern ihm das Problem so unterbreiten, als ob es sich um einen meiner Patienten handele.

Der Leser mag sich daran erinnern, daß Stamford während meiner Studienzeit an der Universität London im Jahr 1878 mein Gehilfe war. Seit damals hatte er an der-

* Watson erwähnt zwei Beispiele eines solchen Zusammenbruchs in *Das Reigate-Rätsel* und in *Der Teufelsfuß*. N. M.

selben ehrwürdigen Anstalt sein Examen gemacht und war nun als Arzt in dem alten Hospital angestellt, in dessen chemischen Labor er mich vor so vielen Jahren mit Sherlock Holmes bekannt gemacht hatte. Er kannte Holmes nicht näher und hatte uns nur zusammengebracht, weil er wußte, daß wir beide eine anständige Wohnung mit einem akzeptablen Mietpreis teilen wollten. Ich nahm mir vor, Holmes, wenn möglich, nicht zu erwähnen.

Wieder einmal machte ich mich auf den Weg, diesmal von dem Mädchen mit einem Schinkenbrot versehen, das ich (gegen ihren Protest) in Papier wickelte und in die Tasche steckte, wie ich es Holmes so oft hatte tun sehen, wenn er mit einem Fall befaßt war und keine Zeit für die üblichen Mahlzeiten hatte. Bei der Erinnerung daran zog sich mein Herz schmerzhaft zusammen, während ich mich zur Erfüllung meiner traurigen Pflicht in einer Droschke zum Bartholomews-Hospital begab.

Zeitgenössische Forscher haben Erstaunen darüber ausgedrückt, daß Holmes und ich die teuren Droschken bevorzugten, da doch die um vieles billigere Untergrundbahn zur Verfügung stand. Weil ich einmal dabei bin, solche Fragen zu klären, möchte ich sagen, daß die Untergrundbahn, wenn auch billiger und manchmal beträchtlich schneller als die von uns benutzten Pferdewagen, noch nicht überall fertiggestellt war und uns in vielen Fällen nicht ans gewünschte Ziel brachte.

Aber vor allem mieden wir die Untergrundbahn, wo immer wir konnten (und wenn ich sage »wir«, dann meine ich damit die meisten Herren der begüterten Stände), weil sie zu jener Zeit eine unterirdische Hölle war. Dampfgetrieben, schmutzig, schwefelig und keineswegs sicher, waren die Untergrundbahnen bestenfalls unzuverlässig und schlimmstenfalls lebensgefährlich.

Kein Ort für Menschen, die sich ein anderes Transportmittel leisten konnten. Wer gezwungen war, die Untergrundbahn zu benutzen, der zog sich unvermeidlich Lungenerkrankungen zu, und in meiner Praxis, die nahe der Bahn lag, sah ich zahlreiche Arbeiter, die in diesem unterirdischen Eisenbahnnetz tätig waren und von denen man sagen kann, daß sie buchstäblich ihr Leben gaben, damit die Londoner von heute sich des modernsten, sichersten und billigsten Transportsystems der Welt erfreuen können.

Keine Untergrundbahn verband die Baker Street mit Bart's – im Jahr 1891 war die Baker Street bei weitem nicht so lang wie heute, und eine Droschke war daher keine Extravaganz, sondern eine Notwendigkeit (wenn man nicht den Omnibus benutzen wollte, und der hatte wieder seine eigenen Schwächen).

St. Bartholomeus muß als eines der ältesten Krankenhäuser der Welt gelten. Das Gebäude aus dem zwölften Jahrhundert war auf römischen Grundmauern errichtet worden. Es hieß, daß der Hofnarr Heinrichs I., Rahere, auf einer Pilgerfahrt nach Rom erkrankte und gelobte, im Falle seiner Genesung eine mächtige Kirche in London zu bauen, und daß er dieses Gelübde erfüllt habe.* Ich weiß nicht, ob die Legende wahr ist, aber Bart's war zunächst eine Kirche und blieb es auch, bis Heinrich VIII. das Gebäude im Namen der Krone annektierte und dann (wie überall) die ekklesiastischen Teile zerstören und das Krankenhaus selbst nur leicht verändern ließ. Wenig mehr als zwanzig Jahre, bevor ich in Bart's studierte, war Smithfield Market gleich nebenan – der Fleischgroßmarkt mit

* Eine ausführliche Beschreibung finden Sie in Michael Harrisons ausgezeichnetem Werk *In the Footsteps of Sherlock Holmes*, Drake. N. M.

dem Schlachthaus –, und der Gestank der Tierkadaver erstickte, so erzählte man sich, jeden anderen Geruch meilenweit im Umkreis. Zu meinem Glück waren Markt und Schlachthaus verlegt worden, bevor ich mein Studium begann, und da, wo einstmals Todesschreie erklungen und das Blut klebrig im Rinnstein geflossen war, standen jetzt eine Reihe stattlicher Gasthäuser und Geschäfte. Ich selbst bin nun seit fünfzehn Jahren nicht mehr dort gewesen, aber es hat sich nicht viel verändert, wie ich höre.

An jenem 25. April, als ich in meiner Droschke das Portal des alten Gebäudes passierte, kümmerte ich mich allerdings wenig um seine historischen Ursprünge oder um das Durcheinander architektonischer Ergänzungen und Verzierungen, die das Auge bald erfreuen und bald beleidigen. Ich bezahlte den Droschkenfahrer und begab mich sofort in die Pathologische Abteilung, um Stamfords habhaft zu werden.

Ich mußte ein wahres Labyrinth von verschlungenen Korridoren durchqueren, und mehrmals blieb mir nichts anderes übrig, als nach dem Weg zu fragen, so lange war es her, daß ich in diesem Irrgarten zu Hause gewesen war. An Stelle des Gestanks von Smithfield Market drangen einem die ätzenden Karbol- und Alkoholdämpfe in die Nase. Aber die meine war an diese ständigen Begleiter des Mediziners gewöhnt. Allerdings waren sie hier in Bart's von höchster Konzentration.

Stamford, so stellte sich heraus, hielt gerade eine Vorlesung, und ich sah mich genötigt, einen der Sitze im Hintergrund des Hörsaals einzunehmen, um das Ende des Vortrags abzuwarten. Ich war so sehr mit meinen eigenen Problemen beschäftigt, daß es mir schwerfiel, mich auf seine Ausführungen zu konzentrieren – ich glaube, es ging um den Blutkreislauf, aber beschwören möchte ich es nicht. Und doch ist die Szene in meinem Gedächtnis eingeprägt: Ich sah auf ihn hinunter, wie er da auf dem Podium stand, als ob es ihm gehöre. Und ich sann über die Zeit nach, die vergangen war, seit er und ich auf jenen Bänken gesessen hatten. Damals hatten wir einem anderen hoch geachteten alten Griesgram gelauscht, der die gleichen Fakten in unsere Schädel zu hämmern versuchte. Und siehe da, begann Stamford nicht schon ganz so auszusehen wie jener alte Professor? Wie hieß er doch noch?

Nach der Vorlesung ging ich nach vorn, erwischte ihn an der Tür und sprach ihn an.

»Gütiger Himmel, das ist ja Watson!« rief er und schüttelte meine Hand aus allen Kräften. »Was in aller Welt bringt dich gerade heute hierher? Hast du meine Vorlesung gehört? Ich wette, du hast nicht geglaubt, daß ich all diesen Blödsinn noch im Kopf habe, oder?«

So schwatzte er noch für einige Minuten, nahm meinen Arm und führte mich durch weitere labyrinthische Gefilde in sein Büro. Es war geräumig, aber überladen mit all jenen Gegenständen, die einer braucht, der gleichzeitig Arzt und Dozent ist. Stamford war als junger Mann immer vergnügt gewesen, und es freute mich, daß er noch genauso unbekümmert drauflos schwatzte wie früher. Er war mit Anmut älter geworden, und obwohl er schlanker wirkte, hatte sein Gesicht den gutgelaunten Ausdruck von damals behalten. Auch die Hetze des Berufs bekam ihm gut – er konnte sich darüber lustig machen und war doch eingespannt genug, um seiner Neigung, ›clever‹ zu sein, wie er es nannte, nicht ganz zu verfallen.

Ich ließ ihn eine gute Weile weiterschwafeln, berichtete über mich selbst, meine Ehe, meine aufstrebende Praxis und dergleichen mehr und beantwortete, so gut es eben ging, die unvermeidlichen Fragen nach Holmes.

»Wer hätte gedacht, daß ihr beide euch so fein zusammen machen würdet?« frohlockte er und bot mir eine Zigarre an, die ich dankend annahm. »Und du, du bist beinahe so berühmt wie er! Deine Aufzeichnungen – ›Eine Studie in Scharlachrot‹, ›Im Zeichen der Vier‹ ... Du hast eine echte Begabung zum Erzählen, Watson, und auch ein Gefühl für Buchtitel, das muß ich schon sagen. Aber jetzt bekenne – wir sind ganz unter uns, und ich werde keiner Seele etwas verraten –, kann unser Freund, kann Holmes wirklich all diese Dinge tun, von denen du schreibst? Nun mal ganz ehrlich!«

Ich erwiderte mit einiger Kühle, daß meiner Ansicht nach Holmes der beste und klügste Mann sei, den ich je getroffen habe.

»Durchaus, durchaus«, stimmte Stamford, seinen Mangel an Takt sogleich erkennend, hastig zu. Dann lehnte er sich in seinem Stuhl zurück. »Wer hätte das gedacht? Ich meine, ich habe immer gewußt, daß der Mann *clever* ist, aber ich hatte keine Ahnung! Na gut.« Es schien ihm schließlich aufgegangen zu sein, daß ich mit meinem Besuch einen bestimmten Zweck verfolgte, und brachte auch sogleich das Gespräch darauf: »Kann ich irgend etwas für dich tun, Alter?«

Ich bejahte, sammelte mich und umriß in Kürze die Krankheitsgeschichte eines kokainsüchtigen Patienten, wobei ich mit aller Vorsicht auf die Hirngespinste im fortgeschrittenen Stadium der Sucht einging. Ich fragte ihn, was man tun könne, um so einen Menschen von seinen Leiden zu heilen.

Stamford, daß muß ich ihm lassen, lauschte mit größter Aufmerksamkeit. Er hatte die Arme auf den Schreibtisch gestützt und rauchte schweigend, während ich die Einzelheiten erläuterte.

»Hm«, sagte er, als ich geendet hatte, »und sag mir, glaubst du, daß der Patient selbst sich nicht über den Ursprung seines Verfolgungswahnes im klaren ist? Begreift er, daß dieser Wahn von der Droge gefördert wird, auf deren Einnahme er weiter besteht?«

»Anscheinend nicht. Ich glaube, er ist in einem Stadium – wenn es so etwas gibt –, in dem er nicht mehr merkt, daß er überhaupt Kokain nimmt.«

Stamford zog die Augenbrauen hoch und stieß einen leisen Pfiff aus.

»Watson, ich will ehrlich mit dir sein, ich weiß nicht, ob da eine Heilung möglich ist. Um es genau zu sagen«, fuhr er fort, erhob sich vom Schreibtisch und kam auf mich zu, »die Medizin weiß sehr wenig über Suchtkrankheiten. Aber wenn du mit deiner Fachlektüre auf dem laufenden bist, wirst du wissen, daß eines Tages, in absehbarer Zukunft, Drogen wie Kokain oder Opium ohne Rezept illegal sein werden.«

»Was soll mir das schon nützen!« rief ich verbittert. »Bis dahin kann mein Patient längst gestorben sein.« Der bloße Gedanke machte meine Stimme so laut und scharf, daß seine Aufmerksamkeit geweckt wurde. Ich mußte versuchen, gleichgültiger zu erscheinen.

Stamford musterte mich einen Augenblick lang, und ich hielt seinem Blick stand, so gut es ging. Dann kehrte er an den Schreibtisch zurück.

»Ich weiß nicht, Watson, was ich dir raten soll. Wenn es dir gelänge, deinen – deinen Patienten davon zu überzeugen, daß er sich ganz und gar deiner Aufsicht und Pflege anvertrauen muß.«

»Das steht ganz außer Frage«, unterbrach ich ihn, wobei es mir gelang, lässig die Zigarre zu schwenken.

»Ja, dann –«. Er breitete mit einer hilflosen Geste die Arme aus. »Halt, warte«, er stand wieder auf, »da war doch etwas, das dir helfen könnte. Wo hab' ich es denn hingetan?«

Er begann, das Büro zu durchwühlen, wobei er ohne Rücksicht ganze Stöße von Papier durcheinanderbrachte und eine Menge Staub aufwirbelte. Und wieder zog sich mein Herz zusammen bei der Erinnerung an Holmes' Aktenchaos in der Baker Street, wo die Suche nach einer Information oder nach den Unterlagen eines zurückliegenden Falles oft genug dazu führte, daß wir hustend für Stunden das Haus verließen, in der Hoffnung, daß der Staub sich in der Zwischenzeit wieder gesetzt hatte.

»Hier ist es«, rief er triumphierend und erhob sich, eine Ausgabe des Medizinischen Journals ›*Lancet*‹ in der Hand. »Es ist die Märznummer«, erläuterte er etwas außer Atem und gab mir das Blatt. »Hast du sie gelesen?«

Ich verneinte, da ich zuviel Arbeit gehabt hätte, glaubte aber, die Nummer zu Hause liegen zu haben.

»Nimm sie auf jeden Fall mit, vielleicht hast du deine verlegt«, und er drückte mir die Zeitschrift in die Hand. »Es geht um einen jungen Mann – in Wien glaube ich –, jedenfalls, ich habe es nicht ganz gelesen, aber er scheint eine Kur gegen Kokainsucht zu entwickeln. An den Namen kann ich mich nicht erinnern, aber er steht irgendwo in dem Artikel. Vielleicht findest du etwas, das dir helfen kann. Tut mir leid, aber mehr kann ich nicht für dich tun.«

Ich bedankte mich herzlich, und wir schieden voneinander mit vielen Versprechungen beiderseits, demnächst zusammen essen zu gehen, uns gegenseitig unsere Frauen vorzustellen und so fort. Keiner von uns beiden hatte die leiseste Absicht, diese Vorsätze einzuhalten, und ich machte mich schweren Herzens auf den Weg zur Waterloo Station. Ich hatte ebensowenig Hoffnung wie Stamford, daß der kurze Artikel im ›*Lancet*‹ meinen Freund vor dem Abgrund retten könnte. Niemals hätte ich mir träumen lassen, daß Stamford – der unbezahlbare, unschätzbare Stamford! – zum zweitenmal in zehn Jahren die Antwort für mich und für Holmes gefunden hatte.

KAPITEL DREI

Ein Beschluß wird gefaßt

»Jack, Liebster, was ist geschehen?«

Das waren die ersten Worte meiner Frau, als sie in Waterloo Station aus dem Zug stieg. Zwischen uns bestand eine starke seelische Bindung, die sich das erste Mal vor drei Jahren manifestiert hatte, an dem Abend, an dem wir uns kennenlernten.*

Damals waren wir durch den Gang der Ereignisse gemeinsam in ein Dickicht von seltsamen Vorfällen geraten, in dem es entflohene Verbrecher gab, Wilde von den Andamanen, verabschiedete und ruinierte Offiziere,

* Was Watsons Ehe oder Ehen angeht, so haben sich die Fachleute darüber häufig gestritten. Ohne auf die Frage, wie oft und mit wem er verheiratet war, näher einzugehen, läßt sich aus dieser und der folgenden Passage leicht entnehmen, daß es sich hier um Mary Morstan handelt, Holmes' Klientin in *Das Zeichen der Vier*, die einzige Frau, die Watson ausdrücklich und namentlich als seine Ehefrau genannt hat. N. M.

die große Meuterei und den sagenhaften Agra-Schatz. Wir hatten gemeinsam in der furchtbaren Nacht im Erdgeschoß der Pondicherry Lodge gewartet, als Sherlock Holmes, zusammen mit der Haushälterin und Thaddeus Sholto, im oberen Teil des Hauses die Leiche seines unseligen Bruders Bartholomew fand. In dieser Stunde hatten wir, ohne ein Wort zu sprechen – ja, ohne einander zu kennen –, instinktiv im Dunkeln die Hände nacheinander ausgestreckt. Wie zwei verängstigte Kinder hatten wir einander zu trösten und zu beruhigen versucht. So rasch hatte sich die Zuneigung zwischen uns entwickelt.

Dieses lebendige und intuitive Verstehen blieb zwischen uns bis zu ihrem Tod. Es zeigte sich deutlich, als sie an jenem Aprilabend aus dem Zug stieg und mich besorgt anschaute.

»Was ist geschehen?« wiederholte sie.

»Nichts, komm, ich erzähle dir alles zu Hause. Ist das hier dein ganzes Gepäck?«

Und so gelang es mir, sie für eine Weile abzulenken, während wir uns durch den überfüllten Bahnhof fädelten, zwischen Koffern, Mantelsäcken, schreienden Gepäckträgern und Eltern hindurch, die versuchten, ihren kreischenden Nachwuchs im Zaum zu halten. Irgendwie gelangten wir durch den Tumult, fanden eine Droschke, zahlten den Gepäckträger (nachdem er die Koffer festgeschnürt hatte) und entkamen dem ständig gleichbleibenden Chaos von Waterloo.

Unterwegs versuchte meine Frau, ihre Fragen wieder aufzunehmen, aber ich widerstand, plauderte müßig daher und gab mich gezwungen heiter. Ich erkundigte mich nach ihrem Besuch bei ihrer ehemaligen Arbeitgeberin. Denn als ich das Glück hatte, sie kennenzulernen, war sie Gouvernante bei Mrs. Forrester gewesen.

Sie war erst verwirrt über meine Beharrlichkeit, sah aber ein, daß nichts zu machen war, und gab nach. Sie berichtete munter von ihrem Aufenthalt im Landhaus der Forresters in Hastings und von den Kindern, ihren ehemaligen Zöglingen, die jetzt erwachsen genug waren, ohne Gouvernante auszukommen.

»So glauben sie jedenfalls«, verbesserte sich meine Frau mit einem Lachen. Ich glaube, ich habe sie nie mehr geliebt als während dieser Fahrt. Sie wußte, daß mich etwas beschäftigte, aber sie sah auch, daß ich mich nicht mitteilen wollte. Und so nahm sie meine Fragen als Stichworte und heiterte mich in der liebenswürdigsten Weise auf, bis ich mich wieder gefangen hatte. Sie war eine großartige Frau, und ich vermisse sie schmerzlich bis zum heutigen Tag.

Zu Hause erwartete uns das Abendessen, und wir verbrachten die Mahlzeit mit leichtherzigem Geplauder; wir taten unser Bestes, einander Ereignisse und Anekdoten zu erzählen, die sich während unserer Trennung zugetragen hatten. Aber als wir gegessen hatten, spürte sie eine subtile Änderung in meiner Stimme und kam mir zuvor.

»Komm, Jack, du bist lange genug um den heißen Brei geschlichen. Du kannst doch unmöglich noch mehr Einzelheiten über diese gräßlichen Kinder hören wollen. Jetzt kommst du mit mir ins Wohnzimmer«, fuhr sie fort, erhob sich und reichte mir die Hand, die ich sogleich ergriff. »Das Feuer im Kamin braucht nur angezündet zu werden. Dann machen wir es uns gemütlich, und du bekommst, wenn du willst, einen Brandy und Soda zu deiner Pfeife. Und dann erzählst du mir, was vorgefallen ist.«

Ich fügte mich den Anweisungen meiner Frau wie ein Kind, lehnte es jedoch ab, mir meinen Brandy mit Soda zu verdünnen. Zu Beginn unserer Bekanntschaft hatte ein

Porträt von General Gordon, das sich in meinem Besitz befand, großen Eindruck auf meine Frau gemacht. Ich habe nie herausgefunden, wie die triviale Tatsache ihr zur Kenntnis kam (möglicherweise gehörte es in den militärischen Kreisen, denen sie entstammte, zur Allgemeinbildung), jedenfalls soll General Gordon Brandy und Soda allen anderen Getränken vorgezogen haben. Auch hatte meine Frau eine übersteigerte Vorstellung von meiner soldatischen Vergangenheit, vielleicht weil ich an der Front in Afghanistan verwundet worden war. Wie dem auch sei, sie bemühte sich unaufhaltsam, eine Vorliebe für General Gordons Gebräu in mir zu kultivieren. Vergebens war mein Einwand, daß ich das Bild des Generals nach dem Tode meines älteren Bruders geerbt hatte, vergebens der Hinweis, daß der General mein Regiment, die Fünften Northumberland-Füsiliere, nie kommandiert hatte. Sie verehrte ihn leidenschaftlich – vor allem, weil er zur Abschaffung des chinesischen Sklavenhandels beigetragen hatte – und gab nie die Hoffnung auf, daß ich mich eines Tages zu dem Lieblingsgetränk ihres Helden bekehren würde. Aber dieses Mal nahm sie keinen Anstoß daran, daß ich – wie üblich – kein Sodawasser im Glas hatte.

»Nun, Jack«, sagte sie aufmunternd, nachdem sie es sich mit Grazie im Roßhaarsofa gegenüber meinem Sessel bequem gemacht hatte – demselben Sessel, in dem Holmes in der vergangenen Nacht eingeschlafen war. Sie trug noch ihr Reisekostüm – grauen Tweed mit einem Hauch Spitze um Hals und Handgelenke –, abgesehen vom Hut, den sie vor dem Essen natürlich abgenommen hatte.

Ich nahm einen Schluck Brandy, steckte mir mit großer Umständlichkeit eine Pfeife an und berichtete ihr dann die ganze Katastrophe.

»Armer Mr. Holmes!« rief sie aus, als ich geendet hatte. Sie preßte vor Erregung die Hände zusammen und hatte Tränen in den Augen. »Was sollen wir nur tun? Können wir etwas für ihn tun?« Ihr Wille und ihre Bereitschaft zu helfen, wärmten mir das Herz. Ihr kam nicht einmal der Gedanke, den Schwierigkeiten aus dem Wege zu gehen und meinen Freund und seine widerliche und entstellende Krankheit zu meiden.

»Ich glaube, es *gibt* eine Maßnahme, die man ergreifen könnte«, erwiderte ich und stand auf, »aber es wird nicht leicht sein. Holmes ist zu tief gesunken, um freiwillig Beistand anzunehmen, und ich vermute, daß er immer noch zu schlau ist, um eine List nicht zu durchschauen.«

»Dann –«

»Einen Augenblick, Liebste. Ich möchte etwas aus dem Vorraum holen.«

Ich ging hinaus, um die Nummer des ›*Lancet*‹ zu suchen, die Stamford mir gegeben hatte. Als ich wieder ins Wohnzimmer ging, sann ich darüber nach, ob Mary mir, wenn nötig, helfen könnte, meinen Plan in die Tat umzusetzen. Sie war eine selbständige junge Frau, die sich im Leben behauptet hatte. Meinen Plan hatte ich entwickelt, während ich in Waterloo auf ihren Zug wartete und den Artikel des österreichischen Spezialisten las.

Ich trat ins Wohnzimmer, schloß die Tür und berichtete meiner Frau von dem Gespräch mit Stamford und von dessen Resultat.

»Du sagst, du hast den Artikel gelesen?«

»Ja, zweimal, während ich auf dich wartete.« Ich ließ mich wieder auf dem Sessel nieder und breitete den ›*Lancet*‹ auf meinen Knien aus, um nach dem Beitrag zu suchen.

»Dieser Arzt – ah, hier ist es – dieser Arzt hat ausführliche Studien über den Gebrauch von Kokain betrieben. Zunächst kam er zu dem, wie er selbst zugibt, irrigen Schluß, daß die Droge wundervolle Heilkräfte gegen beinahe jede Krankheit und gegen Alkoholismus habe. Dann kam er allerdings dem entsetzlichen Fluch der Sucht auf die Spur, als ein guter Freund von ihm daran zugrunde ging.«

»Zugrunde ging«, wiederholte sie flüsternd.

Wir tauschten angstvolle Blicke, beide innerlich mit der furchtbaren Möglichkeit beschäftigt, daß Holmes auf diese groteske Weise ums Leben kommen könnte. Meine Frau hatte ebensoviel Grund, Holmes dankbar zu sein, wie ich; denn durch ihn hatten wir einander kennengelernt. Ich schluckte und fuhr fort:

»Wie dem auch sei, nach dem Tode dieses Mannes – Anfang dieses Jahres – nahm der Arzt, der der Verfasser dieses Artikels ist, seine positive Beurteilung des Kokains zurück und setzt jetzt alle seine Kräfte ein, um die Unglücklichen zu heilen, die dem Kokain verfallen sind. Er weiß mehr über dieses Rauschgift als jeder andere Wissenschaftler in Europa.«

Wieder tauschten wir Blicke.

»Wirst du ihm schreiben?« fragte sie.

Ich schüttelte den Kopf. »Dazu ist keine Zeit. Holmes ist zu weit auf dem Weg zum Abgrund, wir dürfen nicht eine Stunde vergeuden. Er hat eine gute Konstitution, aber sie kann dem Wüten des Giftes, das er sich einspritzt, nicht lange widerstehen. Wird ihm nicht sofort geholfen, muß sein Körper versagen, bevor wir noch Gelegenheit haben, seinen Geist wiederherzustellen.

Ich bin dafür, mit ihm auf den Kontinent zu reisen. Dieser Arzt soll ihn dann behandeln, und gleichzeitig werde ich alle Hilfe leisten, die durch meine Vertrautheit mit Holmes möglich ist. Ich bin bereit, so viel Zeit und Energie zu opfern, wie ich kann.«

Meine Frau saß eine Weile sehr still und tief in Gedanken versunken. Als sie sich mir zuwandte, zeigten mir ihre kritischen Fragen wieder einmal die praktische Seite ihres Charakters.

»Wenn dieser Mann nicht helfen kann – was dann?«

Ich zuckte die Achseln. »Er scheint der einzige Mensch in Europa zu sein, der sich in der Materie auskennt. Wir müssen es auf den Versuch ankommen lassen.«

Sie nickte.

»Aber der Arzt? Wird er Holmes empfangen? Vielleicht ist er zu beschäftigt oder« – sie zögerte – »zu teuer.«

»Diese Frage werde ich beantworten können, sobald ich Antwort auf mein Telegramm erhalte«, ließ ich sie wissen.

»Du hast ihm ein Telegramm geschickt?«

Ich hatte nach der Lektüre des Artikels vom Bahnhof aus telegrafiert. Ich war darin dem Beispiel von Holmes gefolgt, der Telegramme allen anderen Arten der Mitteilung vorzog. Ich wand mich, als mir einfiel, daß er zur Zeit den armen Moriarty mit ihnen bombardierte. Mein Telegramm allerdings war voll gerechtfertigt, nichts anderes hätte meinem Zweck gedient. Ein Telefon hätte ich auch dann nicht benutzt, wenn es im Jahre '91 schon Überseeleitungen gegeben hätte. Ich hatte Holmes' Vorurteil gegen das Telefon übernommen. In einem Telegramm, so pflegte er zu sagen, ist man gezwungen, sich knapp und in der Folge logisch auszudrücken. Auf eine Nachricht erhält man eine Nachricht und keinen überflüssigen Redeschwall. Ich wünschte keine lange Antwort, mir genügte ein klares, unverbrämtes Ja oder Nein.

»Aber«, ließ sich meine Frau mit einem Seufzer vernehmen und lehnte sich zurück, »wir haben nicht mit Mr. Holmes gerechnet. Du sagst selbst, daß man ihn nicht überlisten kann. Nehmen wir an, der Doktor will ihn behandeln. Wie überreden wir ihn dazu, dorthin zu reisen? Deinen Worten entnehme ich, daß er mehr auf der Hut ist, als je zuvor.«

»Das ist wahr«, erwiderte ich kopfschüttelnd. »Es wird nicht leicht sein, Holmes zu einer Auslandsreise zu überreden. Er muß glauben, er ginge auf eigenen Wunsch.«

»Und wie sollen wir das bewerkstelligen?«

»Wir müssen ihn glauben machen, er sei auf Professor Moriartys Spur – und wir müssen die nötigen Indizien dazu schaffen.«

Noch nie hatte mich ein Mensch so erstaunt angesehen wie meine Frau in diesem Augenblick.

»Indizien schaffen?« fragte sie atemlos.

»Ja.« Ich erwiderte ruhig ihren Blick. »Wir müssen eine falsche Spur erfinden, die Holmes nach Wien führt.«

»Solch einen Plan wird er durchschauen«, wandte sie automatisch ein, »niemand weiß so viel über Indizien wie er.«

»Das mag wohl sein«, erwiderte ich, »aber niemand weiß so viel über Holmes wie ich.« Ich lehnte mich vor. »Ich werde jeden Kniff anwenden, um ihn auf die Spur zu locken. Spitzfindigkeit ist nicht meine Stärke, dafür aber seine, und ich werde sie vorübergehend annehmen. Ich werde denken, wie er denkt; ich werde Notizen über alte Fälle heranziehen, an denen er und ich gemeinsam gearbeitet haben; du mußt mir helfen, und dann«, schloß ich, mutiger, als ich mich in Wirklichkeit fühlte, »wird er schon tun, was wir wünschen. Wenn nötig«, fügte ich etwas lahmer hinzu, »bin ich bereit, eine große Summe Geld aufzubringen.«

Meine Frau wurde sehr ernst. Sie beugte sich nach vorne und nahm mein Gesicht in ihre Hände. Forschend, aber liebevoll blickte sie mir in die Augen.

»Das alles würdest du tun – für ihn?«

»Ich wäre der erbärmlichste Lump auf Erden, täte ich es nicht«, antwortete ich, »nach allem, was ich ihm zu verdanken habe.«

»Dann werde ich dir helfen«, sagte sie einfach.

»Gut.« Ich ergriff ihre Hand und drückte sie erregt. »Ich wußte, daß ich mich auf dich verlassen kann. Aber erst müssen wir der Mithilfe des Arztes sicher sein.«

In demselben Augenblick war jedoch dieses Hindernis schon überwunden. Ein Klopfen ertönte an der Haustür, und kurz darauf trat das Mädchen mit einem Telegramm ein. Ich brach das Siegel mit zitternden Händen auf und las eine kurze, in unbeholfenem Englisch abgefaßte Mitteilung, die besagte, der Doktor »stehe dem großen englischen Detektiv gratis zur Verfügung«, ein endgültiger Bescheid sei dringend erwünscht. Ich kritzelte hastig eine Antwort und schickte das Mädchen damit hinaus.

Nun blieb uns nur noch, Sherlock Holmes nach Wien zu befördern.

KAPITEL VIER

Zwischenspiel in Pall Mall

Es war natürlich leicht zu sagen, man werde sich die Denkart Sherlock Holmes' aneignen, aber es war etwas ganz anderes, es auch zu tun.

Angefeuert von dem Telegramm, rückten wir unsere Sessel näher zusammen und begannen, sobald ich meine Notizen aus den Regalen hervorgeholt hatte, unsere falsche Spur zu planen.

Aber ach, es war schwieriger, als wir uns vorgestellt hatten. Leser meiner Werke haben sich berufen gefühlt, mich, den Autor, als »schwer von Begriff«, einen Einfaltspinsel, hoffnungslos gutgläubig, gänzlich phantasielos und noch Schlimmeres zu bezeichnen. Zu allen diesen Anklagen bekenne ich mich unschuldig. Es trifft zwar zu, daß ich bei manchen der Erzählungen Gebrauch von schriftstellerischer Freiheit gemacht und mich im Vergleich mit Holmes als übertrieben dumm dargestellt habe, aber diese Übertreibungen habe ich nicht nur angewendet, um die Fähigkeiten meines Freundes dem Leser gegenüber aufzuwerten, sondern auch, weil man sich in seiner Gegenwart leicht ein wenig töricht fühlte, ob man nun Durchschnittsintelligenz besaß oder nicht; was ich, am Rande bemerkt, von mir doch behaupten möchte.

Aber wenn ein normaler Kopf, zusammen mit allem guten Willen der Welt, sich vornimmt, einen überlegenen Geist zu überlisten, dann stellt sich sehr schnell heraus, wo das Problem steckt. Wir machten an diesem Abend ein Dutzend Versuche, und jedesmal gab es eine Lücke, einen Fehler in der Argumentation oder einen Mangel in ihrem Niveau, der, wie ich wußte, Holmes' Aufmerksamkeit erregt hätte. Meine Frau spielte den *advocatus diaboli* und fand die Achillesferse an mehreren Plänen, die auf den ersten Blick brillant schienen.

Ich weiß nicht mehr, wie lange ich so vor dem Feuer über meinen Notizen brütete und mir den Kopf zerbrach, nur daß es mir sehr viel länger erscheinen wollte, als die Uhr auf dem Kaminsims angab.

»Jack!« rief meine Frau auf einmal aus. »Wir haben das alles ganz falsch angepackt.«

»Wie soll ich das bitte verstehen?« fragte ich etwas gereizt, denn ich fand, daß ich mein Bestes tat, und es ärgerte mich, von meiner eigenen Frau zu hören, daß meine Bemühungen, meinem Freund zu helfen, ›alle falsch‹ sein sollten.

»Sei nicht böse«, bat sie schnell, als sie sah, wie mir die Röte ins Gesicht stieg, »ich meinte nur: Wenn wir jemanden brauchen, der Mr. Holmes überlisten soll, dann müssen wir zu seinem Bruder gehen.«

Warum nur hatte ich daran nicht früher gedacht?

Impulsiv beugte ich mich vor und küßte meine Frau auf die Wange.

»Du hast recht«, entgegnete ich und stand auf. »Mycroft ist *der* Mann, um den Köder in die Falle zu legen. Selbst Holmes gibt zu, daß Mycroft ihm intellektuell überlegen ist.«

In meiner Ungeduld hatte ich schon fast die Tür erreicht.

»Willst du jetzt zu ihm gehen?« protestierte sie. »Es ist schon fast zehn, Jack, und du hast für heute genug getan.«

»Ich sage dir, es ist keine Zeit zu verlieren«, antwortete ich und schlüpfte in mein Jackett, das ich vorm Feuer aufgehängt hatte. »Und wenn ich noch vor elf im Diogenes-Club bin, werde ich Mycroft höchstwahrscheinlich dort vorfinden. Warte nicht auf mich«, fügte ich hinzu und gab ihr noch einen zärtlichen Kuß.

Draußen nahm ich eine Droschke und gab dem Fahrer die Adresse des Diogenes-Club, wo Mycroft sich gewöhnlich aufhielt. Dann lehnte ich mich in die Polster zurück und lauschte dem Klappern der Pferdehufe auf dem Kopfsteinpflaster, während wir durch die mit Gaslaternen erhellten Straßen fuhren. Ich versuchte wach zu bleiben, obwohl ich, ehrlich gesagt, recht zerschlagen war.

Und dennoch, ich hatte gesehen, wie Holmes sich übermenschlichen Anstrengungen unterzog, wenn er an einem Fall arbeitete. War ich nicht in der Lage, es ihm an Brillanz gleichzutun, so konnte ich wenigstens seiner Ausdauer nacheifern.

Mycroft Holmes war mir nicht näher bekannt. Ich hatte ihn sogar nur ein- oder zweimal getroffen, und das war drei Jahre her, als unsere Wege sich wegen des unglückseligen Falls des griechischen Dolmetschers gekreuzt hatten. Ja, mein Zusammenleben mit Holmes währte über sieben Jahre, bevor er seinen Bruder überhaupt erwähnte, und diese Enthüllung erstaunte mich damals so sehr, als hätte er mir mitgeteilt, die Erde sei flach. Noch verblüffter war ich, als Holmes zu verstehen gab, daß die geistigen Kräfte seines Bruders sogar schärfer waren als seine eigenen.

»Aber dann«, wandte ich damals ein, »muß er ein noch besserer Detektiv sein, und wenn das der Fall ist, warum habe ich nie von dem Mann gehört?« Denn es schien außer Frage, daß ein zweiter Kopf wie Holmes in England existieren sollte, ohne daß es jemandem aufgefallen wäre.

»Oh«, erwiderte Holmes leichthin, »Mycroft stellt sein Licht sozusagen unter den Scheffel. Er ist unglaublich faul«, fügte er hinzu, als er sah, daß ich nicht verstand. »Er wäre gerne bereit, den kniffligsten Fall zu lösen, wenn er sich dazu nur nicht aus seinem Sessel zu erheben bräuchte. Leider gehört oft noch etwas mehr dazu«, lachte er, »und Mycroft verabscheut jede Art von körperlicher Anstrengung.«

Er erzählte, daß sein Bruder den größten Teil seiner Zeit im Diogenes-Club gegenüber seiner Wohnung in Pall Mall zubrachte. Der Diogenes-Club bestand aus Mitgliedern, die Clubs nicht leiden konnten. Er enthielt die kauzigsten und ungeselligsten Männer Londons, und eine eiserne Regel verbot es den Mitgliedern, auch nur die geringste Notiz voneinander zu nehmen. Abgesehen vom Besuchsraum war jede Konversation im Club strengstens untersagt.

Als der Kutscher schließlich das Klappfenster öffnete und mir, ohne weiter hinzusehen, gleichmütig unsere Ankunft verkündete, war ich dann doch eingenickt.

Ich überquerte eilig die Straße zum Eingang des Clubs,

gab dem Portier meine Karte und bat ihn, Mr. Mycroft Holmes in den Besuchsraum zu senden. Er verbeugte sich steif und zog sich zurück, um den Auftrag zu erfüllen. Nur ein ganz leichtes Flattern seiner Lider, die er als Zeichen permanenter Arroganz halb geschlossen hielt, bedeutete mir, daß er mein Äußeres für unkorrekt befunden hatte. Ich machte einen erfolglosen Versuch, meinen Kragen geradezurücken, und fuhr mir etwas kläglich mit der Hand über das stoppelige Kinn. Gottlob brauchte ich meinen Hut nicht zu entfernen und mir das Haar zu kämmen. Zu jener Zeit war es, vor allem in Clubs, immer noch üblich – obwohl der Brauch allmählich ausstarb –, den Hut auch drinnen aufzubehalten.

Etwa fünf Minuten später kehrte der Portier auf leisen Sohlen zurück und wies mir mit einer eleganten Geste seiner behandschuhten Hand den Weg ins Besucherzimmer, wo Mycroft Holmes mich erwartete.

»Dr. Watson? Ich war nicht sicher, daß ich Sie erkennen würde.« Er watschelte auf mich zu und nahm meine Hand in seine schwammigen Finger. Ich habe schon an anderer Stelle bemerkt, daß Mycroft im Gegensatz zu Sherlocks Hagerkeit fleischig, ja beinahe fettleibig zu nennen war. Soweit ich feststellen konnte, hatten die Jahre nichts getan, um seine Polster zu beseitigen. Er betrachtete mich mit zusammengekniffenen, in Fettfalten eingebetteten Schweinsäuglein.

»Wie ich sehe«, fuhr er fort, »kommen Sie in dringlichen Geschäften, die meinen Bruder betreffen. Sie sind seinetwegen den ganzen Tag unterwegs gewesen – meist in Droschken, will mir scheinen –, und Sie haben sich kurze Zeit in Waterloo aufgehalten, um etwas – oder nein«, verbesserte er sich, »um jemanden abzuholen. Sie sind ermüdet«, fügte er hinzu und wies auf einen Sessel.

»Bitte sagen Sie mir, was meinem Bruder zugestoßen ist.«

»Woher wissen Sie, daß ihm etwas zugestoßen ist?« fragte ich und sank voller Verblüffung in den Sessel. Hier war wirklich Holmes' Geschwisterseele am Werk.

»Puh«, Mycroft wedelte mit seiner Riesenpratze. »Ich habe Sie seit drei Jahren nicht gesehen, und als wir uns das letzte Mal trafen, waren Sie in Gesellschaft meines Bruders, dessen Chronist Sie bekanntlich sind. Sie statten mir einen plötzlichen Besuch ab, und zwar zu einer Zeit, zu der die meisten verheirateten Männer zu Hause bei ihren Frauen sind, *und* Sie kommen ohne Ihr Alter ego. Es ist nicht weiter schwierig, daraus zu schließen, daß er in Schwierigkeiten ist und Sie mich um Rat oder Hilfe bitten wollen. Ihrem Kinn kann ich ansehen, daß Sie den ganzen Tag unterwegs gewesen sind und keine Gelegenheit hatten, sich das zweite Mal zu rasieren, was bei Ihrem Bartwuchs wohl nötig wäre. Sie haben keinen Arztkoffer bei sich, obwohl mir durch Ihre eigenen Veröffentlichungen bekannt ist, daß Sie wieder praktizieren. Daraus entnehme ich, daß Ihr anstrengender Tag etwas mit dem Besuch bei mir zu tun haben muß. Das Datum Ihrer Bahnsteigkarte, die aus Ihrer Manteltasche herausschaut, verrät mir, daß Sie heute auf einem der Bahnsteige in Waterloo Station waren. Wenn Sie lediglich vorgehabt hätten, ein Paket abzuholen, dann wären Sie nur zur Gepäckausgabe gegangen, für welche man, soviel ich weiß, keine Karte braucht; Sie müssen also dort eine Person abgeholt haben. Was die Droschken angeht, so kann man, wie gesagt, Ihrem Bart und Ihrem abgekämpften Gesichtsausdruck leicht entnehmen, daß Sie den ganzen Tag nicht zu Hause waren; dennoch ist Ihr Regenmantel trocken, und Ihre Stiefel sind sauber trotz des unfreundlichen Wetters. Welch andere Transportart ist so bekömmlich für den gepflegten Herrn wie die Gondeln von London, wie Mr. Disraeli sie zu nennen pflegt? Sie sehen, es ist alles ganz einfach. Nun sagen Sie mir, was vorgefallen ist.«

Er zog sich einen Sessel heran, ließ mir etwas Zeit, mein Erstaunen zu verdauen, lächelte liebenswürdig und bot mir einen Drink an. Ich schüttelte den Kopf.

»Sie haben also in letzter Zeit keinen Kontakt mit Ihrem Bruder gehabt?« fragte ich.

»Seit über einem Jahr nicht.«

Dies erschien mir nicht verwunderlich, obwohl die meisten Menschen es wohl befremdend finden, daß zwei Brüder, die in der gleichen Stadt wohnen und nicht miteinander verstritten sind, so vollkommen allein für sich leben. Aber ich wußte nur zu gut, daß die Holmes-Brüder die Ausnahme waren und nicht die Regel.

Ich warnte Mycroft Holmes, daß meine Nachrichten unerfreulich seien, und berichtete ihm vom Zustand seines Bruders und wie ich beabsichtigte, ihn zu kurieren. Er hörte mich mit bedrücktem Schweigen an; sein Kopf sank tiefer und tiefer, während ich sprach. Als ich geendet hatte, folgte eine so lange Pause, daß ich für einen Augenblick dachte, er sei eingeschlafen. Ein tiefer, wie Schnarchen klingender Seufzer verstärkte diesen Eindruck noch, aber dann hob er langsam den Kopf, bis seine Augen wieder in meine blickten. Ich sah Schmerz unter dem Schweinchenausdruck.

»Moriarty?« wiederholte er schließlich heiser.

Ich nickte.

Er schnitt mir mit einer Handbewegung die Rede ab.

»Ja so, ja so«, murmelte er, verfiel dann wieder in Schweigen und starrte auf seine Fingerspitzen. Schließlich hievte er sich mit einem erneuten Seufzer auf seine

Füße und begann angeregt zu sprechen, als wolle er sich selbst aus der Depression reißen, in die meine Neuigkeiten ihn gestürzt hatten.

»Ihn nach Wien zu bringen, wird nicht einfach sein«, stimmte er zu, während er zur Tür schritt und die Klingelschnur zog, »aber es ist auch nicht unmöglich. Wir müssen ihn nur davon überzeugen, daß Moriarty dort ist – und daß er auf ihn wartet.«

»Aber wie das zu erreichen ist, will mir eben nicht einfallen.«

»Nein? Nun, die einfachste Lösung ist, Professor Moriarty dazu zu bringen, nach Wien zu gehen. Wir brauchen eine Droschke, Jenkins«, sagte Mycroft Holmes über meine Schulter hin zu dem Diener, den die Klingel herbeigerufen hatte.

Er schwieg während der nächtlichen Fahrt nach 114 Munro Road (die Adresse in Hammersmith, die wir der Visitenkarte des Professors entnommen hatten). Nur einmal erkundigte er sich nach dem österreichischen Spezialisten. Ich erläuterte den Artikel im ›*Lancet*‹ in allen Einzelheiten, und er reagierte mit einem Grunzen.

»Hört sich jüdisch an«, war sein einziger Kommentar.

Ich fühlte mich inzwischen besser, und die Tatsache, daß ich Mycroft – oder Mycrofts Gehirn – für die Sache gewonnen hatte, half noch, mich aufzuheitern. Ich war versucht, ihn nach Professor Moriarty und der Tragödie zu fragen, die derselbe erwähnt hatte, aber ich unterließ es. Mycrofts Gedanken waren offensichtlich ganz von seines Bruders traurigem Schicksal in Anspruch genommen; zudem hatten beide etwas an sich, das solche Vertraulichkeiten – selbst zwischen Freunden – verbot, und ich war mit Mycroft noch nicht einmal enger befreundet.

Statt dessen begann ich darüber nachzugrübeln, wie

wir Professor Moriarty dazu überreden konnten, unserer bizarren Forderung nachzukommen. *Es kann uns doch gar nicht gelingen, den furchtsamen Schulmeister dazu zu bringen, seine Stelle aufzugeben und, mir nichts dir nichts, plötzlich auf den Kontinent zu reisen. Er wird Einwände erheben, zaudern; schlimmer als das, er wird wieder winseln.*

Ich wandte mich meinem Begleiter zu, um ihm meine Befürchtungen mitzuteilen, aber er hatte den Kopf aus dem Fenster gelehnt.

»Halten Sie, Kutscher«, befahl er mit leiser Stimme, obwohl wir noch ziemlich weit von unserem Bestimmungsort entfernt waren.

»Wenn der Professor nicht übertreibt«, erklärte Mycroft, während er seinen mächtigen Leib aus der Droschke zwängte, »dann müssen wir auf der Hut sein. Es ist von äußerster Wichtigkeit, mit ihm zu sprechen, aber es wäre ein Fehler, unseren Besuch auch Sherlock anzukündigen, der möglicherweise in dieser Nacht wieder einmal Wache steht.«

Ich nickte und gebot dem Fahrer, auf uns zu warten, ganz gleich, wie lange es dauern würde. Um ganz sicher zu gehen, drückte ich ihm einen Shilling in die Hand und versprach ihm einen zweiten bei unserer Rückkehr. Dann machten Mycroft und ich uns in aller Stille auf den Weg durch die verlassenen Straßen zu des Professors Wohnung.

Munro Road befand sich in der unbedeutenden Nachbarschaft von zweistöckigen Häusern mit Stuckfassaden und unansehnlichen kleinen Gärten. Als ich am Ende der Straße weißlichen Rauch in die Nachtluft steigen sah, griff ich nach dem Ärmel meines stämmigen Begleiters. Er warf einen Blick in die Richtung und nickte. Wir traten beide in den Schatten des nächsten Hauses.

Unter der einzigen Laterne in der Straße stand Sherlock Holmes und rauchte seine Pfeife.

Wir schoben uns weiter in den Schatten und kauerten uns zusammen. Bald erkannten wir, daß die Situation hoffnungslos war. Solange Holmes gegenüber des Professors Haustür aufgepflanzt blieb, hatten wir keine Hoffnung, unbeobachtet hineinzugelangen, es sei denn auf Umwegen. Und keiner von uns hatte die geringste Vorstellung, was das für Umwege sein sollten. Wir berieten uns kurz und im leisen Flüsterton. Wir erwogen die Strategie, durch die Hintertür auf der anderen Seite der Straße ins Haus zu gelangen, aber eine Reihe von Argumenten sprach gegen diese Kriegslist. Ganz sicherlich wäre ein Zaun zu übersteigen, und obwohl ich zu dergleichen gymnastischen Übungen in der Lage gewesen wäre, konnte man das von Mycroft leider nicht sagen. Selbst wenn er den Zaun überwand und wir in der Dunkelheit das richtige Haus fanden, dann mußten wir doch immer noch mit einer verschlossenen Hintertür rechnen; die unvermeidliche Unruhe, die unser Eindringen verursachen mußte, hätte fraglos Holmes' Aufmerksamkeit erweckt.

Das Problem löste sich in unerwarteter Weise. Als ich mich nach der Gestalt meines Freundes unter dem gelben Lichtschein der Laterne umblickte, sah ich, wie er die Asche aus seiner Pfeife an seinem Stiefelabsatz ausklopfte und auf das andere Straßenende zuschlenderte.

»Er geht!« stieß ich aufgeregt hervor.

»Wollen wir hoffen, daß er nicht zurückkommt, um seinen Wachtposten wieder einzunehmen«, murmelte Mycroft und erhob sich, wobei er nach Luft schnappte und versuchte, seine Knie abzustauben. Sein Umfang verhinderte dieses Unternehmen. Er gab auf. »Jetzt schnell«, sagte er, »wir müssen unser Ziel ohne weitere Verzögerungen erreichen.«

Er eilte aufs Haus zu. Ich stand still und blickte der Gestalt meines Freundes in der Dunkelheit nach, die sich bereits weit entfernt hatte. Es schien mir, daß selbst sein Rücken – gerade und schmal in Holmes' typischer Pelerine – einsam und verlassen wirkte.

»Kommen Sie, Watson!« zischte Mycroft, und ich folgte ihm.

Die Insassen des Hauses zu wecken, war einfacher, als wir gedacht hatten; Professor Moriarty war auf. Seine Versuche, Schlaf zu finden, waren – nicht zum erstenmal – von dem Bewußtsein vereitelt worden, daß Holmes unter seinem Fenster stand.

Er hatte uns wohl kommen sehen, denn die Tür wurde geöffnet, bevor Mycrofts Hand den Klopfer erreicht hatte. Moriarty, mit Nachthemd, Nachtmütze und einem verblichenen roten Morgenrock bekleidet, blinzelte uns mit kurzsichtigen, schlafhungrigen Augen an.

»Dr. Watson?«

»Ja, und dies ist Mr. Mycroft Holmes. Können wir eintreten?«

»Master Mycroft!« rief er erschreckt und überrascht aus.

»Die Zeit drängt«, unterbrach Mycroft ihn mit beruhigender Stimme. »Wir wollen Ihnen und meinem Bruder helfen.«

»Ja, ja, gewiß«, stimmte Moriarty hastig zu. »Bitte folgen Sie mir leise. Meine Hauswirtin und die Mädchen schlafen bereits. Ich möchte sie nicht wecken.«

Nachdem wir eingetreten waren, schloß Moriarty geräuschlos die Tür und legte den Riegel vor.

»Hier entlang«, er nahm die Lampe vom Tisch in der

Halle und geleitete uns die Treppe hinauf in seine Räume. Sie erinnerten an seinen Schlafrock – sie waren mit allem Nötigen ausgestattet, wirkten aber vom Zahn der Zeit angenagt.

»Bitte drehen Sie nicht das Gas an«, bat Mycroft, als er sah, daß der Professor nach der Lampe griff. »Mein Bruder könnte zurückkommen, und es ist wichtig, daß er keinerlei Veränderung bemerkt.«

Moriarty nickte und setzte sich, wobei er uns mit einer zerstreuten Handbewegung aufforderte, desgleichen zu tun.

»Was führt Sie zu mir?« fragte er in Verzweiflung, denn unsere ernsten Gesichter gaben ihm klar genug zu verstehen, daß die Sache mindestens so schwerwiegend war, wie er vermutet hatte.

»Wir wären Ihnen äußerst verbunden, wenn Sie morgen früh nach Wien aufbrechen würden«, begann Mycroft.

KAPITEL FÜNF

Eine Reise durch den Nebel

Es erübrigt sich wohl, an dieser Stelle darüber zu berichten, welche Angebote wir in jener Nacht dem unglückseligen Mathematiklehrer machten – was für Bestechungen, Drohungen und Schmeicheleien wir anwendeten, um ihn zu überreden. Ich hätte in Mycroft Holmes nicht die Eloquenz vermutet, die er bei diesem bizarren Anlaß an den Tag legte. Zunächst protestierte Moriarty. Er ließ kurze, frettchenhafte Blicke seiner blauen, im Licht der heruntergedrehten Lampe blaß erscheinenden Augen zwischen uns hin- und hergleiten. Aber Mycroft gelang es, ihn zu überzeugen. Ich wußte damals nicht, welche Macht genau der unförmige Riese über die kleine Vogelscheuche hatte, aber es war Mycroft, dem er schließlich nachgab. Am Ende war er zu allem bereit, nachdem wir versprochen hatten, ihn zu entschädigen, und er erinnerte uns eindringlich an die Erklärungen, die wir dem Schuldirektor Brice-Jones abzugeben hatten, damit ihm der Posten an der Roylott-Schule nicht durch Abwesenheit verlorengehe.

Als alles abgemacht war, ging ich ans Fenster und blickte, vorsichtig hinter dem Vorhang verborgen, hinunter auf die Straße. Holmes war nirgendwo zu sehen. Ich gab Mycroft Bescheid, und wir gingen, wie wir gekommen waren, und kehrten zu unserer Droschke zurück.

Auch auf der Rückfahrt widerstand ich der Versuchung, Mycroft über die Familiengeschichte der Holmes' zu befragen. Und die Versuchung, das Geheimnis herauszufinden, war jetzt noch größer als vorher; es gab für mich keinen Zweifel daran, daß der Professor auf Mycrofts unverschämte Forderung nur eingegangen war, weil der letztere ihn so vollständig in der Hand hatte. Die ganze Auseinandersetzung, so wurde mir jetzt klar, hatte vor allem meinetwegen stattgefunden, das Ergebnis hatte von vornherein festgestanden.

Aber ich gab meiner Neugier nicht nach, und das war nicht so schwierig, wie es klingt, denn ich schlief in meiner Ecke ein und erwachte erst, als das Fahrzeug vor meiner Tür hielt und Mycroft mich sanft anstieß und mich so in die Gegenwart zurückrief. Wir sagten einander leise gute Nacht.

»Jetzt liegt alles bei Sherlock«, sagte er.

»Ich frage mich, ob wir es ihm nicht zu schwer gemacht haben.«

Es gelang mir kaum, ein Gähnen zu unterdrücken.

Drinnen in der Droschke lachte Mycroft leise vor sich hin. »Ich glaube nicht. Nach dem, was Sie sagen, scheint mir sein Charakter an sich unverändert zu sein; nur die Gewichte haben sich verlagert. Moriarty ist sein Mann, und er wird den Weg zu ihm finden, darüber brauchen wir uns wohl nicht zu sorgen. Den Rest muß dann der gute Doktor in Wien tun. Gute Nacht, Watson.« Er klopfte mit dem Stock leicht gegen das Dach der Droschke, die in den Morgennebel hineinratterte.

Ich muß irgendwie ins Bett gefunden haben, denn meine nächste Erinnerung ist die Gestalt meiner Frau, die sich mit besorgten Blicken über mich beugte.

»Bist du wohlauf, mein Liebling?« Sie legte eine prüfende Hand auf meine Stirn, als ob sie mich im Fieber wähnte. Ich erwiderte, daß ich müde, ansonsten aber bei guter Gesundheit sei, und setzte mich auf.

»Was soll das?« rief ich überrascht, als ich auf einem Stuhl in der Nähe der Tür ein zugedecktes Tablett erblickte. »Frühstück im Bett? Ich sage dir, ich bin –«

»Mein Gefühl sagt mir, daß du gerade Zeit genug haben wirst, es zu dir zu nehmen«, sagte sie traurig und stellte das Tablett vor mich hin.

Ich wollte sie schon fragen, was sie damit meinte, als ich den gelben Umschlag neben der Zuckerdose erblickte. Ich warf einen unsicheren Blick auf meine Frau, aber sie nickte mir tapfer und ermutigend zu, und ich öffnete den Umschlag.

KANN IHRE PRAXIS SIE EIN PAAR TAGE ENTBEHREN? DAS SPIEL HAT BEGONNEN, UND IHR BEISTAND WÄRE UNSCHÄTZBAR! BRINGEN SIE TOBY NACH EINS EINS VIER MUNRO ROAD HAMMERSMITH. SEIEN SIE VORSICHTIG! HOLMES.

Toby!

Ich sah meine Frau an.

»Es geht los«, sagte sie leise.

»Ja.« Ich versuchte, meine Aufregung nicht durchklingen zu lassen. Die Jagd war im Gange, und niemand wußte, wie sie enden würde.

Ich absolvierte Frühstück und Toilette in höchster Geschwindigkeit, die Müdigkeit war wie weggeblasen. Meine Frau packte in aller Eile eine Reisetasche. Als Frau und Tochter ehemaliger Militärs war sie beim Packen schnell und geschickt. Die Tasche war zur gleichen Zeit reisefertig wie ich, nur daß ich, als sie nicht hinsah, meinen alten Dienstrevolver hineingleiten ließ. Das hatte Holmes mit SEIEN SIE VORSICHTIG gemeint, und obwohl ich wußte, daß ich keine Waffe brauchen würde, hielt ich es für unklug, auch nur eine einzige seiner Anweisungen zu ignorieren. Ebensowenig wollte ich aber meine Frau wissen lassen, daß ich dieselben befolgte. Ich küßte sie zum Abschied und erinnerte sie daran, mit Cullingworth über meine Patienten zu sprechen.

Die nächste Anweisung war, Toby zu holen und Holmes am Hause des Professors zu treffen, und ich machte mich auf, sie auszuführen.

Von der Straße war nichts zu sehen. Der Nebel, der sich einige Stunden vorher noch in Bodennähe befunden hatte, war jetzt etwa in Kopfhöhe und darüber. Es war nicht weiter schwierig, seine Dichte zu messen: Er war undurchdringlich. Ich war umgeben von schwefeligem gelbem Dunst, der in Augen und Lungen stach. London hatte sich in wenigen Stunden in eine gruselige Traumwelt verwandelt, in der die Geräusche die Sicht ersetzten.

Von verschiedenen Seiten drangen das Getrappel der Pferdehufe auf dem Kopfsteinpflaster und das Geschrei der Straßenhändler, die vor unsichtbaren Gebäuden ihre Waren ausriefen, an meine Ohren. Wie um die unheimliche Atmosphäre noch zu verstärken, leierte irgendwo in der Düsternis ein Drehorgelmann eine melancholische Fassung des Liedes ›Poor Little Buttercup‹.

Während ich mich langsam an die nächste Straßenecke schob, wobei ich mir mit meinem Stock den Weg bahnte und anderen Passanten im letzten Moment auswich, konnte ich vage die hell scheinenden Flecken in dem sonst gleichbleibend hellen Dunst erkennen. Ein Fremder hätte einige Zeit gebraucht, um sie als die Straßenlaternen zu erkennen, die nun – mit wenig Erfolg – auch am Tage brannten. Ich, als alter Londoner, erkannte sie natürlich sofort.

Selbst für die damalige Zeit war der Nebel, durch den ich an diesem Tage wanderte, ganz ungewöhnlich dicht.

Als ich schließlich eine Droschke gefunden hatte, ging die Reise nach Nr. 3, Pinchin Lane, Lambeth, qualvoll langsam vonstatten. Ich starrte aus dem Fenster in das gelbsüchtige Nichts und fand gelegentlich eine Landmarke, die verhieß, daß wir noch auf dem rechten Pfad waren. Hanover Square, Grosvenor Square, Whitehall, Westminster und endlich Westminster Bridge waren die verhüllten Kulissen auf dem Wege zu jener unfreundlichen Gasse, in welcher Mr. Sherman, der Naturforscher, hauste. Ihm gehörte jener bemerkenswerte Hund Toby, der Holmes so häufig bei seinen Untersuchungen von Nutzen gewesen war.

Hätte Toby einen Stammbaum besessen, so wäre er wohl als Bluthund bezeichnet worden. Da er das jedoch nicht hatte, konnte niemand – auch Mr. Sherman nicht, mit dem ich das Thema einmal erörterte – feststellen, welcher Rasse Toby zugehörte. Mr. Sherman äußerte vorsichtig die Vermutung, es könne sich um eine Mischung zwischen Spaniel und Spürhund (letzteres wiederum eine

Kreuzung aus schottischem Schäferhund und Windhund) handeln, aber er überzeugte mich nicht. Tobys braun-weiß geschecktes Fell, seine Schlappohren und sein ungeschicktes Gewatschel genügten mir, die Frage seiner Abstammung als ewiges Rätsel bestehen zu lassen.

Irgendwann in seinem Leben war eine gewisse Anzahl seiner Haare einer Krankheit zum Opfer gefallen, so daß seine äußere Erscheinung alles andere als anziehend wirkte. Dennoch war Toby ein freundliches und liebevolles Tier und hatte keinen Grund, sich gegenüber anderen Hunden unterlegen zu fühlen, auch wenn sie vornehmerer Herkunft waren. Sein Stammbaum war seine Nase. Soweit ich feststellen konnte, wurde sein Geruchssinn niemals von einem anderen Tier übertroffen. Manche Leser werden sich Tobys bemerkenswerter Talente von meinem Bericht über das ›Zeichen der Vier‹ her erinnern. Praktisch war er es, der den berüchtigten Jonathan Small und seinen entsetzlichen Gefährten entdeckte. Er folgte ihnen durch halb London mit nichts als ein wenig Kreosot auf den nackten Sohlen des letzteren, um ihm auf die Spur zu helfen. Es stimmt zwar, daß er uns einmal statt zu dem Verfolgten zu einem Faß voll Kreosot und damit in eine Sackgasse führte, aber das auch nur, weil der Weg des Flüchtigen sich mit dem des Fasses gekreuzt hatte. Als Holmes und ich ihn an die Spur zurückführten, erkannte er seinen Irrtum und brachte uns auf den richtigen Weg – mit dem Ergebnis, das ich an anderer Stelle beschrieben habe.

Aber selbst in meinen kühnsten Träumen hätte ich nicht vermutet, zu was für genialen Höhenflügen Toby sich binnen kurzem aufschwingen würde.

Dem Kreischen und Schreien von Tierstimmen konnte

ich entnehmen, daß wir endlich angekommen waren, und ich bat den Fahrer zu warten. Das tat er nur zu gern. Jede neue Fahrt bei diesem Wetter war so gefährlich wie furchterregend.

Ich stieg aus und blickte mich nach den jammervollen Häuserreihen um, die, wie ich wußte, die Straße einrahmten, aber sie waren nicht zu sehen. Nur das Grunzen und Geschrei der Shermanschen Sammlung führten mich zu dessen Tür.

Ich klopfte laut und rief außerdem, denn die Töne da drinnen waren so rauh, als ob die ganze Menagerie verstört sei von dem schrecklichen Vorhang aus Ruß und Nebel, der die gewohnte Sonne verhängte. Aber dann machte ich mir klar, daß diese Stimmen wohl nur selten ganz verstummten, und ich überlegte mir, was für eine Wirkung die ständigen Mißklänge wohl auf den Eigentümer haben mußten.

Ich hatte Sherman mehrmals getroffen, wenn ich von Holmes nach Toby ausgeschickt worden war. Zwar hatte er mir das erste Mal mit einer Viper gedroht, aber das war, bevor er wußte, daß ich mit Holmes befreundet war. Als er dies erfuhr, hatte er mir sein Haus geöffnet und mich seither immer willkommen geheißen. Seine ursprüngliche Feindseligkeit hatte er damit erklärt, daß ihn die Kinder der Gegend immer hänselten. Es war nun mehr als ein Jahr seit meinem letzten Besuch verflossen. Damals hatte Holmes Toby gebraucht, um einen Orang-Utan durch die Abwasserkanäle von Marseille zu verfolgen.

Dieser Fall, obwohl ich ihn nie niedergeschrieben habe, entbehrte keinesfalls dessen, was Holmes leichthin ›interessante Züge‹ nannte. Wie ich mich entsinne, verlieh die polnische Regierung Holmes danach in Anerkennung seiner Verdienste den Orden des St. Stanislaus zweiter Klasse.*

Das Stampfen und Schreien im Haus ging ohne Unterlaß weiter. Schließlich wurde die Tür geöffnet.

»Ah, warte nur, du kleiner –« Die schielenden Augen des Naturforschers nahmen mich über die Brillenränder wahr. »Oh, Dr. Watson! Entschuldigen Sie, treten Sie ein, treten Sie ein. Ich dachte, es sei einer dieser Lumpenkerle, die ihre Streiche in diesem verfluchten Nebel spielen. Wie haben Sie nur hergefunden? Kommen Sie herein.«

Er hielt einen Affen in den Armen, und ich mußte ein Hindernis übersteigen, das mir als zahnloser Dachs bekannt war. Der ganze Zoo verstummte plötzlich, als hätte ich ein Zauberwort gesprochen. Abgesehen von dem sanfte Gurren eines grauen Taubenpärchens auf einem Regal und dem Quieken eines Schweines irgendwo im Hinterzimmer war das Heim des Naturforschers mit einem Mal in tiefes Schweigen getaucht. In der Stille konnte ich die Wellen der Themse an die Mauern schlagen hören. Vor dem Fenster vernahm man ganz schwach die Schreie der Möwen, die ziellos in der Finsternis umherflatterten.

Sherman schob mit sanfter Gebärde einen alten einäugigen Kater von einem hölzernen Schaukelstuhl, den er mir anbot. Ich setzte mich, obwohl ich nicht die Absicht hatte, lange zu bleiben. Etwas an dem Manne verriet ein

* Es ist ein Jammer, daß Watson diesen Fall nicht niedergeschrieben hat. Die Auszeichnung der polnischen Regierung, die Holmes zuteil wurde, weil er einen Orang-Utan durch die Abwasserkanäle von Marseille verfolgte, ist nur eine von vielen Begebenheiten, die der Doktor im Zusammenhang mit Fällen erwähnt, die er nie aufgezeichnet hat. Da Holmes den Orden erhielt, können wir annehmen, daß der Fall erfolgreich gelöst wurde; aber *wie* erfolgreich? Wäre es ein voller Erfolg gewesen, hätte er dann nicht den Orden *erster* Klasse erhalten? N. M.

Verlangen nach menschlicher Gesellschaft, und ich konnte mich nicht überwinden, einfach nur zu kommen und zu gehen, auch wenn ich wußte, daß jede Verzögerung zusammen mit den Schwierigkeiten der bevorstehenden Fahrt nach Hammersmith, Tobys Fähigkeiten möglicherweise beeinträchtigen würden.

»Sie werden sicher Toby wollen, Doktor?« fragte er. Der Affe hatte ihm zärtlich einen Arm um den Hals gelegt, von dem er sich jetzt befreite. Er setzte das Tier auf einen bedeckten Vogelkäfig und fuhr fort: »Ein Momentchen, ich werde ihn holen. Sie haben wohl keine Zeit für eine Tasse Tee?« fragt er mit hoffnungsvoller Stimme.

»Ich fürchte, nein.«

»Nein, das dachte ich mir.« Er seufzte und ging durch die Seitentür zu den Hundezwingern. Das Bellen und Kläffen von dort draußen machte klar, daß seine Hunde sich freuten, ihn zu sehen. Ich erkannte Tobys Stimme inmitten des Getöses.

Fast ohne Verzug kam Sherman mit dem Tier zurück und überließ die anderen Hunde, in denen seine Anwesenheit zweifellos den Wunsch nach Freiheit ausgelöst hatte, ihrem kläglichen Geheul. Toby erkannte mich und strebte, an seiner Leine ziehend, auf mich zu. Sein dünner Schwanz wedelte voll wilder Energie und gutem Willen. Ich revanchierte mich mit einem Stück Zucker, das ich zu diesem Zwecke bei mir trug – ein regelmäßiger Bestandteil unserer Begegnungen. Wie üblich, bot ich Sherman an, im voraus zu bezahlen, und wie es seine Art war – jedenfalls, wenn es um Sherlock Holmes ging –, lehnte er ab.

»Behalten Sie ihn, so lange Sie ihn brauchen«, beharrte er, als er mich zur Tür geleitete, und schob unterwegs ein Huhn beiseite.

»Wir werden das später begleichen. Auf Wiedersehen, Toby! Guter Hund! Und meine besten Grüße an Mr. Sherlock«, rief er mir nach, während ich mit Toby im Gefolge auf die Droschke zustolperte.

Ich versprach im Gehen, ich würde grüßen, und rief nach dem Droschkenkutscher, der durch Gebrüll seinen Standort bekanntgab. Seiner Stimme folgend, fand ich die Droschke und kletterte hinein. Ich gab ihm die von Holmes in seinem Telegramm erwähnte Adresse (die ich in der Nacht zuvor aufgesucht hatte), und allmählich tauchten wir in das Karussell des augenlosen Verkehrs, der sich seinen Weg durch London erahnte.

Wir fanden die Westminster Bridge wieder, überquerten sie – wobei wir um Haaresbreite einen Zusammenstoß mit einem Bierwagen vermieden – und fuhren nach Westen, auf Hammersmith zu. Der einzig erkennbare Punkt entlang unserer Route war die Gloucester-Road-Undergroundstation.

Schließlich bogen wir in die verlassen liegende Munro Road ein, fuhren auf den schwachen Schimmer der einzigen Straßenlampe zu und hielten an.

»Da sind wir!« verkündete der Kutscher, überrascht und erleichtert zugleich, und ich stieg aus, um die Umgebung nach einem Zeichen von Holmes abzusuchen. Alles war totenstill, und meine Stimme schuf ein fremdartiges Echo, als ich seinen Namen in den undurchdringlichen Nebel rief.

Für einen Augenblick stand ich völlig verwirrt da und wollte mich gerade auf den Weg zu des Professors Haus machen, das ich irgendwo hinter mir vermutete, als ich rechts neben mir auf dem Bürgersteig ein Tap-Tap-Tap vernahm.

»Hallo?«

Es kam keine Antwort, nur das gleiche, nicht ganz rhythmische Tappen eines Stockes auf dem Bürgersteig. Toby reagierte wie ich auf das Geräusch und gab ein verstörtes Winseln von sich. Das Tap-Tap kam näher.

»Hallo«, wiederholte ich sofort. »Wer ist da?«

»Maxwellton's braes are bonny«, sang plötzlich ein Tenor mit hoher Stimme aus dem Nebel, *»And airly fathers lie – But fur boony Annie Laurie, I'd lay me doon and die!«*

Ich stand regungslos, wie erstarrt, während Sänger und Gesang näher kamen und sich mir die Haare im Nacken sträubten vor der schieren Grauenhaftigkeit des Ganzen: eine einsame Straße Londons im Nebel, der Zeit verloren und von Menschen vergessen – und der pfeifende Diskant des geheimnisvollen Sängers, der meine Versuche, sich ihm mitzuteilen, nicht beachtete.

Langsam und schlurfenden Schrittes kam er im Schein der Straßenlaterne in Sicht, ein zerlumpter Spielmann mit einer abgeschabten, offenen Lederweste, alten ledernen Kniehosen und Stiefeln, die von Schnürbändern zusammengehalten wurden. Ein spärlicher weißer Backenbart umrahmte sein Gesicht, und auf dem Kopf trug er eine Lederkappe, deren Schirm nach hinten geklappt war, alles Anzeichen seiner ehemaligen Zugehörigkeit zum Bergbau. Ich sage ehemalig, denn er trug die dunkel getönten Gläser eines Blinden.

Ich starrte immer noch voll Entsetzen auf diese Erscheinung, die beständig näher kam und ihr Lied beendete. Die Stille hing zwischen uns in der Luft.

»Almosen? Almosen für 'nen Blinden?« intonierte er mit einem Mal und hielt mir die rasch gezogene Mütze hin. Ich tastete in meinen Taschen nach Wechselgeld.

»Warum antworten Sie denn nicht, wenn man Sie

anspricht?« fragte ich einigermaßen ungehalten. Ich schämte mich jetzt eines Impulses, dem ich beinahe nachgegeben hätte, nämlich, den Revolver aus meiner Reisetasche in der Droschke zu holen. Die Erkenntnis, daß dies albern und überflüssig gewesen wäre, da der blinde Sänger ganz ungefährlich war und offensichtlich nichts Böses im Schilde führte, stimmte mich noch ärgerlicher.

»Ich wollt' mein Lied nich' unterbrechen«, erwiderte er, als verstünde sich das von selbst. Er sprach mit einem leichten irischen Akzent. »Wenn ich aufhör' zu singen, dann zahl'n Se nich«, fügte er erläuternd hinzu und schüttelte leise die Mütze. Ich warf ein paar Pennies hinein. »Dank Euch, mein Herr.«

»Aber gütiger Himmel, Mensch, wie können Sie in einer solchen Situation Ihren Geschäften nachgehen?«

»Situjatsjon, mein Herr? Was für' ne Situjatsjon meinen Se denn?«

»Nun, diesen elenden Nebel!« erwiderte ich energisch. »Man kann ja seine Hand nicht vor den . . .« Ich besann mich und brach ab. Der Sänger reagierte nur mit einem Seufzer.

»Oh, das isses also? Hab' mich schon gewundert, warum alles so anders is. Hab' heut morgen noch nich' mal'n Shilling eingenommen. Nebel, was? Muß ja 'ne ganz schöne Suppe sein, wenn ich noch nicht mal'n Shilling einnehm'. Na ja!«

Er seufzte erneut und schien um sich zu schauen, ein gespenstischer Anblick in Anbetracht seines Gebrechens.

»Brauchen Sie Hilfe?« fragte ich.

»Nein, nein – Gott segne Sie, mein Herr, für das freundliche Angebot. Für mich isses alles dasselbe, nich! Alles dasselbe. Dank' schön, Meister.« Und damit griff er nach dem Geld, das ich in seine Mütze gelegt hatte, und ließ es in seiner Tasche verschwinden. Ich verabschiedete mich von ihm, und er schlurfte davon. Er brauchte seinen Stock, um sich voranzutasten – wie jeder andere Mensch inmitten dieses verfluchten Nebels auch –, und er sang wieder. Seine Stimme wurde immer leiser, während die undurchdringlichen Dunstschleier ihn verschluckten.

Ich sah mich erneut um und rief noch einmal:

»Holmes!«

»Sie brauchen nicht so zu schreien, Watson. Hier bin ich«, sagte eine vertraute Stimme an meiner Seite.

Ich fuhr herum und fand mich Stirn an Stirn mit dem blinden Sänger wieder.

KAPITEL SECHS

Toby übertrifft sich selbst

»Holmes!«

Er lachte, riß sich die Perücke vom Kopf und entfernte die gleichermaßen falschen Augenbrauen und Warzen. Dann nahm er die dunkle Brille ab, und statt der toten Augen des Spielmannes grüßte mich Holmes' heller, leicht amüsierter Blick.

»Entschuldigen Sie, mein Lieber. Sie wissen, daß ich dem Theatralischen nie widerstehen kann, und die Umstände waren so perfekt, daß ich der Versuchung erlag.«

Es nahm einige Zeit in Anspruch, den verängstigten Droschkenkutscher zu beruhigen, den die ganze Episode fast einer Ohnmacht nahe gebracht hatte. Schließlich gelang es uns, ihn zu besänftigen.

»Aber wozu die Komödie?« beharrte ich, während Holmes sich niederbeugte, um den Hund zu liebkosen, der an ihm schnüffelte, glückselig mit dem Schwanz wedelte und die Schminke von seinem Gesicht ableckte.

»Er ist auf und davon, Watson.«

»Auf und davon? Wer?«

»Der Professor.« Holmes stand auf, und seine Stimme klang erbittert. »Da, hinter Ihnen im Nebel ist sein Haus. Ich habe den Platz letzte Nacht selbst beobachtet (gewöhnlich tut Wiggins* das für mich), und bis Mitternacht war alles wie gewöhnlich.

Es war rauh und naß, und ich ging zur Kneipe um die Ecke, um mich mit einem Brandy aufzuwärmen. Während dieser Zeit haben ihn zwei Männer aufgesucht. Was sie ihm mitgeteilt haben, weiß ich nicht, aber ich habe keinen Zweifel, daß es von ihm bezahlte Spione waren, die ihn vor mir warnen wollten. Als ich zurückkam, waren sie fort, und alles war wie zuvor. Dann, heute morgen um sieben, erhielt ich ein Telegramm von Wiggins. Irgendwann letzte Nacht, nachdem ich gegangen war und bevor er, Wiggins, meinen Platz einnahm, war der Professor verschwunden. Wie und wohin, müssen wir erst herausfinden. Ich kam in dieser Verkleidung, für den Fall, daß seine Freunde auf der Lauer liegen sollten.«

Ich versuchte, ihm mit möglichst ruhiger Miene zuzuhören und die passenden Fragen zu stellen.

»Zwei Männer, sagen Sie?«

»Ja. Der eine war groß und recht schwer – mindestens 90 Kilo –, dieser feuchte Boden registriert jeden Eindruck, der auf ihm hinterlassen wird. Er trug enorme Stiefel mit gebogenen Spitzen und eckigen Absätzen, die am Spann jeden Fußes abgetragen waren. So große,

* Wiggins. Ein unternehmungslustiger Straßenjunge, der eine Zeitlang Holmes' ›unoffiziellen Detektivtrupp‹ anführte, das legendäre ›Baker-Street-Hilfskorps.‹ N. M.

schwere Männer stehen oft mit den Zehen auswärts, das erklärt das Phänomen. Er war ein Mann von großer Entschlossenheit und nach meinem Urteil der Anführer.«

»Und der andere?« Ich versuchte, auffälliges Schlucken zu vermeiden.

»Ah, der andere«, seufzte Holmes nachdenklich und blickte die stille Straße hinunter, »er hat einige interessante Züge. Er war etwas kleiner und längst nicht so dick wie sein Begleiter; unter sechs Fuß, würde ich sagen, und er hinkte etwas, Ihnen nicht unähnlich, Watson, auf dem linken Bein. Einmal blieb er zurück und mußte von dem anderen gerufen werden, als sie sich dem Hause näherten. Das ist der Tatsache zu entnehmen, daß nur die Abdrücke seiner Zehen in dieser Richtung sichtbar sind. Er muß gerannt sein, um den anderen einzuholen, das konnte ich auch der zunehmenden Länge seiner Schritte entnehmen. Sie gingen zum Haus, trafen den Professor und verließen ihn wieder. Ich könnte Ihnen mehr über sie sagen, wenn nur nicht dieser verfluchte Nebel mich daran hindern würde, mir ein vollkommenes Bild über ihre Aktivitäten zu machen. Gottlob habe ich meine Vorsichtsmaßregeln getroffen, so daß ich ihrer habhaft werden kann, sollte das nötig sein. Aber wie du weißt, ist es nicht meine Gewohnheit, den kleinen Fischen nachzujagen, wenn große herumschwimmen. *Geben Sie acht, der Vanille-Extrakt!«* schrie er plötzlich und zog mich die zwei Schritte zurück, die ich in Richtung auf das Haus zurückgelegt hatte. »Sie hätten hineinfallen können«, keuchte er und hielt sich an mir fest, um seine Balance zu wahren. Jetzt stand für mich fest, daß er vollkommen dem Wahnsinn verfallen und nicht mehr zu retten war.

»Vanille-Extrakt!« Ich sagte es so gelassen wie möglich.

»Keine Angst, mein Guter, ich habe wieder Sinn noch

Verstand verloren«, lachte er und ließ das Revers meines Mantels los. »Ich sagte ja, ich habe Maßnahmen getroffen, die es mir ermöglichen, jeden dieser Männer ausfindig zu machen. Zahlen Sie die Droschke, und ich will es Ihnen erklären.«

In tiefstem Unbehagen stolperte ich zur Droschke zurück, zog meine Reisetasche aus ihren Tiefen und gab dem Fahrer sein Geld. Er war offenbar erleichtert. Die Gefahren des Nebels schienen ihm zweifellos harmlos im Vergleich mit dem abenteuerlichen Leben in Munro Road. Die Droschke verschwand langsam knarrend im Nichts, und ich kehrte zu meinem wartenden Begleiter zurück. Holmes nahm mich beim Arm und Toby an der Leine und führte uns zum Haus, dessen Nähe ich jetzt, obwohl es noch nicht zu sehen war, spüren konnte.

»Schauen Sie, da unten. Atmen Sie tief ein«, instruierte er mich. Ich hockte mich nieder und inhalierte, wie mir befohlen. Beinahe sofort wurden meine Nüstern von dem süßlichen Geruch des Vanille-Extrakts attackiert.

»Was in aller Welt –?«

»Es ist besser als Kreosot, wenn es sich arrangieren läßt«, antwortete er und ließ auch Toby riechen, »denn es ist nicht klebrig, so daß der Träger nicht auf die Idee kommt, etwas hafte an seinen Sohlen. Der andere Vorteil ist seine Einmaligkeit. Es ist stark und lange anhaltend, und ich bezweifle sehr, daß Toby durch etwas auch nur annähernd Ähnliches verwirrt werden könnte, – es sei denn, unsere Spur führe durch eine Küche. Komm, guter Hund, riech', riech'!« ermutigte er das Tier, das pflichtbewußt an der großen Pfütze im Rinnstein schnüffelte.

»Ich habe das hier gestern ausgegossen, bevor ich ging«, fuhr Holmes fort, während er sich bemühte, seine Verkleidung zu entfernen. »Sie sind alle hineingetreten –

Moriarty, seine beiden Komplizen – auch das Rad von Moriartys Kutsche ist hindurchgefahren.«

Ich dankte meinen Sternen, daß ich diesen Morgen ein frisches Paar Stiefel angezogen hatte, und erhob mich.

»Und jetzt?«

»Und jetzt wird Toby dem Droschkenrad folgen. An irgendeinem Punkt wird er ungewiß werden, und dann werden wir zur Fußspur überwechseln. Sind Sie bereit?«

»Ist es nicht zu spät?«

»Ich glaube nicht. Der Nebel, der Ihre Ankunft verzögerte, muß auch sein Entkommen erschwert haben. Komm, guter Hund!«

Er zog Toby an der Leine von der Vanille-Pfütze weg, und wir brachen auf. Der Geruch war offenbar recht kräftig. Der Hund bewegte sich mit größter Geschwindigkeit vorwärts, ohne Rücksicht auf die visuellen Schwierigkeiten zu nehmen, die der Nebel uns auferlegte. Er erlaubte Holmes gerade noch, sein eigenes Reisegepäck – eine rote Tasche – aus dem Gebüsch auf der gegenüberliegenden Straßenseite zu holen. Wir wanderten überwiegend in Schweigen gehüllt und versuchten unser Bestes, um mit dem Tier Schritt zu halten. Sein ruckartiges Ziehen an der Leine und sein enthusiastisches Gebell machten uns klar, daß selbst die giftigen Schwefeldämpfe in der Luft seine Fähigkeiten nicht beeinträchtigen konnten.

Holmes schien ruhig und gesammelt, im Vollbesitz aller Sinne, und ich begann mich zu fragen, ob ich nicht einen unglaublichen Irrtum begangen hatte. Vielleicht *hatte* Moriarty Mycroft und mich hinters Licht geführt und war tatsächlich der Ausgangspunkt entsetzlichen Unheils. Ich schob den Gedanken als etwas beiseite, das ich mir zu diesem Zeitpunkt nicht erlauben konnte, und hinkte, so gut ich konnte, hinter Holmes und dem Hund her. Diese Art Wetter verursachte meiner alten Wunde besonders starke Schmerzen, und in der Regel ging ich im Nebel überhaupt nicht aus. Einmal nahm ich meine Pfeife heraus, aber Holmes erhob eine mahnende Hand.

»Der Hund muß sich schon mit dem Nebel abfinden«, sagte er. »Lassen Sie uns nicht noch mehr Erschwernisse hinzufügen.«

Ich nickte, und wir gingen weiter der sich windenden, unsichtbaren Straße nach. Ständig hatten wir dem Verkehr auszuweichen, denn wir mußten, um den Droschkenspuren zu folgen, die Mitte der Straße benutzen.

Wir passierten Gloucester Road Station zu unserer Linken, und ich hörte deutlich die Züge durch den Dunst pfeifen, gleich blinden Säuen auf der Suche nach ihrem Wurf. Und immer noch zog uns der Hund mit unverminderter Ausdauer weiter.

»Vielleicht werde ich eine Monographie darüber schreiben«,* sagte Holmes mit Bezug auf den Vanille-Extrakt. »Seine Eigenschaften für diese Art der Arbeit sind, wie Sie sehen können, ideal. Der Hund zögert nicht im geringsten. Er weiß seinen Weg auch durch Schlamm und Wasser.«

Ich murmelte zustimmend und stieß innerlich erneut einen Stoßseufzer der Erleichterung aus. Hätte ich mein Schuhwerk nicht gewechselt, dann wäre mir das vortreffliche Tier nach wenigen Metern auf der Spur gewesen. Ich hätte das Spiel verloren, noch bevor es begann.

* Holmes hatte bereits eine Abhandlung zum Thema geschrieben, und zwar *On the Tracing of Footsteps*, eine Pionierarbeit, die das erste Mal die Verwendung von Gips für Abdrücke empfahl. Auch war er der Autor mehrerer privat gedruckter Artikel zu ähnlichen Themen sowie des meisterhaften Aufsatzes *On the Polyphonic Motets of Lassus*, der bis heute von Fachleuten als unübertroffen geschätzt wird. N. M.

Wie die Dinge lagen, fiel es mir schwer genug, mit dem Hund Schritt zu halten. Ich konnte nicht sehen, wo wir waren, und die Geräusche der Stadt drangen nur verschwommen und in verwirrend rascher Folge an meine Ohren. Mein Bein begann, mich ernsthaft zu schmerzen, und ich war nahe daran, eine diesbezügliche Bemerkung zu machen, als Holmes plötzlich anhielt und mich am Mantel zog.

»Was ist?« fragte ich, nach Atem ringend.

»Hören Sie!«

Ich gehorchte und bemühte mich, außer meinem Herzschlag etwas zu vernehmen. Ich hörte Pferdegetrappel, das Knarren der Geschirre, die Rufe der Kutscher und wieder das Pfeifen der Züge.

»Victoria«, sagte Holmes leise.

Tatsächlich war es der große Bahnhof, den wir jetzt erblickten.

»Genau, wie ich es mir gedacht habe«, murmelte Holmes an meiner Seite. »Sie haben Ihre Reisetasche bei sich? Das trifft sich günstig.«

Konnte ich eine Andeutung von Sarkasmus in seinem Ton vernehmen?

»In Ihrem Telegramm hieß es ›einige Tage‹«, erinnerte ich ihn.

Er schien mich nicht zu hören, sondern stürzte vorwärts, immer Toby nach, der geradewegs auf den Droschkenstand zueilte. Der Hund beschnüffelte den Boden, wo einige Pferde geduldig wartend mit Futtersäcken über den Mäulern vor den leeren Droschken standen. Dann schien er plötzlich vom Bahnhof weglaufen zu wollen.

»Nein, nein«, sagte Holmes sanft, aber bestimmt. »Laß die Droschken jetzt sein, Toby! Zeig' uns, wohin ihr Fahrgast gegangen ist!«

Damit führte er das Tier auf die andere Seite des Droschkenstandes, und dort löste sich, nach kurzem Zögern, die Verwirrung des Hundes. Mit neuem Gebell schoß er in den Bahnhof selbst hinein.

In der überfüllten Station – um so überfüllter wegen der vom Wetter bedingten Verspätungen – stürzte sich Toby ins Gewirr aufgehaltener und verärgerter Reisender, wobei er gelegentlich über das auf seinem Weg liegende Reisegepäck stolperte. Als er auf dem Bahnsteig des Kontinent-Expreß angelangt war, hielt er so plötzlich wie Gloucester am Rand der Klippe. Der Vanille-Extrakt war hier zu Ende. Ich blickte Holmes an, der lächelte und seine Brauen hochzog.

»So«, sagte er ruhig.

»Was nun?« fragte ich.

»Lassen Sie uns feststellen, wann der Expreß abgefahren ist und wann der nächste geht.«

»Und der Hund?«

»Oh, den nehmen wir mit. Ich glaube, daß er uns noch von Nutzen sein kann.«

»Natürlich ist Toby nicht die einzige Methode, vermittels derer ich Professor Moriarty hätte aufspüren können«, sagte Holmes später, als unser Zug etwa zwanzig Meilen von London auf dem Weg nach Dover aus dem Nebel auftauchte. »Es gab mindestens drei Möglichkeiten, und jede wäre wirksam gewesen. Ohne Vanille-Extrakt«, fügte er lächelnd hinzu.

Die klarere Luft wirkte sich auf meine Laune ebenso günstig aus wie auf meine Lungen. Südöstlich von London war es noch bewölkt und regnerisch, aber immerhin war die Sicht klarer, und daß ich Holmes wirklich und wahrhaftig auf den Weg gebracht hatte, vergalt mir alle Unannehmlichkeiten.

Mein Begleiter verfiel in einen unruhigen Schlaf. Er erwachte nach einer halben Stunde und warf mir sonderbare Blicke zu. Plötzlich stand er auf und hielt sich an den Gepäcknetzen fest.

»Entschuldigen Sie mich einen Augenblick, mein Bester«, sagte er mit angestrengter Stimme. Mit einem weiteren merkwürdigen Blick nahm er seinen roten Mantelsack aus dem Netz. Er hatte, bevor unser Zug abfuhr, im Waschraum von Victoria Station die Reste seiner Verkleidung entfernt und sie durch seinen normalen Anzug aus der roten Tasche ersetzt. Ich wußte daher, wohin er ging, was er vorhatte und warum. Aber ich unterdrückte jedes mahnende Wort. Das war es doch, weswegen ich ihn nach Österreich brachte. Ja, ich brachte ihn, auch wenn er das nicht wußte.

Toby hob den Kopf, als Holmes an uns vorbei aus dem Abteil glitt. Ich streichelte ihn, und er lag still.

Holmes kam etwa zehn Minuten später zurück und legte lautlos den Mantelsack zurück ins Netz. Ohne ein Wort oder auch nur einen Blick setzte er sich nieder und gab vor, sich gänzlich in eine Taschenbuchausgabe von Montaignes Essays zu vertiefen. Ich blickte durchs Fenster auf die sanft hügelige, in glitzernde Feuchtigkeit gehüllte Landschaft und auf das mit dem Rücken zum Wind stehende Vieh.

Der Zug fuhr nach Dover ein, dem Verbindungsbahnhof für das Schiff. Wir stiegen alle drei kurz aus und vertraten uns die Beine auf dem Bahnsteig. Holmes hatte Toby zuvor mit einer Erinnerungsdosis des Vanille-Extraktes aus einem Fläschchen in seinem Mantelsack versehen. Auf dem Bahnsteig, wo wir vorgaben, den

Hund sein Geschäft verrichten zu lassen (was er übrigens mit Feuereifer tat), wanderten wir auf und ab und bemühten uns, festzustellen, ob der Professor den Zug hier verlassen hatte. Natürlich wußte ich, daß dies nicht der Fall war, aber da Toby zu dem gleichen Schluß kam, erübrigte es sich, das zu erwähnen.

»Und da unser Zug an denselben Stationen hält wie alle Kontinent-Expresse, werden wir keine Gelegenheit zum Aussteigen vermissen, die der Professor hatte«, schloß Holmes logisch, und daraufhin überquerten wir den Kanal.

In Calais befolgten wir dieselbe Prozedur – mit demselben Ergebnis –, und so ging es weiter bis Paris, das wir mitten in der Nacht erreichten. Der Gare du Nord war um diese Stunde wie verlassen, und wir hatten keine Schwierigkeiten, den Vanille-Extrakt-Fußspuren zu dem Bahnsteig zu folgen, an dem der Wien-Expreß abfuhr.

Holmes runzelte die Stirn, als er das Schild sah.

»Warum in aller Welt Wien?« murmelte er.

»Vielleicht ist er irgendwo unterwegs ausgestiegen. Es gibt offenbar reichlich Stationen. Ich hoffe, Toby ist unfehlbar«, fügte ich hinzu.

Holmes lächelte grimmig.

»Ist er es nicht, dann sind wir schlimmer dran als damals, als er hinter dem Kreosotfaß her war«, gab er zu. »Aber ich glaube an den Vanille-Extrakt. Ich habe Experimente durchgeführt – und nun gut, wenn sie sich nicht bestätigen, dann ist dies der eine Fall, den Ihre Leser mehr erheiternd als erhebend finden werden, Watson.«

Ich verschwieg, daß ich diesen einen Fall nicht niederzuschreiben beabsichtigte.

Holmes lachte und ging, um festzustellen, wann der nächste Zug fuhr und ob es sich um denselben Bahnsteig handelte, was auch der Fall war.

»Kann der Hund keinen Geruch mehr wahrnehmen«, argumentierte Holmes, als der Zug in den noch dunklen Morgenstunden Frankreich durchratterte, »dann bleibt er einfach stehen. Da er bisher nicht angehalten hat, können wir wohl mit Sicherheit annehmen, daß er die Spur nicht verloren hat. Da der Duft – jedenfalls außer Haus – nicht häufig zu finden ist, können wir außerdem unterstellen, daß es sich um dieselbe Spur handelt und nicht um ein Faß voll Vanille, das in den Weg geraten ist.«

Ich nickte schläfrig und versuchte, meine Augen auf den Groschenroman zu fixieren, den ich in Paris erworben hatte; aber bald übermannte mich der Schlaf.

Als ich erwachte, war es beinahe Mittag. Ich war mit Holmes' Reisepelerine zugedeckt, meine Beine waren auf dem Sitz ausgestreckt. Mein Begleiter saß mir gegenüber wie zuvor und blickte pfeiferauchend aus dem Fenster.

Er wandte sich mir mit einem Lächeln zu. »Haben Sie gut geschlafen?« erkundigte er sich.

Ich erwiderte, ich sei – abgesehen von einem steifen Hals – durchaus erfrischt, und dankte ihm für den Mantel. Dann befragte ich ihn nach unseren Fortschritten.

»Wir haben zweimal angehalten«, teilte er mir mit, »einmal an der schweizerischen Grenze und einmal in Genf, fast eine Stunde lang. Wenn man Toby Glauben schenken darf, hat Moriarty den Zug nicht verlassen.«

Toby machte also – wie ich ja wußte – seinem Ruf für Unfehlbarkeit alle Ehre. Ich erhob mich, ging zum Waschraum, rasierte mich und folgte Holmes in den Speisewagen. Es gab einiges Hin und Her wegen des Hundes, wie bereits an jeder Grenze, aber Holmes löste das Problem, indem er dem Kellner sowohl Toby als auch etwas Kleingeld überreichte, das er in Paris besorgt hatte, und ihn bat, das Tier mit Abfällen aus der Küche zu füttern.

Dann ließen wir uns zum Mittagessen nieder. Es beunruhigte mich, daß Holmes weniger Appetit zu haben schien denn je. Ich enthielt mich aber auch dieses Mal jeden Kommentares, und so verging der Tag. Auf Genf folgte Bern und auf Bern Zürich. Auf jedem Bahnhof wiederholte sich das Ritual des Bahnsteigspaziergangs, und da das Resultat jedesmal negativ war, kehrten Holmes und ich mit zunehmenden Zeichen der Verwirrung in unser Abteil zurück. Holmes kam jedesmal zu demselben logischen Schluß, der mir überzeugend genug erschien.

Nach Zürich kam die deutsche Grenze, dann München und Salzburg. Und noch immer fand sich keine Spur des Vanille-Geruchs auf dem Bahnsteig.

Ich starrte den ganzen Nachmittag und noch in der Dämmerung aus dem Fenster, fasziniert von der Szenerie – so unterschiedlich von unserer eigenen – mit ihren bilderbuchartigen Bauernhäuschen und den pittoresk gekleideten Einwohnern in ihren spitzen Hüten, Dirndln und Lederhosen. Es war sonnig und warm. Ich war erstaunt, daß der Schnee auf den gewaltigen Bergen über uns bei solchem Wetter nicht schmolz, und machte eine Bemerkung darüber zu Holmes.

»Oh, er schmilzt schon«, erwiderte er und warf einen verkniffenen Blick durchs Fenster auf die weißen Gipfel. »Und dann gibt es Lawinen.«

Das war kein erfreulicher Gedanke, aber es war unmöglich, ihm nicht nachzuhängen, nachdem er einmal ausgesprochen war. Wurden nicht Lawinen des öfteren durch Lärm ausgelöst – und verursachten wir beim Passieren dieser empfindlichen Gebilde nicht ein erschreckendes Getöse? Was, wenn unser brutales Vorwärtsdonnern das Beben schaffte, das uns begraben würde?

»Sie haben recht, Watson. Der Gedanke stimmt einen demütig.«

Ich blickte auf meinen Gefährten, der im Begriff war, seine Pfeife auszuklopfen. Es war überflüssig, ihn zu fragen, wie er meine Gefühle erraten hatte, ich konnte seine Gedankengänge ohne Schwierigkeit nachvollziehen.

»Ja, sehen Sie es sich nur an«, kommentierte er meinen aufwärtsgerichteten Blick. »Wie unbedeutend scheint unser Handeln, verglichen mit dem der Natur, nicht wahr?« fuhr er mit melancholischer Miene fort. »Es könnten ein Dutzend Genies in diesem Zug reisen – jedes von ihnen im Besitz eines Geheimnisses, das der Menschheit unschätzbare Dienste erweisen könnte – und doch kann unser Schöpfer mit einer Geste seines kleinen Fingers diese fernen Gipfel auf uns niederstoßen, und wo wäre die Menschheit dann, Watson? Wohin führt das alles?«

Er schien unter einer seiner Depressionen zu leiden, deren Zeuge ich nicht zum erstenmal war. Er versank in diesen Depressionen schneller und gewisser, als der Schnee und das Eis, von denen er sprach, ihn hätten begraben können, und ich konnte nichts dagegen tun.

»Andere Genies würden geboren werden«, erwiderte ich lahm.

»Ah, Watson«, sagte er und schüttelte den Kopf. »Guter alter Watson. Sie sind der eine Fixpunkt in diesem Weltall von Lawinen!«

Ich sah ihn an und bemerkte, daß Tränen in seinen Augen glitzerten.

»Entschuldigen Sie mich einen Moment!« Er erhob sich abrupt und nahm seine Reisetasche mit sich. Dieses eine Mal war ich dankbar. Das Rauschgift würde ihn von der Depression befreien. Ironischerweise war ich von dem

Teufelszeug abhängig, bis ich ihn in den Händen des erfahrenen Wiener Doktors wußte.

Kurz nach Holmes' Rückkehr öffnete ein hochgewachsener, äußerst rothaariger Engländer die Abteiltür und fragte mit einem zerstreuten Murmeln, ob bis Linz ein Platz für ihn frei sei. Er hatte in Salzburg den Zug bestiegen und alle Plätze besetzt gefunden, als er aus dem Speisewagen zurückgekehrt war.

Holmes forderte ihn mit einer lässigen Handbewegung auf, Platz zu nehmen, und schien kein weiteres Interesse an ihm zu nehmen. Es blieb mir überlassen, eine ziellose Konversation aufzunehmen, die der Neuankömmling für seinen Teil mit vager Einsilbigkeit bestritt.

»Ich war auf einer Wanderung in Tirol«, beantwortete er eine meiner Fragen, worauf Holmes seine Augen aufschlug.

»In Tirol? Nicht doch«, sagte er. »Ihrem Gepäckzettel ist zu entnehmen, daß Sie soeben aus Ruritanien kommen.«

Der gutaussehende Engländer wurde fast so bleich wie Holmes selbst. Er stand auf, ergriff seine Koffer und murmelte entschuldigend, er wolle etwas trinken gehen.

»Wie schade«, bemerkte ich nach seinem Abgang, »ich hätte ihn gerne über die Krönung befragt.«

»Mr. Rassendyll ist offensichtlich nicht geneigt, sich darüber zu unterhalten«, meinte Holmes, »sonst hätte er seine Sachen nicht mit in die Bar genommen, sondern sie bei uns gelassen. Jetzt hat er keinen Anlaß, wiederzukommen.«

»Was für außerordentliches Haar! Er wäre ohne jede Frage in die Liga* aufgenommen worden, wie, Holmes?«

* Watson nimmt hier Bezug auf die »Liga der Rothaarigen Männer«, eine Pseudo-Organisation, die sich der Förderung und Unterstützung rothaariger Männer widmete. Nähere Einzelheiten wird der Leser in Watsons gleichnamigem Bericht finden. N. M.

»Zweifellos«, erwiderte er trocken.

»Sie sagen, sein Name ist Rassendyll? Ich konnte das Etikett nicht lesen.«

»Ich auch nicht.«

»Dann wie in aller –«, begann ich, aber er unterbrach mich mit einem kurzen Lachen und einer Handbewegung.

»Ich will aus der Sache kein Geheimnis machen«, sagte er. »Ich habe ihn erkannt, das ist alles. Er ist der jüngere Bruder von Lord Burlesdon.* Ich habe mich einmal auf einer Party bei Lord Topham mit ihm unterhalten. Ein ziemlicher Tunichtgut«, schloß er und verlor das Interesse an dem Thema, da die Wirkung des Rauschgifts sich bemerkbar machte.

Es war schon dunkel, als der Zug in Linz einfuhr und wir Toby für seinen Rundgang auf den Bahnsteig führten. Holmes war nunmehr davon überzeugt, daß Moriarty den ganzen Weg nach Wien zurückgelegt hatte (konnte sich allerdings nicht erklären, aus welchem Grunde er dies getan hatte), und daher überraschte es ihn nicht, daß der Hund auch dieses Mal auf die Gerüche des Bahnhofs nicht reagierte.

Wir bestiegen unseren Zug und schliefen bis Wien, das wir in den frühen Morgenstunden erreichten.

Wieder unterzogen wir uns der Prozedur des Rasierens und Wäschewechselns, aber diesmal in gespannter

* Hier haben wir eines der erstaunlichsten Zufallstreffen der jüngeren englischen Geschichte. Sie hat allerlei ironische Züge. Watson scheint ins Grab gesunken zu sein, ohne jemals zu wissen, wer der gutaussehende rothaarige Mitreisende wirklich war. Wie Holmes feststellte, war er in der Tat aus Ruritanien und nicht aus Tirol zurückgekehrt. Seine Erfahrungen in diesem Königreich und ein interessanter Augenzeugenbericht über die Krönung König Rudolphs V. findet sich in Mr. Rassendylls Buch, *Der Gefangene von Zenda,* veröffentlicht 1894 unter dem Pseudonym Anthony Hope. N. M.

Erwartung des Moments, in dem Toby den Bahnsteig auf Spuren von Vanille-Extrakt untersuchen würde.

Schließlich war es soweit. Darauf hoffend, diesmal endlich Glück zu haben, stiegen wir mit unserem Gepäck und Toby aus. Wir schritten langsam von einem Ende des Zuges zum anderen. Es war nur noch ein Wagen übrig, und immer noch zeigte Toby keine ermutigenden Anzeichen. Holmes machte ein langes Gesicht, als wir auf den Ausgang zugingen.

Plötzlich stand der Hund wie angewurzelt, schoß dann ein bis zwei Fuß den Bahnsteig entlang, entzückt mit dem Schwanz wedelnd und die Nase im Ruß vergraben, der den Boden bedeckte.

»Er hat sie!« riefen wir beide gleichzeitig. Er hatte sie in der Tat, und nachdem er seinerseits bellend und heulend seine Freude geäußert hatte, drehte Toby um und trabte eilends zum Ausgang.

Er führte uns durch diesen fremden Bahnhof, als handele es sich um die tausend Meilen entfernt liegende Pinchin Lane. Grenzen oder Sprachbarrieren machten nicht den leisesten Eindruck auf Toby und wirkten sich nicht im geringsten auf seine Jagd nach dem Vanille-Extrakt aus. Wäre der Geruch stark genug gewesen und hätte Professor Moriarty es sich in den Kopf gesetzt, um die Welt zu reisen, Toby wäre ihm mit Freuden gefolgt.

Wir folgten ihm bis zu einer Droschke, die vor dem Ausgang stand, und hier blieb er stehen und sah uns mit einem schmerzerfüllten, um Vergebung bittenden Blick an, der zugleich einen leisen Vorwurf enthielt, als seien wir verantwortlich für die Entwicklung der Dinge. Holmes jedoch zeigte sich davon ungerührt.

»Es scheint, als habe er eine Droschke genommen«,

bemerkte er gelassen. »In Wien kehren die Bahnhofsdroschken gewöhnlich an ihren Stand zurück, wenn sie ihre Kunden abgeladen haben. Lassen Sie uns sehen, ob Toby Interesse an einer der Kutschen zeigt.«

Das war aber nicht der Fall. Holmes ließ sich auf einer Bank in der Nähe unseres Gepäcks gleich neben dem Haupteingang nieder und dachte nach.

»Mir schweben verschiedene Möglichkeiten vor, aber ich glaube, das einfachste ist für den Augenblick, hier zu bleiben und Toby jede Droschke begutachten zu lassen, die zum Stand zurückkehrt.« Er sah zu mir auf. »Haben Sie Hunger?«

»Ich habe im Zug gefrühstückt, während Sie schliefen«, antwortete ich.

»Nun, ich glaube, eine Tasse Tee würde mir guttun.« Er stand auf und gab mir Tobys Leine. »Sollte das Glück uns hold sein – ich bin am Bahnhofsbuffet.«

Er ging, und ich kehrte zurück zum Droschkenstand, wo mein Benehmen die Fahrer verständlicherweise aufs äußerste befremdete. Toby und ich marschierten auf jede Droschke zu, sobald sie ihren Platz am Stand wieder einnahm, und ich ermunterte ihn jedesmal mit ausgestrecktem Arm, an dem betreffenden Wagen zu schnüffeln. Einige der Kutscher amüsierten sich über dieses Zeremoniell, aber ein fleischiger Herr mit einem Gesicht von der Farbe roter Rüben protestierte mit beträchtlichem Stimmaufwand, und ich konnte selbst mit meinem spärlichen Schuldeutsch den Grund seiner Besorgnis verstehen: Er befürchtete, Toby werde das Fahrzeug beschmutzen. Das war sogar tatsächlich einmal seine Absicht, aber es gelang mir noch, ihn im letzten Moment zurückzuhalten.

Eine halbe Stunde verrann auf diese Weise. Schon lange vorher war Holmes mit unserem Gepäck erschienen. Er stand da und beobachtete. Worte erübrigten sich, und nach einer Weile trat er seufzend auf uns zu.

»Das hat keinen Sinn, Watson«, sagte er. »Lassen Sie uns ein Hotel suchen, dann werde ich andere Arrangements treffen. Kopf hoch, alter Freund, ich sagte ja, es gäbe mehrere Möglichkeiten. Droschke!«

Wir gingen auf ein neu angekommenes Fahrzeug zu und waren eben dabei, einzusteigen, als Toby plötzlich ein freudiges Gebell anstimmte und ausdrucksvoll mit dem Schwanz wedelte. Holmes und ich blickten einander verblüfft an, um gleich darauf in Gelächter auszubrechen.

»Man muß nur warten können, Watson!« meinte er amüsiert, dann sprach er mit dem Fahrer. Holmes sprach besser Deutsch als ich, allerdings auch nicht besonders gut. Abgesehen von auswendig gelernten Goethe- und Schillerzitaten – zweifellos auch den Schultagen entstammend und für uns jetzt von geringem Nutzen –, war seine Kenntnis fremder Sprachen (mit Ausnahme des Französischen, das er fließend beherrschte) auf das Gebiet des Verbrechens beschränkt. Er konnte Worte wie ›Mord‹, ›Raub‹, ›Fälschung‹, ›Rache‹ und dergleichen in einer Vielzahl von Zungen vorbringen und kannte einige darauf bezogene Phrasen in jeder dieser Sprachen, sonst aber wenig.* So hatte er Schwierigkeiten, Moriarty zu beschreiben; der Kutscher war äußerst zuvorkommend, vor allem, da ihm ein gutes Trinkgeld angeboten wurde. Holmes hatte am Zeitungsstand im Bahnhof einen Sprachführer erworben, in dem er jetzt hastig blätterte,

* Zweifellos waren es diese kursorischen Kenntnisse, die es Holmes ermöglichten, die blutige Schrift auf der Mauer von Lauriston Gardens Haus in *Eine Studie in Scharlachrot* zu entziffern. N. M.

um seinen Wortschatz zu erweitern. Diese umständliche Methode war nicht sehr erfolgreich, und so war ich nicht böse darum, als einer der anderen Fahrer, die sich zuvor über mein Benehmen lustig gemacht hatten, von seinem Bock herunterrief, er könne »ein klein wenig Englisch«, und seine Hilfe anbot.

»Dem Himmel sei Dank«, murmelte mein Begleiter, ich finde in diesem Buch nichts anderes als: ›Das Wetter ist außerordentlich angenehm, meinen Sie nicht auch?‹«

Er steckte den Sprachführer in die Tasche und wendete sich unserem Dolmetscher zu.

»Sagen Sie ihm bitte« – Holmes sprach langsam und deutlich –, »daß wir zu derselben Adresse gefahren werden möchten wie ein anderer seiner Fahrgäste, den er vor wenigen Stunden befördert hat.« Dann gab er dem Dolmetscher eine detaillierte Beschreibung von Moriarty, die dem Fahrer von ›Tobys Droschke‹ in Deutsch wiederholt wurde.

Dieses Gespräch war noch nicht beendet, da brüllte der Kutscher plötzlich strahlend: »Ach ja!« und lud uns gastfreundlich zum Besteigen seines Wagens ein.

Sobald wir saßen, ließ er die Zügel schnalzen, und auf ging es in die belebten und schönen Straßen der Johann-Strauß-Stadt – oder auch der Metternich-Stadt, je nach den Assoziationen des Lesers. Ich war nie zuvor in Wien gewesen und hatte keine Ahnung, wo wir waren oder wohin wir fuhren. Wir passierten prachtvolle Plätze und eindrucksvolle Statuen und starrten durchs Fenster auf die faszinierenden Gestalten der Einwohner, die, ohne von unserer neugierigen Gegenwart das geringste zu wissen, ihren morgendlichen Geschäften nachgingen.

Ich habe soeben erwähnt, daß ›wir‹ aus dem Fenster starrten; aber das sind nur zwei Drittel der Wahrheit. Ich starrte aus dem Fenster, und Toby starrte aus dem Fenster. Was Holmes anging, so war jede Szenerie für ihn, mochte sie noch so pittoresk oder dramatisch sein, ohne jede Anziehungskraft. Er beschränkte sich darauf, die Straßennamen zu registrieren, zündete sich eine Pfeife an, lehnte sich in die Polster zurück und widmete sich dem Fall, mit dem wir es zu tun hatten.

Ich mußte mich schon schwer zusammenreißen, um meine Gedanken ebenfalls auf diesen Fall zurückzubringen. In wenigen Augenblicken würden Holmes und ich – wenn alles gut ging – dem Arzt gegenüberstehen, von dessen Hilfe ich um meines Freundes Heilung willen gänzlich abhängig war. Wie würde Holmes reagieren? Würde er kooperieren? Würde er sich sogar bereit finden, sein Problem zuzugeben? Würde er Dankbarkeit zeigen oder über die Freiheiten erzürnt sein, die seine Freunde sich mit ihm genommen hatten? Konnte er sich damit abfinden, seinen eigenen Methoden zum Opfer gefallen zu sein?

Diesen letzten Gedanken verbannte ich sogleich aus meinem Bewußtsein. Ich legte keinen Wert auf seinen Dank, und ich wußte, daß sein Ausbleiben mich unter den Umständen nicht im geringsten überraschen würde. Nein, wichtig für mich war nur, daß er geheilt würde, dann ließen sich alle Seelenqual und alle bösen Vorwürfe leicht ertragen.

Die Droschke hielt vor einem kleinen, aber schmucken Haus in einer Seitenstraße, die direkt von einer der Hauptstraßen abzweigte. Ich war zu sehr in Gedanken versunken, um den Namen wahrzunehmen. Der Fahrer gab uns mit allerlei Zeichen und Gesten zu verstehen, daß hier der Fahrgast abgestiegen war, den wir suchten.

Wir stiegen aus, und Holmes zahlte nach kurzer Beratung den Kutscher.

»Er hat uns wahrscheinlich ausgenommen, aber das war die Sache wert«, sagte er gutgelaunt, nachdem die Droschke abgefahren war. Wir richteten unsere Aufmerksamkeit auf das Haus, und Holmes klingelte. Ich bemerkte mit Erleichterung ein kleines Schild, auf dem in diskreten Lettern der richtige Name stand.

Kurz darauf wurde die Tür von einem hübschen Dienstmädchen geöffnet, das nur flüchtiges Erstaunen über den sonderbaren Hund in unserer Begleitung zeigte.

Sherlock Holmes nannte unsere Namen. Sie reagierte sogleich mit einem Lächeln und einer in gebrochenem Englisch formulierten Einladung, einzutreten.

Wir nickten und folgten ihr in eine kleine, aber elegante Eingangshalle mit weißem Marmorfußboden. Das Innere des Hauses wirkte auf mich wie der kunstvolle Zuckerguß auf einer Torte. Es war vollgepfropft mit Meißner Porzellan. Auf der einen Seite führte eine zierliche Treppe mit schwarzem Geländer zu einem entzückenden kleinen Balkon, der über unseren Köpfen einen Halbkreis bildete.

»Bitte – hier entlang, kommen Sie.« Immer noch lächelnd, führte uns das Mädchen in ein vollgestopftes Arbeitszimmer, das von der Vorhalle abging. Nachdem wir Platz genommen hatten, erbot sie sich, den Hund zu füttern. Holmes lehnte sofort sehr kühl und formell ab und warf mir hinter dem Rücken des Mädchens einen Blick zu, der soviel sagte wie: »Was für eine Mahlzeit würde man gerade unter diesem Dach wohl unserem braven Toby verabreichen?« Ich gab zu bedenken, daß der Professor sicher keine so unüberlegte Handlung begehen würde.

»Nun gut, vielleicht haben Sie recht.« Er stimmte mir zwar zu, überlegte aber offensichtlich immer noch, wobei er das freundliche Grinsen des wartenden Mädchens mit einem eisigen Lächeln erwiderte. Ich konnte sehen, daß er zu erschlaffen begann und ein Spritze – oder Besseres – brauchte. Ich dankte dem Mädchen und übergab ihr Toby.

»Nun, Watson, was halten Sie von alledem?« fragte Holmes, als sie gegangen war.

»Ich kann mir keine Meinung bilden«, bekannte ich und benutzte die vertraute Antwort, um jede Vorwegnahme kommender Ereignisse zu vermeiden. Ich fand, daß der Doktor ein Recht hatte, die Situation selbst zu erklären.

»Und doch ist es offensichtlich genug – offensichtlich, aber auch ausgesprochen teuflisch«, verbesserte er sich. Er ging auf und ab und betrachtete des Doktors Bücher, die, wenn auch in der Hauptsache deutsch, doch leicht als medizinische Werke zu identifizieren waren, zumindest auf meiner Seite des Raumes.

Ich wollte Holmes gerade bitten, seine Bemerkung etwas näher zu erläutern, als die Tür aufging und ein bärtiger, mittelgroßer Mann mit hängenden Schultern eintrat. Ich hielt ihn für Anfang vierzig, erfuhr aber später, daß er erst fünfunddreißig war. Hinter seinem schwachen Lächeln verbarg sich eine unendliche Traurigkeit und – wie mir schien – unendliche Weisheit. Seine Augen waren besonders bemerkenswert. Sie waren nicht sehr groß, aber dunkel und tiefliegend, von schweren Brauen überschattet und von durchdringender Intensität. Auf der Weste seines dunklen Anzugs trug er eine goldene Kette, die unter dem Jackett hervorblitzte.

»Guten Morgen, Herr Holmes«, sagte er. Wenn man von einem starken Akzent absah, war sein Englisch perfekt. »Ich habe Sie erwartet und bin froh, daß Sie sich entschlossen haben zu kommen. Und Sie, Dr. Watson«, fügte er hinzu. Dabei wandte er sich mir liebenswürdig lächelnd zu und streckte mir seine Hand entgegen. Ich nahm die Hand und drückte sie kurz, wobei ich meine Augen nicht von Holmes' Gesicht lassen konnte.

»Sie können diesen albernen Bart ruhig abnehmen«, sagte dieser, und seine Stimme war dabei so schrill wie in der Nacht seines melodramatischen Besuchs bei mir und wie am Tag darauf, als ich ihn in der Baker Street aufsuchte. »Und enthalten Sie sich doch bitte dieses läppischen Opera-Buffa-Akzents. Ich warne Sie, legen Sie lieber gleich ein Geständnis ab, oder die Konsequenzen werden ernst sein. Das Spiel ist aus, Professor Moriarty!«

Unser Gastgeber drehte sich zu ihm um, ließ die Wirkung seines durchdringenden Blickes voll zur Geltung kommen und sagte mit leiser Stimme: »Ich heiße Sigmund Freud.«

KAPITEL SIEBEN

Zwei Beweisführungen

Es folgte ein langes Schweigen. Etwas in dem Benehmen des Arztes gebot Holmes Einhalt. Aufgeregt, wie er war, kostete es ihn sichtliche Anstrengung, sich im Zaum zu halten. Er besah sich den Mann, der still in einen Stuhl hinter dem überladenen Schreibtisch geglitten war.

»Sie sind nicht Professor Moriarty«, gab er schließlich zu. »Aber Moriarty ist hier gewesen. Wo ist er jetzt?«

»Soviel ich weiß, in einem Hotel«, erwiderte der andere mit festem Blick.

Holmes entzog sich diesem Blick und nahm mit einer Miene unbeschreiblicher Niedergeschlagenheit wieder Platz.

»Nun, Judas«, sagte er zu mir, »Sie haben mich meinen Feinden ausgeliefert. Ich hoffe, sie werden Sie für Ihre Mühe entschädigen.« Er sprach mit matter Stimme und mit einer ruhigen Überzeugung, der selbst ich Glauben geschenkt hätte, wären mir die Tatsachen nicht bekannt gewesen.

»Holmes, das ist Ihrer nicht würdig!« Ich errötete, gedemütigt und verletzt wegen des schändlichen Beinamens, den er mir gegeben hatte.

»Vorsicht, mein Lieber, wer in einem Glashaus sitzt, sollte nicht mit Steinen werfen«, erwiderte er. »Wie dem auch sei, wir wollen nicht vom Thema abkommen. Ich erkannte natürlich Ihre Fußspuren vor des Professors Haus; es fiel mir auch auf, daß Sie Ihre Reisetasche bei sich trugen und vorgaben, zu wissen, daß wir einige Zeit unterwegs sein würden. Vom Inhalt der Tasche ließ sich schließen, daß Sie sich über die Dauer der Reise von vornherein im klaren waren. Ich möchte nur gerne wissen, was für Pläne Sie jetzt mit mir haben, da ich in Ihrer Gewalt bin.«

»Erlauben Sie bitte«, unterbrach Sigmund Freud mit ruhiger Stimme, »ich glaube, Sie tun Ihrem Freund ernsthaft unrecht. Er hat Sie nicht in irgendeiner maliziösen Absicht zu mir gebracht.« Obwohl er sich in einer fremden Sprache ausdrücken mußte, klang seine Rede gelassen und freundlich und flößte Vertrauen ein. Holmes wandte ihm seine Aufmerksamkeit wieder zu. »Was Professor Moriarty angeht, so haben Dr. Watson und Ihr Bruder ihn nur mit einer beträchtlichen Summe Geldes dazu gebracht, hierher zu reisen, in der Hoffnung, daß Sie ihm folgen werden.«

»Und warum das?«

»Weil sie wußten, daß sie Sie nur so dazu bringen konnten, mich aufzusuchen.«

»Und warum waren Sie auf diese Begegnung so erpicht?« Ich wußte, daß Holmes zutiefst verwirrt war, aber er verbarg es. Er war nicht der Mann, der sich gerne zweimal irrte.

Der Doktor konterte mit einer unerwarteten Gegenfrage. »Was für einen Grund können Sie selbst sich denken? Sehen Sie, ich habe über einige Ihrer Fälle gelesen und gerade eben einen persönlichen Eindruck von Ihren erstaunlichen Fähigkeiten gewonnen. Wer bin ich, und warum liegt Ihren Freunden so sehr an dieser Begegnung?«

Holmes musterte ihn kühl.

»Abgesehen von der Tatsache, daß Sie ein hochbegabter Arzt jüdischer Abstammung sind, aus Ungarn gebürtig – daß Sie zeitweise in Paris studiert haben, daß Sie durch irgendeine radikale Theorie bei den etablierten Angehörigen des medizinischen Berufsstandes in Ungnade gefallen sind, daß Sie daraufhin alle Verbindungen mit Krankenhäusern und Berufsverbänden abgebrochen und schließlich aufgehört haben zu praktizieren: Abgesehen davon, kann ich wenig Schlüsse ziehen. Sie sind verheiratet, sind ein Mann von Integrität, lieben Kartenspiele und Shakespeare, außerdem einen russischen Schriftsteller, dessen Namen ich nicht aussprechen kann. Das ist so ziemlich alles.«

Freud starrte ihn einen Moment lang zutiefst schockiert an. Dann begann er zu lächeln – und wieder war ich überrascht, denn es war das Lächeln eines Kindes, staunend und beglückt.

»Aber das ist ja wundervoll!« rief er aus.

»Nichts Besonderes«, war die Antwort. »Ich warte immer noch auf eine Erklärung für diesen unerhörten Trick – wenn es einer war. Dr. Watson wird Ihnen bestätigen, daß ich London nicht ohne unangenehme Folgen für längere Zeit verlasse. Das Bekanntwerden meiner Abwesenheit schafft eine unbekömmliche Munterkeit in Verbrecherkreisen.«

»Aber«, beharrte Freud mit fasziniertem Lächeln, »ich wüßte doch zu gerne, wie Sie meine biographischen Einzelheiten mit so beängstigender Präzision erraten konnten.«

»Ich rate nie«, korrigierte Holmes ihn höflich. »Es ist eine schlechte Angewohnheit, die sich nachteilig auf das logische Denkvermögen auswirkt.«

Er erhob sich, und obwohl er versuchte, es nicht zu zeigen, merkte ich doch, daß er allmählich auftaute. Holmes konnte, was seine Begabung anging, so eitel sein wie ein Mädchen, und die Bewunderung des Arztes war aufrichtig und ungekünstelt. Holmes begann, die Gefahren, von denen er sich eben noch umgeben geglaubt hatte, zu vergessen und sein eingebildetes letztes Stündchen in vollen Zügen zu genießen.

»Ein privates Arbeitszimmer ist der ideale Ort zur Beurteilung der menschlichen Charakterzüge«, fuhr er in dem vertrauten Ton eines Anatomieprofessors fort, der seiner Klasse die komplizierteren Teile eines Skeletts erläutert. »Daß das Zimmer Ihnen allein gehört, kann man den Staubmengen entnehmen. Nicht einmal das Mädchen darf hier herein, andernfalls würde sie es sicher nicht wagen, den Raum in einen solchen Zustand verfallen zu lassen.« Er wischte mit der Fingerspitze den Ruß von einem Bucheinband.

»Weiter«, bat Freud mit offensichtlichem Entzücken.

»Nun gut. Wenn ein Mann sich für Religion interessiert und eine umfangreiche Bibliothek besitzt, so versammelt er gewöhnlich alle Bücher zu diesem Thema an einer Stelle. Aber Ihre Ausgaben des Koran, der Bibel, des Mormonenbuches und anderer Werke dieser Art stehen getrennt – sogar auf der anderen Seite des Zimmers – von Ihrem schön gebundenen Talmud und Ihrer hebräischen Bibel. Sie sind also von mehr als wissenschaftlichem Interesse für Sie. Und was kann das anderes bedeuten, als daß Sie selbst jüdischen Glaubens sind? Der neunarmige Leuchter auf Ihrem Schreibtisch bestätigt diese Auslegung. Es ist eine Menora, nicht wahr?

Daß Sie in Frankreich studiert haben, entnehme ich der großen Zahl medizinischer Werke in französischer Sprache, unter anderem von einem Autor namens Charcot. Medizin ist kompliziert genug, niemand würde dieses Fach zu seinem Privatvergnügen in einer Fremdsprache studieren. Außerdem sieht man den Bänden deutlich an, daß Sie viele Stunden über ihnen verbracht haben. Und wo anders als in Frankreich würde ein deutschsprachiger Student medizinische Texte auf französisch lesen? Jetzt wird es etwas schwieriger, aber die Zahl der Eselsohren in Charcots Werken – dessen Name zeitgenössisch klingt – läßt mich vermuten, daß er Ihr Lehrer war oder daß seine Schriften eine besondere Bedeutung für Sie und die Entwicklung Ihrer eigenen Ideen hatten. Es versteht sich von selbst«, fuhr Holmes mit derselben didaktischen Formalität fort, »daß nur ein brillanter Kopf in der Lage ist, die Mysterien der Medizin in einer fremden Sprache zu durchdringen, gar nicht zu reden von den vielen verschiedenen Fachgebieten, die die Bücher in dieser Bibliothek enthalten.«

Er durchwanderte den Raum, als handele es sich um ein Laboratorium, und schenkte uns nur die flüchtigste Aufmerksamkeit, während er seine Vorlesung fortsetzte.

Freud hatte sich zurückgelehnt und beobachtete ihn. Die Hände hielt er über der Brust gefaltet. Er konnte nicht aufhören zu lächeln.

»Daß Sie gerne Shakespeare lesen, entnehme ich der Tatsache, daß das Buch verkehrt herum im Schrank steht. Es ist kaum zu übersehen. Und daß Sie es nicht umgedreht haben, läßt mich vermuten, daß Sie es ohnehin bald wieder lesen wollen. Was den russischen Schriftsteller betrifft –«

»Dostojewski«, half Freud nach.

»Dostojewski ... der Mangel an Staub auf diesem Band – was übrigens auch für Shakespeare gilt – zeigt Ihr beständiges Interesse an diesem Autor. Daß Sie Arzt sind, schließe ich aus dem Diplom, das dort drüben an der Wand hängt. Sie sind mitten am Tage zu Hause und haben offenbar keinen Stundenplan einzuhalten, das heißt, Sie haben keine Praxis. Daß Sie sich von verschiedenen Berufsverbindungen und Berufsorganisationen gelöst haben, zeigen die leeren Stellen an der Wand, an denen früher die Mitgliedsurkunden hingen. Die Farbe in den kleinen Rechtecken ist verblaßt, und der Schmutzrand deutet an, wo sie gehangen haben. Was veranlaßt nun einen Mann, solche Erfolgssymbole zu entfernen? Doch nur, daß er mit diesen Hospitälern, Organisationen und so weiter nichts mehr zu tun hat. Und warum sollte er sie verlassen, da er sich doch der Mühe unterzog, ihnen beizutreten? Es könnte sein, daß ein oder zwei ihn enttäuscht haben, aber es ist unwahrscheinlich, daß die Desillusionierung so komplett auf einen Schlag einsetzte. Deshalb schließe ich, daß *sie* von *Ihnen* enttäuscht waren und Ihren Rücktritt gefordert haben. Und warum taten Sie das – noch dazu alle auf einmal, wie man der Wand ansehen kann? Sie leben immer noch unbehelligt genug in der Stadt, in der dies alles vorgefallen ist. Es muß also ein von Ihnen vertretener Standpunkt und nicht etwa ein Verbrechen sein, der Sie in den Augen Ihrer Berufsgenossen diskreditiert hat. Was für ein Standpunkt? Ich habe keine rechte Vorstellung, aber, wie ich schon vorher bemerkte, verrät Ihre Bibliothek einen vielseitigen, wissensdurstigen und brillanten Geist. Ich nehme mir daher die Freiheit, das Vorhandensein einer radikalen Theorie anzunehmen, einer Theorie, die zu fortgeschritten oder zu schockierend für den zeitgenössischen Durchschnittsmediziner ist. Möglicherweise hat diese Theorie etwas mit den Werken Charcots zu tun, der soviel Einfluß auf Sie zu haben scheint. Sicher bin ich dessen nicht. Daß Sie verheiratet sind, kann man unschwer am Ringfinger Ihrer linken Hand ablesen, und Ihr Akzent läßt Ungarn oder Mähren als Herkunftsland vermuten. Ich glaube, ich habe nichts Wesentliches ausgelassen.«

»Sie sagten, ich besäße Integrität«, erinnerte ihn Freud.

»Ich hoffe es«, erwiderte Holmes. »Ich unterstellte es, weil Sie sich der Mühe unterzogen haben, die Urkunden dieser Gesellschaften von den Wänden zu entfernen. In Ihrem eigenen Hause hätten Sie sie beibehalten und in aller Stille Kapital daraus schlagen können.«

»Und meine Liebe zum Kartenspiel?«

»Ah, das ist noch subtiler, aber ich will Ihre Intelligenz nicht länger beleidigen, indem ich auch das noch erkläre. Ich möchte Sie lieber in aller Ehrlichkeit fragen, was mich hierhergeführt hat. Sicherlich nicht Ihr Wunsch nach einer so elementaren Beweisführung, wie ich sie gerade geliefert habe?«

»Ich habe Sie schon einmal gefragt«, sagte Freud mit einem immer noch bewundernden Lächeln, »worin sehen *Sie* den Grund?«

»Ich habe keine Ahnung«, erwiderte Holmes, in seinen strengen Ton zurückfallend. »Sind Sie in Schwierigkeiten, dann sagen Sie es mir, und ich werde mein Bestes tun, obwohl ich sagen muß, daß ich Ihre Methoden äußerst merkwürdig finde –«

»Aber nun sind *Sie* unlogisch«, unterbrach der Doktor ihn liebenswürdig. »Wie Sie so hervorragend deduziert haben, bin ich nicht in besonderen Schwierigkeiten – abgesehen von den beruflichen, die Sie erwähnten«, fügte er mit einem kurzen Kopfnicken in Richtung der fehlenden Urkunden hinzu. »Und, wie Sie ebenfalls festgestellt haben, war die Methode, die Sie herbrachte, höchst unorthodox. Offenbar hatten wir keine Hoffnung, daß Sie aus eigenem Willen kommen würden. Sagt Ihnen das gar nichts?«

»Daß ich es abgelehnt hätte zu kommen«, antwortete Holmes widerwillig.

»So ist es. Und warum? Nicht, weil Sie glaubten, wir hätten böse Absichten. Ich könnte Ihnen übel gesonnen sein, oder Professor Moriarty, selbst – entschuldigen Sie – Dr. Watson. Aber Ihr Bruder? Ist es nicht unwahrscheinlich, daß wir uns alle gegen Sie verschworen haben? Zu welchem Zweck? Vielleicht nicht mit schlechten, sondern mit guten Intentionen? Haben Sie das schon bedacht?«

»Und was wäre das?«

»Können Sie es nicht erraten?«

»Ich rate nie. Und denken kann ich mir nichts.«

»Nein?« Freud lehnte sich in seinem Stuhl zurück. »Dann sind *Sie* nicht wirklich aufrichtig, Herr Holmes. Denn Sie leiden an einer widerwärtigen Sucht, und Sie ziehen es vor, Ihre Freunde anzuklagen, die sich zu Ihrem Beistand vereint haben, anstatt Ihre eigene Schuld zuzugeben. Sie enttäuschen mich, mein Herr. Ist das der Holmes, von dem ich gelesen habe? Ein Mann, den ich nicht nur wegen seiner Intelligenz, sondern auch seiner Noblesse, seines leidenschaftlichen Gerechtigkeitssinnes, seines Mitgefühls wegen bewundert habe? Ich kann nicht glauben, daß das Rauschgift Ihnen schon die Fähigkeit genommen hat, Ihr eigenes Problem zu erkennen. Ich kann nicht glauben, daß Sie nicht die eigene Heuchelei durchschauen, mit der Sie die Freunde verdammen, die aus Liebe und Besorgnis so viel auf sich genommen haben.«

Ich merkte plötzlich, wie ich den Atem anhielt. In den vielen Jahren unserer Freundschaft hatte ich nie jemanden so mit Sherlock Holmes sprechen hören. Einen Moment lang befürchtete ich einen unglaublichen Wutausbruch von seiten meines bedauernswerten Freundes. Aber im Gegensatz zu Sigmund Freud hatte ich ihn unterschätzt.

Wieder trat langes Schweigen ein. Holmes saß bewegungslos und mit gebeugtem Kopf. Der Doktor ließ ihn nicht aus den Augen. Es war totenstill im Zimmer.

»Ich bekenne mich all dieser Dinge schuldig.« Als Holmes schließlich sprach, war seine Stimme fast unhörbar leise. Freud beugte sich nach vorne. »Ich weiß, es ist unverzeihlich«, fuhr mein Freund fort, »und daß Hilfe möglich ist, müssen Sie sich aus dem Kopf schlagen. Ich bin in den Krallen dieser schrecklichen Krankheit, und sie wird mich zerstören! Nein, versuchen Sie nicht, mir Trost zuzusprechen.« Er hob protestierend eine Hand und ließ sie hilflos wieder sinken. »Ich habe all meine Willenskraft aufgebracht, um die Gewohnheit zu bekämpfen, es hat zu nichts geführt. Und wenn es mir nicht gelingt, wie groß ist dann Ihre Chance? Wenn einer den ersten falschen Schritt getan hat, dann ist er für immer auf dem Weg in die Selbstzerstörung.«

Mein Herz schien vor Mitgefühl zerspringen zu wollen. Schwer atmend, saß ich mit offenem Mund in meiner

Ecke. Die Stille im Raum schien elektrisch geladen, und ich wagte nicht, sie zu brechen. Nicht so Dr. Freud.

»Sie sind nicht unwiderruflich auf diesem Weg verloren«, erwiderte er mit ruhiger Eindringlichkeit. Seine Augen funkelten. »Ein Mann kann umkehren und den Weg verlassen. Aber er braucht dabei Hilfe. Der erste Schritt muß nicht endgültig sein.«

»Er ist immer endgültig«, stöhnte Holmes mit einer Stimme, die mir das Herz im Leibe umdrehte. »Was Sie beschreiben, ist noch niemandem gelungen.«

»Es ist *mir* gelungen«, sagte Sigmund Freud.

»Ihnen?«

Freud nickte.

»Ich habe Kokain genommen und konnte mich aus seiner Macht befreien. Wenn Sie es mir erlauben, werde ich Ihnen helfen, das gleiche zu tun.«

»Das können Sie nicht.« Er klang atemlos. Und obwohl er dem Doktor widersprach, konnte ich doch ganz deutlich hören, wie verzweifelt er zu hoffen wünschte.

»Ich kann es.«

»Wie?«

»Es wird eine Weile dauern.« Der Doktor stand auf. »Für diesen Zeitraum werden ich Sie beide als meine Gäste hier unterbringen. Sind Sie damit einverstanden?«

Holmes erhob sich automatisch und machte einen Schritt vorwärts, dann fuhr er plötzlich herum und schlug sich verzweifelt mit der Hand vor die Stirn.

»Es ist sinnlos!« schrie er jammervoll. »Selbst jetzt überkommt mich dieses entsetzliche Verlangen!«

Ich erhob mich halb von meinem Stuhl in der vagen Absicht, ihm Mut zuzusprechen, ließ mich aber schnell wieder sinken, als mir die Zwecklosigkeit, ja die Lächerlichkeit einer solchen Geste klar wurde.

Dr. Freud kam langsam hinter seinem Schreibtisch hervor und legte seine schmale Hand auf die Schulter meines Freundes.

»Ich kann Sie von diesem Verlangen erlösen – vorübergehend. Setzen Sie sich bitte.« Er zeigte auf Holmes' Stuhl und setzte sich selbst auf die Schreibtischkante. Holmes gehorchte schweigend. Er saß und wartete in einer Haltung, die seinen Pessimismus ausdrückte.

»Wissen Sie etwas über Hypnose?« fragte Freud.

»Ein wenig«, erwiderte Holmes lustlos. »Wollen Sie mich bellen und auf allen vieren herumkriechen lassen?«

»Mit Ihrer Kooperation und Ihrem Vertrauen«, sagte Freud, »kann ich Ihr Verlangen für einige Zeit reduzieren. Taucht es wieder auf, werde ich Sie erneut hypnotisieren. Auf diese Weise können wir die Sucht künstlich eindämmen, bis der physische Entziehungsprozeß beendet ist.« Er sprach sehr langsam und bemühte sich angestrengt, Holmes' steigende Panik und Scham zu mildern.

Holmes sah ihn eine Weile lang prüfend an, dann stimmte er mit einem abrupten Achselzucken und betont gleichgültiger Miene zu. Dr. Freud hielt, wie mir schien, einen lauten Stoßseufzer zurück, ging zum Fenster und zog die Vorhänge zu. Der Raum versank im Halbdunkel. Dann kehrte der Doktor zu Holmes zurück, der kein Glied gerührt hatte.

»Und nun bitte ich Sie«, sagte Freud, während er sich ihm gegenüber niederließ, »sich aufrecht zu halten und Ihren Blick auf dies hier zu richten.«

Aus seiner Weste zog er die Uhrkette, die ich zuvor bemerkt hatte, und begann, ihr Ende langsam hin und her schwingen zu lassen.

TEIL ZWEI

DIE LÖSUNG

KAPITEL ACHT

Ein Urlaub in der Hölle

Professor Moriartys Widerstand gegen das Ansinnen, in Tobys Begleitung die Rückreise anzutreten, brachte ein wenig Situationskomik in eine ansonsten schreckliche Woche. Er warf einen Blick auf den Hund – den ich in sein Hotel am Graben gebracht hatte – und verkündete, er sei ein gutwilliger Mensch (sonst wäre er ja nicht hier in Wien), aber selbst seiner Großzügigkeit seien Grenzen gesetzt.

»Dies«, so sagte er und starrte über seine Brille hinweg auf Toby, der die Musterung mit seinem eifrigen und zu allem bereiten Blick erwiderte, »dies geht zu weit. Ich bin ein geduldiger Mann – am Rande der Verzweiflung, aber dennoch geduldig, Dr. Watson. Ich habe mich nicht mit einem Wort über den Vanille-Extrakt beschwert, der mir ein Paar neue Stiefel völlig ruiniert hat. Aber diese Kreatur werde ich nicht nach London befördern, nicht für Geld und gute Worte.«

Aber ich war nicht zum Spaßen aufgelegt und machte kurzen Prozeß. Wenn er wollte, konnte er Toby im Gepäckwagen reisen lassen, aber er mußte ihn in Pinchin Lane abliefern. Ich machte eine dunkle Andeutung über Mycroft Holmes, und Moriarty gab mit dem üblichen Gewimmer und einigen halb unterdrückten Bemerkungen nach.

Ich hatte Verständnis für seine Klagen, war aber nicht in der Lage, darauf einzugehen. Meine eigenen Nerven waren zum Zerreißen gespannt. Mein einziger Trost war ein beruhigendes Telegramm meiner Frau, wonach daheim alles zum besten stand. Aber das half auch nicht viel.

Sherlock Holmes' Versuch, sich aus den Schlingen des Kokains zu befreien, war eine der heroischsten und qualvollsten Kraftanstrengungen, die ich je mitangesehen hatte. Weder in meiner beruflichen noch in meiner persönlichen Erfahrung, im militärischen wie im zivilen Leben, bin ich jemals solch ausgesprochener Folter begegnet.

An jenem ersten Tag war Dr. Sigmund Freud erfolgreich gewesen. Es gelang ihm, Holmes zu hypnotisieren und in einem der nebeneinander gelegenen Räume schlafen zu legen, die er im zweiten Stock des Hauses für uns bereithielt. Sobald Holmes auf dem reichgeschnitzten Bett ausgestreckt lag, zog er mich eifrig am Ärmel. »Schnell«, befahl er, »wir müssen sein ganzes Gepäck durchsuchen.«

Er brauchte mir nicht zu sagen, wonach. Ich nickte, und wir begannen Holmes' Reisetasche und seine Kleider durchzukämmen. Es widersprach all meinen Grundsätzen, so in die Privatsphäre meines Freundes einzudringen. Aber es ging um einen hohen Einsatz, und ich wischte alle Skrupel beiseite.

Es war nicht schwer, die Flaschen mit Kokain zu finden. Holmes war mit enormen Vorräten nach Wien gereist. Ich fand es nur erstaunlich, daß ich sie im Zug nicht hatte gegeneinanderschlagen hören. Aber um dem vorzubeugen, hatte Holmes sie in das schwarze Samttuch gewickelt, in das sonst seine Stradivari gehüllt war. Ohne mir für schmerzliche Gefühle über die Zweckentfremdung des Tuches Zeit zu lassen, fuhr ich fort, die giftigen Phiolen auszupacken und Dr. Freud zu reichen, der bei einer gründlichen Untersuchung von Holmes' Anzug und Tweedpelerine noch zwei gefüllte Behälter gefunden hatte.

»Ich glaube, wir haben alles«, sagte er.

»Seien Sie nicht so sicher«, warnte ich ihn. »Sie haben es nicht mit einem gewöhnlichen Patienten zu tun.«

Er zuckte die Achseln und sah zu, wie ich den Pfropfen von einer der Flaschen zog und etwas von der farblosen Flüssigkeit mit dem Finger auf meine Zunge tupfte.

»Wasser.«

»Ist es möglich?« Freud probierte den Inhalt einer anderen Flasche und starrte mich entsetzt an. Hinter uns bewegte sich Holmes unruhig im Schlaf. »Wo hat er es nur versteckt?«

Wir überlegten verzweifelt. Der Schläfer im Hintergrund konnte jeden Moment aufwachen. Das Gift mußte irgendwo hier im Zimmer sein. Wir leerten den gesamten Inhalt der Reisetasche auf dem prächtigen Orientteppich aus und durchsuchten die wenigen Utensilien, die Holmes aus London mitgebracht hatte. Weder in der Wäsche war etwas zu finden, noch in den Schminktöpfen und dem anderen Zubehör seines theatralischen Auftritts kurz vor unserer Abreise. Übrig blieben nur etwas englisches Silbergeld und Noten sowie die üblichen Pfeifen. Die Shagpfeife, die Tonpfeife und die lange Kirschholzpfeife waren mir wohlbekannt. Verstecken konnte man in ihnen nichts. Es fand sich allerdings eine große Kalabasch-Pfeife, die ich nie zuvor gesehen hatte. Als ich sie aufhob, schien sie mir sehr viel schwerer, als ihr Umfang zu rechtfertigen schien.

»Schauen Sie«, ich entfernte den Meerschaumkopf und drehte den weiten Hals nach unten. Ein Fläschchen fiel heraus.

»Ich beginne zu begreifen, was Sie meinen«, sagte der Doktor. »Aber wo kann er es noch verborgen haben? Pfeifen sind keine mehr da.«

Wir starrten einander über die leere Reisetasche hinweg an und streckten im gleichen Moment unsere Hände danach aus. Freud war etwas schneller als ich. Er ergriff die Tasche, hob sie und schüttelte den Kopf.

»Zu schwer«, murmelte er und übergab sie mir. Ich klopfte vorsichtig den Boden ab. Er klang hohl.

»Ein falscher Boden«, rief ich aus und begann, die eingesetzte Platte zu entfernen. In wenigen Augenblicken war mir das gelungen, und darunter fanden wir, in alte Londoner Zeitungen verpackt, den eigentlichen Kokainvorrat und die Spritze auf rotem Samt in einem schwarzen Etui.

Wortlos nahmen wir den Vorrat sowie die Wasserflaschen an uns, legten den falschen Boden und Holmes' Sachen in die Tasche zurück und gingen zusammen nach oben. Freud zeigte mir ein Waschkabinett im ersten Stock, und hier gossen wir die gesamte Flüssigkeit in ein Becken. Er steckte die Spritze ein und begleitete mich zur Küche, wo das Dienstmädchen, das Paula hieß, mir Toby übergab. Ich machte mich auf den Weg in Moriartys Hotel.

Hier muß ich die Erzählung unterbrechen und die Stadt beschreiben, in der ich mich befand und in der ich für einige Zeit bleiben sollte.

Das Wien von 1891 war die Hauptstadt eines Kaiserreiches in den letzten Jahrzehnten seiner Blütezeit. Es war dem London dieser Zeit so ähnlich wie die See der Wüste. London – fast ständig feucht, neblig, übelriechend und mit Menschen bevölkert, die fast alle dieselbe Sprache sprachen – hatte nichts gemeinsam mit dem sonnigen und dekadenten Zentrum des Habsburgischen Reiches. Die Einwohner verständigten sich nicht in einer gemeinsamen Sprache, sondern in einem Sprachengemisch, das, wie sie selbst, aus den vier Himmelsrichtungen der österreichisch-ungarischen Monarchie stammte. Zwar lebten die Angehörigen der unterschiedlichen Nationen meist in voneinander getrennten Stadtvierteln, kamen jedoch an den Grenzen derselben miteinander in Berührung. Slowakische Hausierer, die den modisch gekleideten Wienerinnen ihre handgeschnitzten Waren anboten, eine Schwadron bosnischer Infanterie, die zur Parade der kaiserlichen Truppen auf den Prater zu marschierte, Zitronenhändler aus Montenegro, Scherenschleifer aus Serbien, Tiroler, Böhmen, Kroaten, Juden, Ungarn, die ihrem jeweiligen Handel nachgingen – sie alle gehörten zum Bild eines normalen Wiener Alltags.

Die Stadt selbst schien in konzentrischen Kreisen gewachsen zu sein, deren Mittelpunkt der Stephansdom war. Hier lagen die alten und eleganten Stadtviertel mit dem Graben, einer belebten Geschäftsstraße voller Läden und Kaffeehäuser. Nördlich davon, in der Berggasse 19, wohnte Dr. Freud. Links davon lagen die Gebäude der Hofburg, die Museen und die gutgepflegten Parks. Dort endete die Innenstadt. Die Stadtmauern, die einst zur

Verteidigung des mittelalterlichen Wien gedient hatten, waren – auf kaiserliches Gebot – seit langem abgerissen worden, und die Stadt war weit über sie hinausgewachsen. Aber die alte Stadtgrenze war in Form eines breiten Boulevards immer noch erhalten. Er zog sich unter verschiedenen Namen in unterschiedliche Richtungen, war aber allgemein als der ›Ring‹ bekannt und umzirkelte östlich und nördlich vom Stephansdom die alten Viertel bis zum Donaukanal.

Die Stadt war, wie gesagt, ihren mittelalterlichen Grenzen entwachsen. 1891 strebte sie schon über einen äußeren Boulevard, den Gürtel, hinaus, an dem zur Zeit meines Aufenthalts noch teilweise gebaut wurde. Der Gürtel, der in einer ungenauen Parallele mit dem Ring verlief, lag an seinem äußersten südwestlichen Ende etwa halbwegs zwischen dem Stephansdom und Maria Theresias Schloß Schönbrunn – der habsburgischen Antwort auf Versailles.

Nördlich von Schönbrunn, im Fünfzehnten Bezirk, lag der Bahnhof, an dem Holmes und ich ausgestiegen waren. Auf der anderen Seite der Stadt (jenseits des Donaukanals), im Zweiten Bezirk, gab es eine noch viel größere Bahnstation inmitten der Leopoldstadt, eines vornehmlich jüdischen Viertels. Hier, so erzählte mir Dr. Freud, hatte er als Kind gelebt, nachdem seine Familie nach Wien gezogen war.

Seine gegenwärtige Wohnung lag in beruflicher Hinsicht sehr viel günstiger (denn Holmes hatte sich in einem geirrt: Freud praktizierte nach wie vor). Das Haus lag in der Nähe des Allgemeinen Krankenhauses, Wiens großer Universitätsklinik, in dem er früher angestellt gewesen war. Er hatte in der psychiatrischen Abteilung unter einem Dr. Theodor Meynert gearbeitet, einem Mann, den er sehr bewunderte.

Meynert war wie Freud jüdischer Abstammung, aber das war in Wiener medizinischen Kreisen, die sich nach Freuds Auskunft weitgehend aus Juden zusammensetzten, nichts Besonderes. Die Juden schienen großen Einfluß auf das intellektuelle und kulturelle Leben der Stadt zu nehmen. Ich hatte nicht viele Juden getroffen und wußte wenig über sie, möchte aber sagen, daß ich mich von Vorurteilen, die gewöhnlich der Ignoranz entspringen, so weit wie möglich freihalte. Wie ich herausfinden sollte, war Freud nicht nur ein genialer und kultivierter, er war auch ein guter Mann. Was mich betrifft, waren diese Eigenschaften sehr viel wichtiger als sein Glaube – über den er sich selbst übrigens keineswegs im klaren war. Ich selbst bin nicht religiös und sah daher nicht den geringsten Anlaß, mich in eine dogmatische Kontroverse mit einem ›Heiden‹ zu stürzen (allerdings lehnte ich einige seiner Theorien als wirklich schockierend ab).

Ich sehe, daß ich von meiner Beschreibung Wiens abgekommen bin und unerbittlich den Faden meiner Erzählung wieder aufgenommen habe. Es ist vielleicht gut so. Ich habe Wien nicht an einem Tag kennengelernt, und warum soll ich den Leser mit einer Reisebeschreibung konfrontieren, wenn eine Impression ausreicht? Die Teile der Stadt, die meine Aufmerksamkeit erregten, werden im Laufe der Erzählung ohnehin erwähnt.

Nachdem ich Toby seinem widerstrebenden Begleiter überlassen hatte, ging ich in den Graben hinunter zum Café Griensteidl, das unübersehbar inmitten der Straße lag. Hier hatte ich mich – für den Fall, daß Holmes noch schlafen sollte – mit Dr. Freud verabredet.

Wollte man das Griensteidl ein Café im englischen Sinne nennen, dann täte man ihm schweres Unrecht, denn es hatte nicht die geringste Ähnlichkeit mit dem, was wir Engländer so bezeichnen. Die Cafés in Wien ähnelten eher den Londoner Clubs. Sie waren die Zentren intellektuellen und kulturellen Austauschs, und man konnte einen angenehmen Tag dort verbringen, ohne einen Schluck Kaffee zu sich zu nehmen. Im Griensteidl gab es Billardtische, Nischen zum Schachspielen, Zeitungen und Bücher. Die Kellner waren bereit, Nachrichten zu übermitteln, und stellten jede Stunde ein Glas frisches Wasser auf den Tisch, auch wenn man nichts zu essen bestellt hatte. In die Cafés ging man, um Ideen auszutauschen, zu reden, zu lesen, allein zu sein. Sie waren außerdem sehr geeignet, das Körpergewicht ihrer Kundschaft zu vermehren, denn sie boten die ausgefallensten Teigwaren an, und man mußte schon einen starken Willen besitzen, um diesen duftenden Köstlichkeiten zu widerstehen.

Freud war im Griensteidl (das übrigens den Ruf des kultiviertesten Cafés der Stadt für sich in Anspruch nahm), und ein Kellner brachte mich zu seinem Tisch. Ich bestellte ein Bier, und er berichtete mir, daß Holmes noch schlafe, meinte aber, wir sollten bald in die Berggasse 19 zurückkehren. Uns beiden schien eine gewisse Scheu gemeinsam, unmittelbar auf die vielen Fragen und Probleme einzugehen, die mit Holmes' möglicher Heilung zusammenhingen, und so erzählte mir Freud zunächst von sich selbst und seiner gegenwärtigen Arbeit. Kokain, so erklärte er, beschäftigte ihn nur am Rande und hatte nicht direkt etwas mit seinen Forschungen zu tun. Er und zwei andere Ärzte waren auf die Droge aufmerksam geworden, als sie ihre unschätzbaren anästhetischen Eigenschaften für Augenoperationen entdeckten. Freud war als Neuropathologe ausgebildet und verstand sich auf lokalisierte Diagnose und Elektroprognose – Ausdrücke, die über den Horizont eines praktischen Arztes, wie ich es einer war, hinausgingen.

»Ja, es war ein langer Weg von der Analyse des Nervensystems zu meiner jetzigen Tätigkeit.«

»Sind Sie Psychiater?«

Er zuckte die Achseln.

»Es gibt – wie Herr Holmes ganz richtig vermutet hat – keine formale Bezeichnung für meine Arbeit«, erwiderte er. »Ich interessiere mich für Fälle von Hysterie, und die meisten kommen – von ihren Familien geschickt – als Privatpatienten zu mir, oder ich suche sie auf. Wohin meine Studien führen werden, kann ich mit Gewißheit nicht sagen, aber ich habe viel über Hysterie gelernt und über das, was ich Neurose nenne.«

Ich wollte ihn gerade nach der Bedeutung dieses Wortes fragen und mich außerdem erkundigen, ob Holmes' These von der Ablehnung seiner, Freuds, Theorien durch den etablierten Medizinerstand den Tatsachen entspreche, aber er unterbrach mich und schlug vor, zu unserem Patienten zurückzukehren. Während wir uns zwischen den Tischen mit plaudernden Künstlern und Schriftstellern durchzwängten, bot er mir über seine Schulter hinweg an, mich auf einige seiner Visiten mitzunehmen, so daß ich seine Patienten und ihre Symptome selbst kennenlernen konnte. Ich nahm mit Vergnügen an, und wir wanderten durch den geschäftigen Graben und bestiegen ein von Pferden gezogenes Fahrzeug, das wie eine Tram auf Schienen lief.

Wir setzten uns, und ich fragte: »Sagen Sie, kennen Sie einen englischen Arzt namens Conan Doyle?«

Er schürzte die Lippen und versuchte sich zu erinnern.

»Sollte ich ihn kennen?« fragte er schließlich.

»Vielleicht. Er studierte eine Zeitlang in Wien und spezialisierte sich auf Opthalmologie wie Ihre Kollegen –«

»Königstein oder Koller?«

»Ja. Vielleicht kannten Sie ihn in seiner Studienzeit.«

»Vielleicht.« Diese unverbindliche Antwort enthielt keinerlei Angebot, sich bei seinen Kollegen nach Doyle zu erkundigen. Vielleicht gehörten sie zu denen, die ihn, Freud, schnitten.

»Was haben Sie für eine Beziehung zu Dr. Doyle?« fragte Freud, als wolle er die Kürze seiner Antwort überspielen.

»Keine medizinische, wie ich Ihnen versichern kann. Dr. Doyle hat Einfluß bei gewissen literarischen Zeitschriften in England. Er ist heutzutage auf literarischem Gebiet sehr viel aktiver als auf medizinischem, und ich verdanke es ihm, daß meine Aufzeichnungen von Holmes' Fällen veröffentlicht wurden.«

»Aha.«

An der Kreuzung Währinger Straße und Berggasse stiegen wir aus und gingen zu Fuß in nördlicher Richtung nach Hause. Wir hatten die Schwelle noch nicht überschritten, als uns von oben ein furchtbarer Tumult entgegenklang. Im Vorbeirennen sah ich Paula, das Mädchen, und eine Dame, die mir später als Frau Freud vorgestellt wurde. Ein kleines Mädchen von etwa fünf Jahren, das sich ängstlich ans Treppengeländer klammerte, nahm ich kaum wahr. Später wurden Anna Freud und ich große Freunde, aber im Augenblick war keine Zeit für Vorstellungs-Zeremonien.

Freud und ich stürzten ins Schlafzimmer. Holmes zerrte wie ein Rasender an der Reisetasche. Sein Kragen war offen, sein Haar verwirrt und seine Bewegungen zuckend und verkrampft wie die eines Menschen, der seine Muskeln nicht mehr voll kontrollieren kann.

Bei unserem Eintritt fuhr er herum und starrte uns wild an.

»Wo ist es?« kreischte er. »Was haben Sie damit getan?«

Es bedurfte unserer beider Kräfte, um seiner Herr zu werden, und was folgte, war der Abstieg in eine Hölle, die tiefer und fürchterlicher war als der Abgrund von Reichenbach, den ich an anderer Stelle beschrieben habe.

Manchmal war die Hypnose erfolgreich, manchmal nicht. Gelegentlich war sie nur mit Hilfe eines vorher eingenommenen Beruhigungsmittels zu erreichen, aber Freud versuchte, wenn irgend möglich, ohne Sedativa auszukommen.

»Er darf nicht von Mitteln abhängig werden«, erklärte er einmal über einer hastigen Mahlzeit, die wir in seinem Arbeitszimmer einnahmen.

Selbstverständlich mußte immer einer von uns Wache halten, damit Holmes, der für seine Handlungen nicht verantwortlich gemacht werden konnte, sich selbst oder anderen kein Leid zufügte. Er begann, uns alle zu hassen, auch Paula, die trotz der Furcht, die sie vor ihm empfand, ihre Aufgaben mit allen Anzeichen von Gutwilligkeit und Gleichmut erfüllte.

Doktor Freud und die Mitglieder seines Haushalts nahmen sich Holmes' Schmähungen, so verletzend sie sein mochten, nicht zu Herzen, aber mich trafen die endlosen Beschimpfungen tief. Ich hatte ihn einer solchen erniedrigenden Rhetorik nie für fähig gehalten. Kam ich in sein Zimmer, um ihm Gesellschaft zu leisten und auf ihn aufzupassen, so überhäufte er mich mit solchen Verwünschungen, daß die Erinnerung daran mich noch heute schmerzt. Er nannte mich einen Dummkopf, verfluchte sich selbst in alle Ewigkeit dafür, einen hirnlosen Krüppel um sich geduldet zu haben, und Schlimmeres. Wie ich diese Verhöhnungen und Beleidigungen ertrug, ist schwer zu sagen, aber ich verspürte kein Bedauern, als er am dritten Tag versuchte, aus dem Zimmer zu entkommen, und mir nichts anderes übrigblieb, als ihn niederzuschlagen. Ich gebe zu, daß der Schlag wegen der Wut, die sich in mir aufgestaut hatte, besonders heftig ausfiel. Er brach bewußtlos zusammen, ich rief entsetzt um Hilfe und schlug mir im wahrsten Sinne des Wortes schuldig auf die Brust, so sehr bereute ich meinen Mangel an Selbstbeherrschung.

»Machen Sie sich keine Vorwürfe, Doktor.« Freud klopfte mir beruhigend auf die Schulter, nachdem wir Holmes zu Bett gelegt hatten. »Jede Stunde der Bewußtlosigkeit erhöht unsere Chancen. Sie haben mir eine Hypnose erspart, von der ich, nach dem, was Sie mir sagen, bezweifle, daß sie gewirkt hätte.«

In dieser Nacht erwachte Holmes mit hohem Fieber und delirierte. Während Freud und ich an seinem Bett saßen und seine Hände hielten, phantasierte er von Austern, die die Welt erobern werden, und ähnlichem Unsinn.* Freud lauschte mit größter Aufmerksamkeit.

»Ißt er gerne Austern?« fragte er mich, als für einen

* Austern spielten in Holmes' Unterbewußtsein schon immer eine gewisse Rolle. In *Der sterbende Detektiv* täuscht er später Delirium vor und scheint besorgt, daß die Welt von Austern überrannt werden könnte. Vielleicht übernahm er hier Züge des echten Deliriums, von dem Watson ihm berichtet haben muß. Es ist auch bekannt, daß Holmes sehr gerne Austern aß. Symbolisierte für ihn das Verzehren der Austern deren Unterwerfung, und half es ihm, seine Ängste zu überwinden? Es wäre in jedem Fall interessant, etwas über den Ursprung dieser Phobie zu erfahren. N. M.

Moment Ruhe eintrat. Ich zuckte die Achseln, zu verwirrt, um ihm eine präzise Antwort zu geben.

Während der Nacht wurden wir einmal von Paula und einmal von Frau Freud abgelöst. Sie war eine äußerst anziehende Frau. Ihre Augen waren dunkel und melancholisch wie die ihres Mannes, aber ihr Mund verriet Humor, Sensibilität und eine stille innere Kraft.

Einmal entschuldigte ich mich bei ihr für die Ungelegenheiten und Störungen, die Holmes und ich ihrem Haushalt verursachten.

»Ich habe Ihre Aufzeichnungen von Herrn Holmes' Fällen gelesen«, erwiderte sie einfach. »Ihr Freund ist ein wertvoller und tapferer Mensch. Er braucht unsere Hilfe, ganz wie *unser* Freund sie brauchte.« Ich nahm an, daß sie dies auf den Unglücklichen bezog, den Freud im ›*Lancet*‹ erwähnt hatte. »Dieses Mal werden wir keinen Fehlschlag erleiden«, sagte sie bestimmt.

Holmes' Fieber und Delirium hielten noch drei Tage an, während derer es praktisch unmöglich war, ihm Nahrung einzuflößen. Selbst nach einer Ruhepause strengte es uns an, in seiner Nähe zu sein, denn es war einfach enervierend, seine konvulsiven Anfälle zu beobachten. Seine Zuckungen und Krämpfe waren so alarmierend, daß ich einen Ausbruch von Gehirnfieber vermutete. Als ich das Freud gegenüber erwähnte, schüttelte er den Kopf.

»Diese Symptome sind äußerst ähnlich«, stimmte er zu, »aber ich glaube nicht, daß wir Gehirnfieber zu befürchten haben. Was wir mit ansehen, ist die letzte Phase der Rauschgiftsucht. Sie wird aus seinem Körper ausgemerzt. Wenn er das überlebt, hat er den entscheidenden Punkt auf dem Weg zur Gesundung erreicht.«

»Überlebt?«

»Es sind Menschen daran gestorben«, antwortete er kurz.

Ich saß neben dem Bett und sah hilflos den entsetzlichen, von Schreien begleiteten Krämpfen zu, deren kurze Unterbrechungen nichts anderem zu dienen schienen, als neue Energien für die nächsten Anfälle zu sammeln. Gegen Mitternacht bestand Dr. Freud darauf, daß ich mich etwas ausruhen müsse. Ich würde sonst, so sagte er, meinem Freund in seiner schwersten Stunde nicht beistehen können. Widerwillig ging ich in mein Zimmer.

An Schlaf war nicht zu denken. Auch wenn ich nicht die durchdringenden Schreie meines Freundes durch die Wand gehört hätte – das Bewußtsein, daß er sich quälte, genügte, mich wach zu halten. War es die Sache wert? Gab es keinen anderen Weg, ihn zu retten, als diese entsetzliche Prüfung, die ihn vielleicht töten würde? Ich bin kein Mann von Gebeten, und ich war mir über die Unaufrichtigkeit meiner Geste im klaren, dennoch kniete ich nieder, warf mich vor dem Schöpfer aller Dinge – wer immer er sein mochte – in den Staub und flehte ihn in den demütigsten Worten an, meinen Freund zu verschonen. Ich kann nicht sagen, was für eine Wirkung meine Gebete auf Holmes' Zustand hatten; mir verhalfen sie zu einem unruhigen Schlaf.

Vier Tage nach dem Ausbrechen des Fiebers erwachte Sherlock Holmes scheinbar ruhig und mit normaler Temperatur.

Als ich sein Zimmer betrat, um Paulas Stelle einzunehmen, blickte er mich sanft und ermattet an.

»Watson?« fragte er mit schwacher, beinahe unkenntlicher Stimme. »Sind Sie es?«

Ich bejahte, rückte mir einen Stuhl ans Bett, untersuchte ihn und sagte ihm, daß das Fieber vorüber sei.

»Ach ja?« sagte er teilnahmslos.

»Ja, Sie sind auf dem Weg der Genesung, mein Lieber.«

»Oh.«

Er fuhr fort, mit einem leeren Blick auf mich, oder vielmehr an mir vorbeizustarren. Er schien nicht zu wissen, wo er war, und es schien ihn auch nicht zu interessieren.

Er erhob keinen Einspruch, als ich seinen Puls fühlte, der unendlich schwach, aber regelmäßig war; er akzeptierte auch das Tablett, das Frau Freud selbst ihm hinaufbrachte. Er aß wenig und nicht ohne gutes Zureden. Offensichtlich wollte er jedoch etwas zu sich nehmen, mußte aber immer wieder an die Speisen vor ihm erinnert werden. Diese Lethargie schien mir nach den gewaltsamen Ausbrüchen und Delirien unheimlicher als alles Vorangegangene.

Auch Freud gefiel es nicht, als er von seinen Visiten zurückkehrte und seinen Hauspatienten untersuchte. Er runzelte die Stirn und trat ans Fenster, durch das man die Türme des Stephansdomes sehen konnte – eine Aussicht, die ihm übrigens von Herzen verhaßt war. Ich streichelte beruhigend Holmes' Hand und ging zu Freud hinüber.

»Nun?«

»Es sieht so aus, als habe er die Sucht überwunden«, sagte Freud in sachlichem Ton. »Sie kann allerdings zurückkehren. Das ist der Fluch der Rauschgiftsucht. Es würde mich interessieren«, fügte er hinzu, als sei es nicht weiter wichtig, »was ihn zum Einnehmen von Kokain verleitet hat.«

»Er hat es genommen, solange ich ihn kenne«, antwortete ich wahrheitsgemäß. »Er sagt, aus Langeweile, aus Mangel an Aktivität.«

Freud wandte sich um und lächelte mich an; es war

dasselbe weise und verständnisvolle Lächeln, das mir bei unserer ersten Begegnung aufgefallen war.

»Aus solchen Gründen zerstört sich ein Mann nicht selbst«, sagte er leise. »Dennoch –«

»Was beunruhigt Sie so?« fragte ich mit mühsam beherrschter Stimme. »Sie sagen doch, wir hätten ihm den Feind entrissen.«

»Vorübergehend«, wiederholte Freud und blickte wieder aus dem Fenster, »aber wir scheinen ihm auch seine Lebensgeister entrissen zu haben. Ein altes Sprichwort sagt, die Kur sei manchmal tödlicher als die Krankheit.«

»Aber was konnten wir tun?« rief ich aus. »Hätten wir ihm erlauben sollen, sich selbst zu vergiften?«

Freud wandte sich wieder um und legte einen Finger an die Lippen.

»Ich weiß.« Er klopfte mir auf die Schulter und ging zum Patienten zurück.

»Wie fühlen Sie sich?« fragte er meinen Freund mit einem sanften Lächeln. Holmes sah zu ihm auf, dann verschleierten sich seine Augen und starrten ins Nichts.

»Nicht gut.«

»Erinnern Sie sich an Professor Moriarty?«

»Meinen bösen Genius?« Ein schwaches Lächeln spielte um seinen Mundwinkel.

»Was denken Sie über ihn?«

»Ich weiß, was Sie von mir hören wollen, Doktor. Gut. Ich will Ihnen den Gefallen tun: Professor Moriarty hat nur einmal die Rolle des bösen Genius in meinem Leben gespielt, und das war, als er drei Wochen brauchte, mir die Grundlagen der Infinitesimalrechnung beizubringen.«

»Es liegt mir nicht so sehr daran, daß Sie das sagen«, erwiderte der Doktor ruhig, »als vielmehr daran, daß Sie selbst diese Wahrheit erkennen.«

Eine Pause trat ein.

»Ich erkenne sie«, flüsterte Holmes endlich. In dieser beinahe unhörbaren Antwort lagen alle Demütigungen und alles Leid, die einem menschlichen Wesen widerfahren können. Selbst Freud, der so unnachgiebig sein konnte wie Holmes, wenn die Gelegenheit es verlangte, hatte keinen Wunsch, die lange Stille zu unterbrechen, die diesem Bekenntnis folgte.

Holmes selbst brachte das lange Schweigen zu einem Ende. Er erspähte mich, und seine Züge belebten sich.

»Watson? Kommen Sie näher, alter Freund. Sie sind doch mein alter Freund, nicht wahr?« fügte er unsicher hinzu.

»Das wissen Sie doch.«

»O ja.« Er ließ sich aus der aufrechten Lage, die er mit so viel Mühe eingenommen hatte, wieder in die Kissen sinken und betrachtete mich mit einem unruhigen Ausdruck in seinen grauen Augen.

»Ich kann mich nicht gut an die vergangenen Tage erinnern«, begann er, aber ich unterbrach ihn mit einer Handbewegung.

»Das ist vorbei und vergessen. Belasten Sie sich nicht damit.«

»Ich sagte, ich kann mich nicht gut erinnern«, fuhr er mit einem Aufflackern seiner alten Zähigkeit fort, »aber mir will scheinen, ich habe Sie angeschrien und Ihnen allerlei Beschimpfungen an den Kopf geworfen. Habe ich das getan, Watson? Oder bilde ich es mir ein?«

»Sie haben es sich eingebildet, lieber Freund. Liegen Sie nun still.«

»Denn wenn ich es tat«, fuhr er fort und folgte gehorsam meiner Anordnung, »dann müssen Sie wissen, daß ich es nicht so gemeint habe. Hören Sie? Ich entsinne mich genau, daß ich Sie Judas genannt habe. Wollen Sie mir diese monströse Verleumdung verzeihen? Wollen Sie?«

»Holmes, ich bitte Sie.«

»Lassen Sie ihn jetzt lieber allein«, unterbrach Freud und legte die Hand auf meine Schulter. »Er schläft ein.«

Ich stand auf und floh mit tränenblinden Augen aus dem Zimmer.

KAPITEL NEUN

Ein Tennisspiel und eine Violine

Sigmund Freuds Warnung war gerechtfertigt: Holmes schien zwar kein Verlangen nach Kokain mehr zu haben, aber die strikteste Wachsamkeit war vonnöten, um ihm jeglichen Zugang zu dem Gift zu verwehren. Da das Schlimmste, wie auch Doktor Freud mir versicherte, vorüber war, wollte ich eigentlich nach England zurückkehren, aber er beschwor mich, zu bleiben. Holmes' Lebensgeister waren immer noch nicht zurückgekehrt, er mußte zum Essen mühsam überredet werden, und er selbst konnte noch nicht in seine eigene Welt zurückkehren; er brauchte so offensichtlich einen Freund, daß ich mich bereit fand, noch eine Weile zu bleiben.

Wieder tauschten meine Frau und ich Telegramme aus; ich umriß die Situation und bat sie um Geduld, und sie antwortete herzlich und ermutigend: Die Praxis, so ließ sie mich wissen, wurde von Cullingworth aufs beste versorgt, und sie selbst versprach, Mycroft Holmes von der Genesung seines Bruders zu unterrichten.

Aber Holmes' Fortschritte waren minimal. Zwar war er nicht mehr am Rauschgift interessiert, er zeigte aber auch keinen Enthusiasmus für irgend etwas anderes. Wir zwangen ihn zum Essen und überredeten ihn zu Spaziergängen in den Parks nahe der Hofburg. Bei diesen Anlässen promenierte er pflichtbewußt, wobei er den Blick stets auf den Boden gerichtet hielt. Ich war nicht sicher, ob ich diese Entwicklung begrüßen sollte; zweifellos entsprach es ganz den Gepflogenheiten des alten Holmes, der fast nie die Landschaft beachtete und lieber Fußabdrücke studierte. Aber als ich versuchte, mit ihm darüber zu sprechen, und ihn nach dem Resultat seiner Studien befragte, ersuchte er mich nur mit müder Stimme, ihn nicht so gönnerhaft zu behandeln, und ließ es dabei bewenden.

Er nahm seine Mahlzeiten jetzt mit den anderen Mitgliedern des Haushalts ein, schwieg eisern, trotz aller unserer Ansätze zur Konversation, und aß wenig. Dr. Freuds Gespräche über seine anderen Patienten schienen ihn nicht im geringsten zu interessieren, und meine eigene Aufmerksamkeit war so von Holmes in Anspruch genommen, daß ich auch nicht viel von ihnen mitbekam. Ich erinnere mich vage, daß er sie mit den seltsamsten Namen bezeichnete; manchmal sprach er vom ›Rattenmann‹ oder vom ›Wolfsmann‹, manchmal von einer Person namens ›Anna O.‹. Mir leuchtete ein, daß er die Identität der Betreffenden aus Gründen beruflicher Diskretion nicht preisgeben wollte, aber ich glaube, daß ein sonst nur latent vorhandener Sinn für Humor, oder zumindest ein echtes Talent für anthropomorphische Assoziationen, in den Spitznamen zum Vorschein kam.

Noch heute, wenn ich vor dem Einschlafen meine Gedanken wandern lasse, fallen mir die Tischgespräche im Freudschen Hause wieder ein, und ich muß lächeln, wenn ich an den Mann denke, der wie eine Ratte oder wie ein Wolf aussah. Und Anna O.? War sie vielleicht von bemerkenswert rundlichen Formen?

Merkwürdigerweise war das einzige Familienmitglied, das Holmes eine positive Reaktion entlockte, eine andere Anna, Freuds kleine Tochter. Sie war ein bezauberndes Kind (ich habe im allgemeinen für Kinder nicht viel übrig*), intelligent und liebenswert. Nach einem Tag hatte sie die schreckliche Angst vor Holmes' Anfällen überwunden und begegnete ihm ganz unbefangen. Instinktiv war sie bei ihren Annäherungsversuchen sehr behutsam, aber Annäherungsversuche waren es dennoch. Einmal erbot sie sich nach dem Abendessen, ihm ihre Puppensammlung zu zeigen. Holmes akzeptierte die Einladung mit ernster und korrekter Höflichkeit, und die beiden begaben sich zu dem Schrank, in dem die Figuren aufbewahrt wurden. Ich wollte gerade aufstehen und ihnen folgen, als Freud mir signalisierte, sitzen zu bleiben.

»Wir dürfen ihn mit unserer Zuwendung nicht ersticken«, lächelte er.

»Oder Anna«, lachte Frau Freud und klingelte nach mehr Kaffee.

Am nächsten Morgen – ich lag im Bett und rieb mir den Schlaf aus den Augen – hörte ich zu meinem Erstaunen Stimmen aus dem Nachbarzimmer. Die Uhr auf dem Nachttisch zeigte auf kurz vor acht. Den Geräuschen

* Enthält diese Äußerung einen Hinweis, warum Watson niemals seine Kinder erwähnt, nicht einmal, ob er welche in die Welt gesetzt hat? N. M.

nach zu urteilen, die von unten zu mir heraufdrangen, war Paula in der Küche und die übrige Familie noch im Bett. Wer konnte das sein?

Ich stahl mich vorsichtig zur Verbindungstür und spähte durch den Spalt. Holmes saß im Bett und unterhielt sich friedlich mit der kleinen Anna, die sich auf dem Fußende niedergelassen hatte. Verstehen konnte ich nichts, aber die Konversation war offensichtlich angenehmer Natur. Anna stellte Fragen, und Holmes tat sein Bestes, sie zu beantworten. Einmal hörte ich ihn leise lachen und schlich mich fort, um nicht durch ein unbedachtes Geräusch zu stören.

Nach dem Frühstück entschloß sich Holmes, im Arbeitszimmer Dostojewski zu lesen (er hoffte, eine französische Ausgabe zu finden), statt uns zum Maumberg, Freuds exklusivem Club, zu begleiten, wo wir Hallentennis spielen wollten.

»Dr. Watson wird Ihnen meine ausgeprägte Geringschätzung der Leibesübung um ihrer selbst willen bestätigen«, sagte er lächelnd, als wir an der Tür zögerten, um ihn doch noch zum Mitgehen zu überreden. »Sie dürfen es wirklich nicht meiner Krankheit zuschreiben, daß ich hierbleibe.«

Freud hielt es für besser, nicht weiter zu drängen, und wir ließen Holmes in der Obhut der Damen – Frau Freud, Paula und der kleinen Anna.

Der Maumberg, südlich der Hofburg gelegen, unterschied sich beträchtlich von den Clubs, die ich in London kannte. Sport spielte darin die Hauptrolle. Für den sozialen und intellektuellen Austausch waren die Kaffeehäuser der Stadt zuständig.

Wohl gab es ein Restaurant und eine Bar, aber Freud pflegte sich weder dort aufzuhalten noch mit den Clubmitgliedern zu verkehren. Er spielte, wie er mir sagte, gerne Tennis und benutzte den Club nur zu diesem Zweck. Ich selbst war kein Tennisspieler (mein Arm* machte das unmöglich), aber ich wollte den Club gerne sehen und auch für eine Weile dem niederdrückenden Einfluß von Holmes' Problemen entfliehen, die mich ununterbrochen beanspruchten und deprimierten. Freud hatte das zweifellos gespürt und mich deshalb mitgenommen.

Die Tennisplätze befanden sich in einer riesenhaften Halle, einer Eisenkonstruktion, die ein wenig einem Gewächshaus glich. Enorme Oberlichter ließen die Sonne ein, außerdem war die Halle während der Wintermonate geheizt. Die Plätze selbst waren aus stark poliertem Holz, auf dem die Bälle von verschiedenen, gleichzeitig stattfindenden Spielen in scharfer Dissonanz aufschlugen.

Als wir den Ankleideraum betraten, in dem der Doktor sein Tenniskostüm aufbewahrte, passierten wir eine Gruppe junger Männer, die ihre Füße auf die Bänke gelegt und ihre Handtücher lässig um den Hals geschlungen hatten und aus hohen, engen Gläsern Bier tranken. Als wir an ihnen vorbeigingen, hörte ich, wie einer sich vor Lachen an seinem Bier verschluckte.

»*Juden* im Maumberg! Ich muß schon sagen, die sind aber auf den Hund gekommen, seit ich das letztemal hier war.«

Freud, der vor mir ging, hielt an und musterte den jungen Mann, der vorgab, sich mit seinem Freund zu unterhalten, obwohl beide kaum ihr Kichern unterdrücken konnten. Als er sich schließlich mit unverhohlener Neu-

* Arm? Dieses Manuskript trägt nichts zur Aufklärung über die berühmte Afghanistan-Verwundung bei. N. M.

gierde doch noch nach uns umwandte, erschrak ich beim Anblick seiner Züge. Eine abscheuliche, fahle Säbelwunde auf seiner linken Wange gab seinen hübschen, aber harten Zügen etwas Unheimliches. Sein ganzes Gesicht wirkte durch diese häßliche Wunde bösartig, und die eiskalten, starren Augen gaben ihm den unangenehmen Ausdruck eines großen Rabenvogels. Er war noch keine dreißig, aber die Bosheit in diesem Gesicht war alterslos.

»Haben Sie soeben mich gemeint?« fragte Freud mit ruhiger Stimme, indem er ein paar Schritte vorwärts tat.

»Wie beliebt?« Es klang unschuldig, und der grausame Mund des jungen Mannes verzog sich zu einem Lächeln. Aber die Augen blieben ausdruckslos.

»Es dürfte Sie interessieren, mein Herr, daß die Anzahl jüdischer Mitglieder in diesem Club auf ein Drittel angestiegen ist seit Ihrem letzten Hiersein, das, von Ihrer gänzlichen Unkenntnis der hiesigen Sitten und Bräuche zu schließen, nie stattgefunden hat.« Er drehte sich auf dem Absatz um und ging. Amüsiertes Lachen folgte ihm. Der junge Mann mit der Narbe lief dunkelrot an, und er lauschte, den Blick auf Freud gerichtet, mit geneigtem Kopf, dem Flüstern seines Begleiters.

»Dr. Freud, sind Sie das?« rief er plötzlich hinter ihm her. »Nicht *der* Dr. Freud, der aus dem Allgemeinen Krankenhaus flog, weil er behauptete, junge Männer schliefen mit ihren Müttern? Haben Sie selbst mit Ihrer Mutter geschlafen, Doktor?«

Der Doktor erbleichte, dann drehte er sich um und fixierte seinen Quälgeist.

»Sie sind absurd«, erwiderte er kurz und wandte sich erneut zum Gehen. Er hatte wohl zum zweitenmal einen wunden Punkt getroffen. Der Biertrinker sprang auf und zerschmetterte wütend sein Glas auf dem Boden.

»Ich fordere Sie, mein Herr!« schrie er mit zornbebender Stimme. »Meine Sekundanten werden Sie aufsuchen.«

Freud musterte ihn von oben bis unten, ein Lächeln umspielte seine Mundwinkel.

»Aber, aber«, sagte er milde, »Sie wissen doch, daß ein Herr sich nicht mit einem Juden schlägt. Haben Sie denn gar keinen Sinn für Etikette?«

»Sie lehnen ab? Wissen Sie, wer ich bin?«

»Nein, und es interessiert mich auch nicht. Aber wenn Sie wollen«, fuhr er fort, bevor der andere protestierten konnte, »schlage ich mich mit Ihnen im Tennis. Würde das Ihr Ehrgefühl befriedigen?«

An diesem Punkt wollten einige der Freunde des jungen Mannes sich einmischen, aber er stieß sie heftig beiseite. Er ließ seinen Blick nicht von Freud, der gelassen seine Stiefel auszog und seinen Tennisschläger an sich nahm.

»Sehr gut, *Doktor.* Ich erwarte Sie auf dem Platz.«

»Ich werde Sie nicht warten lassen«, antwortete Freud, ohne aufzusehen.

Die Kunde von dem bevorstehenden Spiel hatte offensichtlich im Club die Runde gemacht, bevor wir uns unter den riesigen Oberlichtern versammelten. Der junge Mann mit der Narbe und seine Anhänger waren bereits dort. Letztere untersuchten die Tennisbälle so sorgfältig, als handle es sich um Kanonenkugeln.

»Erscheint Ihnen das alles denn nicht grotesk?« versuchte ich Freud zurückzuhalten, als wir die Treppe hinaufstiegen.

»Absolut grotesk«, erwiderte er ohne Zögern, »aber weniger grotesk als die Säbelei.«

»Haben Sie keine Angst – zu verlieren?«

»Mein lieber Doktor, es ist nur ein Spiel.«

Für Freud mochte es ein Spiel sein, aber für seinen Gegner war es bitterer Ernst, und er zeigte das von Anfang an. Er war größer, stärker und in sehr viel besserer Form als der Arzt, und beide waren sich dessen bewußt. Er plazierte seine Bälle weit und mit bemerkenswerter Präzision, während Freud sie, so gut er konnte, zurückschlug. Mißlang es ihm, schien ihn das nicht im geringsten zu stören. Auf diese Weise verlor er die ersten beiden Spiele und gewann nur zwei Punkte.

Im dritten Spiel war er etwas besser und erreichte Ausgleich, bevor er den Punkt abgab. Als das Spiel zum Seitenwechsel unterbrochen wurde, brachte ich ihm Wasser.

»Sie machen sich«, sagte ich ermunternd und reichte ihm den Schwamm.

»Warten Sie ab«, er fuhr mit dem nassen Schwamm über seinen Nacken. »Sein Spiel ist rein offensiv, und außerdem ist seine Rückhand schwach. Haben Sie das bemerkt?«

Ich schüttelte den Kopf.

»Kein Zweifel. Jeder Punkt, den ich ihm abgewonnen habe, war auf seine Rückhand gespielt. Schauen Sie nur gut zu.«

Das tat ich, und mit mir zweihundert andere gespannte Zuschauer.* Langsam, aber unerbittlich, wendete sich jetzt das Blatt, und Freud gewann Spiel auf Spiel. Sein Gegner begriff zu Anfang nicht, was vorging. Erst beim Stand von 3:3 erkannte er Freuds Strategie und bewegte

* Sicherlich ist Watson hier von seinem Gedächtnis im Stich gelassen worden. Eine persönliche Besichtigung der noch vorhandenen Tennisplätze im Maumberg ergab, daß nicht mehr als hundert Zuschauer dieser spannenden, aber wenig bekannten Episode in Freuds Leben beigewohnt haben können. Ernest Jones, Freuds Biograph, war offensichtlich nicht unter ihnen.

sich im Bewußtsein seiner eigenen Schwäche immer mehr auf die linke Seite des Platzes, in der Hoffnung, Freuds Taktiken zuvorzukommen. Das brachte ihm ein oder zwei Punkte ein, aber Freud durchschaute seine Absichten und schoß seine Bälle auf die rechte Seitenlinie zurück, wo sein geplagter Gegner sie nicht erreichen konnte.

Gelang ihm das aber, dann machte Freud sich wieder die schwache Rückhand zunutze, indem er seine Bälle diagonal über den Platz schmetterte. Es war nicht leicht für ihn, aber der junge Mann mit der Narbe war ohne Frage schlimmer dran. Freud zwang ihn in die Defensive und ließ ihn von einer Seite zur anderen rennen, während er selbst fast stillstand. Und der junge Lümmel machte vor lauter Wut Fehler, die er mit mehr Beherrschung nie begangen hätte. Innerhalb einer Stunde beendete Freud den Satz mit einem Schluß-Stand von 6:3.

Als der letzte Ball weit von dem jungen Mann entfernt im Feld gelandet war, schlenderte Freud gelassen zum Netz.

»Ist die Ehre gerettet?« fragte er höflich. Ich glaube, der andere wäre ihm an den Hals gesprungen und hätte ihn erwürgt, hätten sich seine Freunde nicht dazwischengeworfen und ihn gewaltsam zurückgehalten.

Freud badete und zog sich um, ohne etwas zu sagen – abgesehen von einem Dankeswort für meine überschwengliche Gratulationen. Schließlich machten wir uns in die Berggasse 19 auf.

»Immerhin habe ich wieder einmal Tennis gespielt«, bemerkte er und winkte einer Droschke. »Und ich brauchte nicht einmal auf den Platz zu warten.«

»Was dieser Mann gesagt hat – über Ihre Theorie«, fragte ich nach einigem Zögern: »Sie behaupten doch nicht allen Ernstes, daß Jungen, daß sie –«

»Keine Sorge, Doktor. Ich behaupte nichts dergleichen.«

Ich sank mit einem Seufzer der Erleichterung in die Polster zurück. Freud schien es jedoch nicht zu bemerken.

Als wir das Haus erreichten, bat Freud mich, Holmes von dem Tennisduell nichts zu sagen. Er wollte meinen Freund mit dem Vorfall nicht beunruhigen, und ich stimmte zu.

Wir fanden den Detektiv, wo wir ihn gelassen hatten, nämlich über den Büchern im Arbeitszimmer. Er war nicht zum Reden aufgelegt. Daß er überhaupt an etwas Interesse nahm, freute mich. Ich zog mich auf mein Zimmer zurück und dachte über die kuriose Szene im Maumberg nach. Den Namen des jungen Gernegroß hatten wir nicht erfahren, aber sein Gesicht, dieses wilde, böse Gesicht mit der schlimmen Narbe, kam mir den ganzen Nachmittag nicht aus dem Sinn.

Beim Abendessen schien Holmes wieder in seine frühere Misere zu versinken. Alle Versuche, ihn ins Gespräch zu ziehen, stießen auf einsilbige und unergiebige Erwiderungen. Ich warf Freud besorgte Blicke zu, aber er gab vor, sie nicht zu sehen, und plauderte unbefangen weiter.

Nach dem Essen entschuldigte er sich für einen Augenblick und kam mit einem großen Paket im Arm zurück.

»Ich habe hier etwas, das Ihnen vielleicht Freude machen wird, Herr Holmes«, sagte er und überreichte Holmes einen länglichen Kasten.

Holmes nahm das Paket und hielt es teilnahmslos auf dem Schoß.

»Ich habe es telegraphisch aus England hierher beordert«, fügte Freud hinzu und ließ sich wieder am Tisch nieder. Holmes sagte immer noch nichts, betrachtete aber das Paket.

»Kann ich beim Auspacken helfen?« fragte Anna und griff nach der Schnur.

»Bitte«, erwiderte Holmes und drehte das Paket dem Kinde zu.

»Vorsicht«, mahnte ihr Vater, als ihre kleinen Finger versuchten, den Knoten zu lösen. »Hier.« Mit einem Taschenmesser durchtrennte er die Schnur, und Anna faltete das Papier auseinander. Ich schnappte unwillkürlich nach Luft, als ich den Inhalt sah.

»Noch ein Kasten!« rief Anna aus.

»Laß Herrn Holmes ihn selbst öffnen«, befahl Frau Freud hinter mir.

»Bitte, tun Sie es«, drängte Anna.

Ohne eine Antwort zu geben, zog Holmes den Kasten aus der Verpackung. Langsam, aber mit vielgeübter Sicherheit öffneten seine Finger die Schlösser, und er nahm die Stradivari heraus. Dann blickte er zu dem Arzt auf.

»Das ist sehr zuvorkommend von Ihnen«, sagte er in dem ruhigen Ton, der mir so unheimlich war. Anna schlug vor Aufregung ihre Hände zusammen.

»Eine Geige!« rief sie. »Eine Geige! Können Sie spielen? Werden Sie für mich spielen? Bitte!«

Holmes blickte auf sie herab, dann auf das Instrument in seinen Händen. Das polierte Holz glänzte im Schein des Gaslichts. Er zupfte an den Saiten und sträubte sich ein wenig, als er den Klang hörte. Dann hob er die Geige unters Kinn, drehte den Hals hin und her, um die richtige Stelle zu finden, und begann sie zu stimmen. Schließlich – während wir alle atemlos wie Zirkusbesucher bei einem Drahtseilakt zuschauten – spannte und harzte er das Roßhaar des Bogens.

»Hmm.«

Zunächst spielte er nur zögernd und probierte ein paar Akkorde und Phrasen. Aber allmählich breitete sich ein Lächeln auf seinen Zügen aus – es schien eine Ewigkeit her zu sein, seit ich einen so glücklichen Ausdruck an ihm bemerkt hatte.

Und dann begann er ernsthaft zu spielen.

Ich habe die musikalischen Gaben meines Freundes an anderer Stelle erwähnt. Aber nie hat er sich selbst so übertroffen und seine Zuhörer so bezaubert wie in dieser Nacht. Ein Wunder begab sich vor unseren Augen, als die Geige und er sich gegenseitig das Leben wiedergaben.

Ohne es selbst zu merken, erhob er sich von seinem Stuhl und spielte weiter. Je länger er sich ins Spiel vertiefte, um so lebhafter wurde er. Ich weiß nicht, womit er begann – ich bin musikalisch nicht gerade gebildet, wie einige meiner Leser bereits bemerkt haben –, aber ich nehme an, es handelte sich um seine eigenen Etüden und träumerischen Kompositionen.

Aber was er dann spielte, das weiß selbst ich. Holmes' Flair fürs Dramatische triumphierte, und schließlich wußte er ja, wo er war: Er spielte Strauß-Walzer.

Oh, und wie er spielte! Schmachtend, klangvoll, fröhlich, mit anfeuerndem Rhythmus – an letzterem war nicht zu zweifeln; denn Dr. Freud legte den Arm um die Taille seiner Frau und tanzte mit ihr durch das Eßzimmer ins Wohnzimmer, gefolgt von Holmes, Anna, Paula und mir selbst. Ich war so entzückt von dieser Szene und von dem Lächeln, das immer noch die Züge meines Freundes belebte, daß ich die kleine Hand, die mich am Ärmel zog, nicht gleich bemerkte. Es war Anna, die ihre Arme nach mir ausstreckte.

Ich war noch nie ein guter Tänzer, und mein verwundetes Bein ließ mich sogar unter das Niveau anderer unmusikalischen Männer sinken – aber ich tanzte. Es war sicherlich keine sehr anmutige Darbietung, aber sie entbehrte nicht des guten Willens und der Energie.

›G'schichten aus dem Wienerwald‹, ›Wiener Blut‹, ›Die schöne blaue Donau‹, ›Wein, Weib und Gesang‹ – Holmes spielte sie alle, und wir vier wirbelten lachend und vor Vergnügen kreischend durch das Zimmer! Nach einiger Zeit tauschten wir die Partner, und ich tanzte mit Frau Freud, während der Doktor – offensichtlich etwas geübter im Walzer als ich – mit seiner Tochter herumhopste. Einmal tanzte ich vor lauter Begeisterung sogar mit Paula, die es sich unter kicherndem Protest gefallen ließ.

Endlich, als es vorüber war, fielen wir atemlos und immer noch lachend in die Sessel. Holmes nahm die Violine vom Kinn und starrte sie lange an. Dann hob er den Blick und sah Freud an.

»Ihre Talente hören nicht auf, mich in Erstaunen zu versetzen«, sagte Freud zu ihm.

»Ich beginne soeben, die Ihren zu bewundern«, konterte Holmes und sah ihm gerade in die Augen – und da, zu meinem unendlichen Entzücken, was das vertraute Funkeln.

In dieser Nacht dachte ich beim Einschlafen über die wunderbare Macht der Musik nach. Ich glaube, es ist irgendwo in Julius Cäsar*, daß der Barde sagt, Musik habe die Macht, die wilden Stürme im Busen zu besänftigen und den rastlosen Geist zu beruhigen, aber ich hatte nie zuvor Gelegenheit gehabt, dieses Phänomen mit eigenen Augen zu beobachten.

Es tat auch noch weiter seine Wirkung. Nachdem alles

* Nein. N. M.

zu Bett gegangen war, hörte ich durch die dünne Wand, die Holmes' Zimmer von meinem trennte, sein Spiel bis in die frühen Morgenstunden. Sich selbst überlassen, kehrte er zu den melancholischen, verträumten Melodien eigener Komposition zurück. Sie waren bewegend und unendlich traurig, lullten mich aber schließlich sanft in den Schlaf. Vage dachte ich noch darüber nach, ob der Funken, den wir in der kühlen Seele meines Freundes geschlagen hatten, sich zu einer Flamme entzünden oder morgen schon wieder verlöschen würde. Die Geigenepisode bewies, daß er nicht gänzlich ausgebrannt war, aber daß Musik allein genügen würde, um ihn wiederherzustellen, zog ich instinktiv in Zweifel.

Und irgendwann in meinem unruhigen Schlummer sah ich wieder das böse Gesicht jenes Teufels mit seiner grotesken, fahlen Narbe.

KAPITEL ZEHN

Eine Studie in Hysterie

Beim Frühstück am nächsten Morgen war Holmes schweigsam. Es war ihm nicht anzumerken, ob ihn das musikalische Zwischenspiel wirklich der Genesung nähergebracht hatte. Dr. Freud begegnete dem neutralen Verhalten seines Patienten in derselben Art wie in den Tagen zuvor. Er fragte, ob Holmes gut geschlafen habe und ob er eine zweite Tasse Kaffee wolle.

Was dann geschah, wird für immer die Frage unbeantwortet lassen, ob mein Freund allein durch die Geige zu sich zurückgefunden hätte. Hätte die Türschelle nicht zu diesem Zeitpunkt geklingelt, dann wären wir niemals Hals über Kopf in ein Abenteuer hineingeraten. Und doch bin ich trotz allem froh, daß ein Bote mit einem Brief für Dr. Freud erschien. Ohne ihn hätte Holmes wohl einen Rückfall erlitten, mit oder ohne Geige.

Es war ein Bote vom Allgemeinen Krankenhaus, der

Klinik, der Freud einst angehört hatte. Der Brief enthielt die Bitte eines ehemaligen Kollegen, eine gerade eingelieferte Patientin zu untersuchen. Freud las ihn vor, und er hatte einen vertrauten Klang:

Ich wäre dankbar, wenn Sie die Zeit für eine Konsultation aufbringen könnten. Es handelt sich um einen sehr ungewöhnlichen Fall. Die Patientin kann oder will kein Wort sprechen, ist jedoch, wenn auch geschwächt, bei guter Gesundheit. Könnten Sie vorbeikommen und eine kurze Untersuchung vornehmen? Ihre Methoden sind zwar etwas ungewöhnlich, aber ich selbst habe sie immer respektiert.

Der Brief war mit ›Schultz‹ unterschrieben.

»Da sehen Sie, was für eine Sorte Ausgestoßener ich bin«, sagte Freud und lächelte, als er den Brief zusammenfaltete. »Wollen Sie mich begleiten, meine Herren, und einen Blick auf die widerspenstige Person werfen?«

»Das würde mich sehr interessieren«, erwiderte Holmes lebhaft und faltete seine Serviette zusammen. Auch ich war bereit, mitzukommen, bemerkte aber scherzhaft, daß mir Holmes' Interesse an des Doktors Patienten ganz ungewohnt sei. Er habe sich bisher in dieser Richtung nicht neugierig gezeigt.

»Oh, die Patientin interessiert mich auch nicht«, lachte Holmes, »aber finden Sie nicht, daß dieser Dr. Schultz ganz wie unser alter Freund Lestrade klingt?* Ich habe

* Holmes bezieht sich hier auf Inspector G. Lestrade von Scotland Yard, der – wie einige andere der dortigen Detektive – Holmes' Methoden und Theorien gerne bespöttelte, bis er ihn zu Hilfe rufen mußte, wenn ein Fall für Durchschnittsgeister zu kompliziert war.

beschlossen, Dr. Freud mit Sympathie und Mitgefühl zur Seite zu stehen.«

Das Krankenhaus war nicht weit, und bei unserer Ankunft teilte man uns mit, Dr. Schultz sei mit seiner Patientin in der psychiatrischen Abteilung. Wir fanden ihn in einem Hof, der durch eine separate Pforte zu erreichen war und in dem die Patienten sich – unter Aufsicht – sonnen oder spazierengehen durften. Es standen ihnen auch einige Spiele zur Verfügung, und eine Gruppe spielte gerade Croquet, aber es war ein wildes, lärmendes Spiel, das die Anwesenheit des Wärters notwendig machte.

Dr. Schultz war ein schwer gebauter, scheinbar wichtigtuerischer Mensch, etwa fünfzig Jahre alt, mit einem dünnen Schnurrbart und unverhältnismäßig langen Koteletten. Er begrüßte Freud mit zurückhaltender Höflichkeit, Holmes und mich recht flüchtig. Da das Krankenhaus nicht nur der Ausübung, sondern auch dem Studium der Medizin diente, erhob er keinen Einwand gegen unsere Anwesenheit. Anscheinend war ihm bei der Vorstellung nicht entgangen, daß ich Arzt war, und er nahm wohl an, daß wir unsere eigenen Gründe hatten, die Patientin zu sehen.

»Ich habe eigentlich gar nichts damit zu schaffen«, erklärte Schultz, während wir eilig über den Rasen schritten, »aber wir müssen irgend etwas unternehmen. Sie wurde beobachtet, als sie von der Augartenbrücke in den Kanal springen wollte. Passanten versuchten, sie festzuhalten, aber sie riß sich los und sprang hinein. Unterernährt«, fügte er hinzu, als fiele es ihm nachträglich ein. »Als die Polizei sie zu uns brachte, hat sie ein wenig gegessen. Die Frage ist: Was nun? Wenn Sie ihre Identität ermitteln können oder irgend etwas, das uns weiterhilft, bin ich auf immer in Ihrer Schuld.«

Es hörte sich nicht so an, als sei er sehr scharf darauf, auf immer in Freuds Schuld zu stehen, und Freud, statt ihm eine Antwort zu geben, warf mir ein Lächeln zu. Mir fiel auf – wie zuvor Holmes beim Lesen des Briefes –, mit welcher Ähnlichkeit der respektable Krankenhausdoktor und der respektable Scotland-Yard-Detektiv ihre jeweilige Nemesis behandelten. Was immer Freuds Theorien sein mochten, sie hatten mit denen Sherlock Holmes' eines gemeinsam: Sie riefen herablassenden Skeptizismus bei den offiziellen Hütern sanktionierten Gedankenguts hervor.

»Hier ist sie. Ich werde im Operationssaal erwartet. Bitte hinterlassen Sie eine Nachricht für mich im Büro. Ich werde morgen wieder nach ihr sehen.«

Er ging zu seiner Operation und ließ uns allein mit einer jungen Frau. Sie saß in einem Korbsessel und blickte mit unbeweglichen blauen Augen, die selbst das starke Sonnenlicht nicht zum Zwinkern brachte, auf den Rasen. Sie war offensichtlich unterernährt, und ihre Haut war bläulich getönt, vor allem unter den Augen. Ihr Gesicht hätte schön sein können, wäre es nicht durch die Umstände so zerstört gewesen. Sie wirkte sehr erschöpft, ihre unbewegliche Haltung ließ jedoch auf starke innere Spannung schließen.

Freud ging langsam um sie herum, während Holmes und ich zusahen. Er hielt ihr eine Hand vors Gesicht. Sie reagierte nicht. Sie widersetzte sich auch nicht, als er sanft ihr Handgelenk nahm, um den Puls zu fühlen, aber als er ihre Hand wieder losließ, fiel diese wie leblos zurück in ihren Schoß. Ihr Gesicht war schmaler, als es von der Knochenstruktur her hätte sein sollen. Ihr Gewicht war nicht zu schätzen, weil sie die weite Krankenhauskleidung trug. Holmes zeigte ein gewisses Interesse an der Frau und sah aufmerksam zu, während Freud sie rasch untersuchte.

»Da sehen Sie, warum sie mich rufen«, sagte Freud leise. »Sie wissen nicht, was sie sonst tun sollen. In ihrem jetzigen Zustand kann man sie in keine der üblichen Obdachlosenheime schicken.«

»Warum ist sie hysterisch?« fragte ich.

»Das ist doch nicht so schwer zu erraten. Armut, Verzweiflung, Einsamkeit: Am Ende ihrer Kraft, beschließt sie, sich selbst das Leben zu nehmen, und als ihr selbst diese Möglichkeit genommen wird, zieht sie sich in diesen Zustand zurück.«

Freud kramte in seiner schwarzen Tasche und brachte eine Flasche und eine Spritze zum Vorschein.

»Was haben Sie vor?« Holmes kauerte sich, den Blick auf das unglückliche Geschöpf gerichtet, neben ihn.

»Ich werde tun, was ich kann«, antwortete Freud, rollte den weiten Ärmel ihres weißen Morgenrocks zurück und desinfizierte eine Stelle auf ihrem Arm mit Alkohol. »Ich werde versuchen, sie zu hypnotisieren. Dazu muß ich sie zunächst in einen Zustand der Entspannung versetzen.«

Holmes nickte und stand auf, als Freud die Nadel ansetzte.

Er begann, seine Uhrkette zu schwingen und in jenem besänftigenden und doch eindringlichen Ton zu sprechen, den ich so oft gehört hatte. Ich warf einen schnellen Blick auf Holmes, weil mich interessierte, ob der Vorgang irgendwelche Assoziationen bei ihm weckte, aber er war offenbar ganz von den Reaktionen der Frau eingenommen.

Der Doktor winkte uns mit seiner freien Hand, uns aus dem Gesichtskreis der Patientin zu entfernen, und forderte diese dann auf, ihm zuzuhören, sich zu entspannen, keine Angst zu haben und so weiter.

Zunächst nahm ich irgendwo zu meiner Linken noch das Croquet-Spiel mit seinem fürchterlichen Geschrei wahr, aber als Freud fortfuhr, verklang der Lärm. So überzeugend war des Doktors anhaltende Litanei, daß ich mir einbildete, ich sei im vertrauten Halbdunkel des Arbeitszimmers in der Berggasse 19.

Fast unmerklich begannen die Augen der Patientin zu zwinkern und den Bewegungen der Uhrkette zu folgen. Als Freud dies bemerkte, forderte er sie in gleichbleibendem Tonfall auf, die Augen zu schließen und zu schlafen.

Nach kurzem Zögern und einem Flattern der Augenlider gehorchte sie.

»Können Sie mich noch hören?« fragte Freud. »Nicken Sie, wenn Sie mich hören können.«

Sie nickte müde und mit hängenden Schultern.

»Jetzt können Sie sprechen«, sagte Freud zu ihr, »und einige sehr einfache Fragen beantworten. Sind Sie bereit? Nicken Sie bitte wieder.«

Sie nickte.

»Wie heißen Sie?«

Lange sagte sie gar nichts. Ihr Mund bewegte sich leicht, aber sie brachte keinen Laut hervor.

»Bitte sprechen Sie deutlicher. Ich werde wieder fragen, und Sie werden deutlich antworten. Wie heißen Sie?«

»Ich heiße Nancy.«

Sie sprach Englisch!

Freud hob erstaunt die Brauen und tauschte einen kurzen Blick mit mir, dann widmete er sich wieder dem Mädchen. Er hustete leise und sprach sie dann auf Englisch an.

»Nun gut, Nancy. Wie lautet Ihr voller Name?«

»Ich habe zwei Namen.«

»Ja, und wie lauten sie?«

»Slater. Nancy Slater. Nancy Osborn Slater. Von Leinsdorf«, fügte sie mit erstickter Stimme hinzu. Ihr Mund bewegte sich weiter, nachdem sie aufgehört hatte zu sprechen.

»Gut, Nancy. Entspannen Sie sich. Sagen Sie: Wo kommen Sie her?«

»Providence.«

Von der Vorsehung? Freud sah uns völlig perplex an, und ich vermutete für einen Augenblick, wir seien einem üblen Scherz zum Opfer gefallen – oder war ihre Phantasie ins Reich der Metaphysik abgewandert?

Holmes löste das Dilemma. Er sagte leise, so daß nur wir ihn hören konnten: »Vielleicht meint sie Providence, die Hauptstadt von Rhode Island, dem kleinsten Staat der Vereinigten Staaten, wie ich glaube.«

Freud nickte energisch, noch bevor Holmes geendet hatte, dann kniete er, kopfschüttelnd über die sonderbare Entwicklung, vor dem Mädchen nieder und wiederholte die Frage.

»Ja. Providence. Rhode Island.«

»Was tun Sie hier?«

»Ich habe meine Flitterwochen in einer Dachkammer verbracht.«

Ihr Mund machte wieder krampfhaft kauende Bewegungen, und ein Sprachfehler verzerrte ihre Antworten bis zur Unkenntlichkeit. So verdutzt ich über ihren Zustand und ihre unartikulierte Rede war, so empfand ich doch herzliches Mitleid für das arme Geschöpf!

»Es ist gut, entspannen Sie sich.«

Freud erhob sich und sah uns an.

»Das alles ergibt keinen Sinn.«

»Fragen Sie mehr«, drängte Holmes ihn leise. Seine Augen waren von den schweren Lidern verhängt wie der Kopf einer Kobra, aber er war alles andere als schläfrig. Wenn er so träumerisch dreinblickte und nur der aufsteigende Pfeifenrauch und seine aufrechte Haltung erkennen ließen, daß er bei Bewußtsein war, dann verriet das bei ihm den Zustand tiefster Befriedigung. »Stellen Sie ihr mehr Fragen«, wiederholte er. »Wo hat sie geheiratet?«

Freud wiederholte die Frage.

»Im *Meat-house.*« Die Sprachstörung machte sich wieder bemerkbar.

»Im Kühlhaus?«

Sie nickte. Freud warf uns einen Blick über die Schulter zu und schüttelte den Kopf. Holmes bedeutete ihm, fortzufahren.

»Sie sagten, Ihr Name sei von Leinsdorf? Wer ist von Leinsdorf? Ihr Ehemann?«

»Ja.«

»Baron Karl von Leinsdorf?« Es gelang ihm nicht ganz, einen herausfordernden Ton in seiner Stimme zu unterdrücken.

»Ja.«

»Der Baron ist tot«, begann er, und die Frau, die sich Nancy nannte, sprang mit einer plötzlichen, heftigen Bewegung auf. Sie versuchte, die immer noch geschlossenen Augen zu öffnen.

»Nein.«

»Setzen Sie sich, Nancy. Setzen Sie sich. *So* ist es besser. Entspannen Sie sich wieder.« Wieder stand er auf und sah uns an.

»Das ist äußerst sonderbar. Ihre Wahnvorstellungen halten offenbar unter dem Einfluß der Hypnose an. Das ist nicht oft der Fall«, belehrte er uns mit bedeutsamem Blick.

»Wahnvorstellungen?« Holmes öffnete seine Augen. »Was führt Sie zu der Annahme, es seien Wahnvorstellungen?«

»Ihre Antworten sind widersinnig.«

»Das ist nicht dasselbe. Wer ist Baron von Leinsdorf?«

»Ein älteres Mitglied des Hochadels. Ich glaube, er war ein Cousin des Kaisers. Er starb vor wenigen Wochen.«

»War er verheiratet?«

»Ich habe keine Ahnung. Ich muß bekennen, daß ich nicht weiter weiß. Es ist mir gelungen, Verbindung zu ihr aufzunehmen, aber was sie sagt, führt zu nichts. Ich weiß nicht, was ich mit ihr tun soll.«

Er drehte hilflos seine Faust in der offenen Handfläche. Wir starrten auf die ungewöhnliche Patientin, deren Mund sich wieder zu bewegen begann.

»Kann ich ein oder zwei Fragen stellen?« Holmes nickte in ihre Richtung.

»Sie?« Freuds Antwort klang wohl überraschter, als er beabsichtigt hatte.

»Wenn Sie nichts dagegen haben. Vielleicht kann ich ein wenig Licht in die Finsternis bringen, die uns umgibt.«

Freud erwog den Vorschlag mit einem durchdringenden Blick auf Holmes, der die Antwort mit allen Anzeichen von Gelassenheit abwartete. Allerdings erkannte ich an einem Dutzend vertrauter Symptome, wie sehr ihm an der Erlaubnis des Doktors gelegen war.

»Es kann nicht schaden«, wagte ich mich vor, »vielleicht können Sie ein wenig Beistand gebrauchen, da Sie sich ja selbst geschlagen bekennen. Mein Freund hat schon verworrenere Situationen geklärt«, fügte ich hinzu.

Freud zögerte noch einen Augenblick. Ich glaubte, daß

er seine Niederlage und sein Hilfsbedürfnis ungern zugab. Aber er brauchte Unterstützung und ahnte wohl auch, was seine Zustimmung für Holmes bedeuten würde.

»Also gut. Aber beeilen Sie sich. Die Wirkung des Beruhigungsmittels läßt nach.«

Holmes' Augen blitzten einen Moment lang vor Erregung auf, dann verschleierten sie sich wieder, und er folgte Freud zu dem Korbsessel.

»Hier ist jemand, der mit Ihnen reden möchte, Nancy. Sie können ihm so freimütig antworten wie mir. Sind Sie bereit?«

»J-ja.«

Freud nickte Holmes zu. Dieser ließ sich zu Füßen des Sessels im Gras nieder und sah zu der Patientin auf. Seine Hände ruhten in seinem Schoß, aber seine Fingerspitzen waren aneinandergepreßt, wie immer, wenn er der Aussage eines Klienten zuhörte.

»Nancy. Sagen Sie mir, wer Ihnen Hand- und Fußgelenke gefesselt hat«, sagte er. Es kostete ihn keine Mühe, die Sanftheit in Freuds Stimme nachzuahmen. Ich merkte mit Erstaunen, daß er sprach, als beruhige er einen ängstlichen Klienten in seinem Wohnzimmer in der Baker Street.

»Ich weiß es nicht.«

Dr. Freud und ich bemerkten zum erstenmal die bläulichen Male an den Gelenken des Mädchens.

»Es waren Lederriemen, nicht wahr?«

»Ja.«

»Und Sie wurden in eine Mansarde gesperrt?«

»Wie?«

»Eine Dachkammer?«

»Ja.«

»Wie lange hat man Sie dort festgehalten?«

»Ich – ich –«

Freud hob warnend seine Hand, und Holmes nickte fast unmerklich.

»Gut, Nancy, lassen wir diese Frage. Sagen Sie mir: Wie sind Sie entkommen?«

»Ich zerbrach das Fenster.«

»Mit den Füßen?«

»Ja.«

Jetzt bemerkte ich die Schnittwunden an den Fersen, die von den Krankenhauspantoffeln nicht bedeckt waren.

»Und dann haben Sie das Glas benutzt, um Ihre Fesseln zu durchschneiden?«

»Ja.«

»Und dann sind Sie an der Regenrinne hinuntergeklettert?«

Er untersuchte vorsichtig ihre Hände. Jetzt, da er unsere Aufmerksamkeit darauf gelenkt hatte, sahen wir die abgerissenen Nägel und die abgeschürften Handflächen. Abgesehen davon waren ihre Hände außergewöhnlich schön: lang, anmutig und wohlgeformt.

»Dann sind Sie gefallen, nicht wahr?«

»Ja ...« Ihre Stimme klang erregt, und ihre Lippen begannen zu bluten, so böse kaute sie darauf herum.

»Sehen Sie her, meine Herren!« Holmes stand auf und strich sanft eine Strähne ihres dichten, rotbraunen Haares zurück. Die Krankenwärter hatten es zu einem Knoten gesteckt, aber einige Locken hatten sich gelöst und eine dunkelrote Prellung bedeckt.

Freud trat vor und gab Holmes ein Zeichen, die Befragung abzubrechen. Dieser zog sich zurück und begann seine Pfeife auszuklopfen.

»Schlafen Sie jetzt, Nancy, schlafen Sie«, befahl Freud.

Sie schlief gehorsam ein.

KAPITEL ELF

Besuch in der Oper

»Was soll das alles bedeuten?« fragte Freud. Wir saßen in einem kleinen Café in der Sensengasse, nicht weit vom Krankenhaus und dem Pathologischen Institut entfernt, tranken vorzüglichen Kaffee und brüteten über den Problemen einer Frau, die sich Nancy Slater von Leinsdorf nannte.

»Es bedeutet Schurkerei«, erwiderte Holmes ruhig. »Wir wissen nicht, ob alles wahr ist, was sie sagt, aber soviel ist sicher: Sie wurde an Händen und Füßen gefesselt, ohne Nahrung in einem Raum gefangengehalten, der einem anderen Gebäude in einer schmalen Straße gegenüberlag, und sie entkam auf die von ihr beschriebene Weise. Es ist ein Jammer, daß man sie im Krankenhaus gebadet und ihre Kleider verbrannt hat. Es hätte uns weitergeholfen, sie in ihrem ursprünglichen Zustand zu sehen.«

Ich warf Freud einen verstohlenen Blick zu, in der Hoffnung, er möge Holmes' Bemerkung nicht als herzlos empfinden. Der Detektiv war sich durchaus der Tatsache bewußt, daß man eine bis auf die Haut durchnäßte, ausgehungerte Frau nicht in diesem Zustand hatte lassen können, aber die andere Hälfte seines Bewußtseins kategorisierte Menschen automatisch als Einheiten eines Problems, und seine Äußerungen über sie konnten leicht schockierend auf alle wirken, die mit seinen Methoden nicht vertraut waren.

Aber Dr. Freud war in seine eigenen Gedanken vertieft.

»Das ich bereit war, ihr kompletten Wahnsinn zu bescheinigen«, murmelte er, »daß ich nicht sah –«

»Sie sahen es«, unterbrach ihn Holmes, »aber sie beobachteten nicht. Das ist eine wichtige Unterscheidung, die manchmal den Ausschlag geben kann.«

»Aber wer ist sie? Kommt sie wirklich von Providence, Rhode Island, oder ist das eine Phantasie?«

»Es ist ein Kardinalfehler, eine Theorie aufzustellen, bevor man die Fakten kennt«, belehrte ihn Holmes, »es beschränkt unweigerlich die Urteilskraft.«

Er zündete sich eine Pfeife an, während Freud auf seine Kaffeetasse starrte. In den letzten zwei Stunden hatten sich ihre Rollen unmerklich vertauscht. Bisher war der Doktor Mentor und Berater gewesen, jetzt hatte Holmes diesen Part übernommen – und er war ihm vertrauter als der des hilflosen Patienten. Wenn sein Ausdruck auch undurchdringlich blieb, so wußte ich doch, wie froh er war, zu seinem eigentlichen Selbst zurückzukehren; und Freud, das muß man ihm lassen, hatte nichts dagegen, den Schüler zu spielen.

»Was sollen wir tun?« fragte er. »Sollen wir die Polizei unterrichten?«

»Sie war in den Händen der Polizei, nachdem man sie fand«, erwiderte Holmes ein wenig hastig. »Sie haben ihr nicht helfen können, was können sie jetzt tun? Und was würden wir der Polizei erzählen? Wir wissen sehr wenig, es mag für Nachforschungen nicht genug sein. In London würde es nicht ausreichen«, fügte er trocken hinzu. »Außerdem scheint ein Mann von Adel in die Sache verwickelt zu sein, was die Polizei etwas vorsichtig stimmen würde.«

»Was schlagen Sie also vor?«

Holmes lehnte sich zurück und studierte mit betonter Lässigkeit die Decke.

»Würden Sie vielleicht den Fall selbst in die Hand nehmen?« hakte Freud nach.

»Ich?« Holmes tat sein Bestes, um Erstaunen zu heucheln, aber die Rolle war ein wenig zu lebensnah, und ich muß sagen, daß er dieses eine Mal übertrieb. »Aber mein Gesundheitszustand –«

»Ihr Gesundheitszustand hat Sie offenbar nicht unfähig gemacht«, unterbrach Freud ungeduldig. »Außerdem ist Arbeit gerade das, was Sie brauchen.«

»Also gut.« Holmes lehnte sich plötzlich vor und gab sein Spiel auf. »Erst müssen wir alles über Baron von Leinsdorf herausfinden – wer er war, woran er starb, und so weiter. Und natürlich, ob er eine Frau hatte, und wenn ja, welcher Staatsangehörigkeit sie war. Da unsere Klientin gewisse Fragen nicht beantworten kann, müssen wir den Fall vom anderen Ende her aufrollen.«

»Warum nehmen Sie an, daß die Dachkammer einem anderen Gebäude in einer engen Gasse gegenüberlag?« wollte ich wissen.

»Elementar, mein lieber Watson. Die Haut unserer Freundin war weiß wie ein Fischbauch, aber wir wissen von ihr selbst, daß ein Fenster von einem Umfang im Raum war, der ihr die Flucht möglich machte. Daraus entnehme ich: Irgend etwas muß die Sonne vom Fenster ferngehalten haben, sonst wäre das Mädchen nicht so blaß. Und was ist wahrscheinlicher als ein zweites Haus? Wir können außerdem mit einiger Gewißheit annehmen, daß es später gebaut worden ist als unser fragliches, denn Architekten pflegen im allgemeinen keine Fenster zu entwerfen, die sich auf Ziegelwände öffnen.«

»Wundervoll!« schrie Freud, der aus Holmes' Worten und seiner ruhigen selbstsicheren Haltung sichtlich Hoffnung schöpfte.

»Es ist alles nur eine Frage der wahrscheinlichsten Möglichkeiten. In Shakespeares ›Sturm‹ zum Beispiel erwähnen der gestrandete Herzog und seine Genossen den merkwürdigen Sturm, der sie auf Prosperos Insel trieb und doch nicht einmal ihre Kleider näßte. Die Wissenschaftler haben jahrelang über diesen Sturm diskutiert. Einige behaupten, daß es sich um einen metaphysischen Sturm handele, andere sind überzeugt von einem ähnlich ausgeklügelten symbolischen Hurrikan; aber es hilft zu wissen, daß das Kostüm des Herzogs das teuerste des Elisabethanischen Theaters war und daß die Direktion sich nicht bei jeder Vorstellung das Risiko verschimmelter Kostüme erlauben konnte, ganz abgesehen von der drohenden Lungenentzündung für die Schauspieler. Man kann sich, wenn man das einmal weiß, leicht die beiden Burbages, Vater und Sohn, vorstellen, wie sie den Dramatiker bitten, doch eine Zeile über ihre trockene Gewandung nach dem Kampf mit den Elementen einzuschieben.

Gibt es in Österreich so etwas wie *Burke's Peerage?* Sie könnten den angebrochenen Nachmittag dazu benützen, einige Einzelheiten über den seligen Baron von Leinsdorf nachzuschlagen.«

»Sie müssen meinen Zuhörer spielen, Watson«, sagte Holmes, nachdem Sigmund Freud gegangen war, um die Lebensumstände des verstorbenen Adligen zu recherchieren. »Ich muß mich vorsichtig vorwärtstasten – nicht, weil wir mit einem unlösbaren Geheimnis konfrontiert sind, sondern weil ich mich wie ein Seemann fühle, der zu lange an Land gewesen ist. Wir sollten einen Spaziergang machen.«

Wir zahlten und machten uns auf den Weg zur Währinger Straße, wo wir rechts abbogen. Holmes hatte seine Pfeife wieder gestopft und hielt an, um sie anzuzünden, was in der leichten Brise einige Konzentration erforderte.

»Es gibt zwei Möglichkeiten, Watson«, sagte er. »Erstens, die Frau ist, wer sie zu sein erklärt; zweitens, sie ist verwirrt – oder will uns verwirren. Schauen Sie nicht so erstaunt drein, lieber Freund. Wir können es uns beim jetzigen Stand der Dinge nicht erlauben, diese Möglichkeit auszuklammern. Nun, wir lassen die Frage ihrer Identität beiseite, bis wir im Besitz weiterer Tatsachen sind. Aber über andere Elemente des Falles können wir spekulieren. Warum war diese Frau an Händen und Füßen gefesselt in einer Dachkammer eingesperrt? Sei sie nun Prinzessin oder Bettelweib, es gibt zwei Möglichkeiten: Entweder ihre Entführer wollten ihr etwas antun, oder sie wollten sie von etwas abhalten.«

»Das letztere scheint mir einleuchtender, da sie an Händen *und* Füßen gebunden war«, gab ich zu bedenken.

Holmes sah mich lächelnd an.

»Möglich, Watson, möglich. Aber nehmen wir die Bettelfrau als unsere Arbeitshypothese, eine Bettelfrau, die Englisch mit einem amerikanischen Akzent spricht –

was könnte sie wem antun, daß jemand sie davor fürchten müßte? Und wenn jemand sich vor ihr fürchtete, warum blieb sie am Leben? Warum nicht einfach –?« Er ließ den Satz unbeendet.

»Holmes, angenommen, diese Leute – wer immer sie sind – wollten sie beseitigen. Könnte es nicht sein, daß sie absichtlich in den Selbstmordversuch am Kanal getrieben wurde?«

»Sie meinen, daß sie sie vorsätzlich entkommen ließen? Das glaube ich nicht, Watson. Ihre Flucht war zu waghalsig, zu genial erdacht und zu riskant, um von ihren Gegnern vorausgeahnt zu werden. Vergessen Sie nicht, sie fiel von der Regenrinne und verletzte sich am Kopf.«

Eine Weile gingen wir schweigend weiter. Ich merkte, daß wir Freuds Haus in der Berggasse passiert hatten und allmählich auf den Kanal zugingen.

»Wollen Sie sich die Augarten-Brücke ansehen?« fragte ich.

»Was kann uns schon die Brücke nutzen?« erwiderte er ungeduldig. »Wir wissen, daß die Polizisten sie dort fanden und sie nicht daran hindern konnten zu springen. Nein, ich würde lieber das Gebäude finden, in dem man sie gefangenhielt. Es ist schon recht mißlich, einen Klienten zu haben, der nicht reden kann.«

»Wie gedenken Sie denn, das Haus zu finden?« fragte ich erstaunt. »Es könnte überall in Wien sein!«

»Nein, nein, mein lieber Doktor, keineswegs überall. Bedenken Sie, die junge Frau konnte in ihrem geschwächten Zustand keine weiten Wege zurücklegen. Sie wurde auf der Brücke gefunden, ergo ist sie von deren unmittelbarer Umgebung dorthin gelangt. Außerdem haben wir bereits auf eine schmale Gasse geschlossen, und läßt sich die nicht vor allem am Flußufer vermuten? Ein Speicher wäre naheliegend; ein Kühlhaus für Fleisch vielleicht? Wie dem auch sei, ich erwarte nicht, das Gebäude zu finden. Ich will mich nur mit der Umgebung vertraut machen.«

Er verfiel in Schweigen und überließ mich meinen eigenen Gedanken, die, wie ich bekenne, voller Konfusion waren. Ich störte ungern seine Betrachtungen, aber je mehr ich über die Sache nachdachte, desto verwirrender wurde sie.

»Holmes, warum würde irgend jemand sich all den Strapazen einer Flucht unterziehen, um sich bei der nächsten Gelegenheit in den Fluß zu stürzen?«

»Eine berechtigte Frage, Watson, und eine irritierende Frage, die sich als entscheidend für unseren Fall herausstellen könnte; allerdings gibt es zahlreiche Motive. Sie hängen eng mit der Identität unserer Klientin zusammen.«

»Vielleicht sehen wir mehr in der Sache, als eigentlich zu rechtfertigen ist«, traute ich mich zu sagen, denn ich gönnte zwar meinem Freund die therapeutische Wirkung der Jagd, aber ich wollte auch keine falschen Hoffnungen nähren.

»Vielleicht ist sie das unglückliche Opfer eines geistesgestörten Liebhabers oder –«

»Damit kommen Sie nicht weit, Watson«, lachte er. »Erstens ist die Frau Ausländerin. Sie antwortet unter Hypnose in amerikanischem Englisch. Außerdem haben wir den Namen Baron von Leinsdorf – sicher kein kleiner Fisch. Und schließlich«, sagte er und wandte sich mir zu, »was macht es, wenn es kein bedeutender Fall ist? Er hat seine interessanten Seiten, und es ist nicht einzusehen, daß die arme Frau weniger Anspruch auf Gerechtigkeit haben soll als ihre wohlhabenderen oder einflußreicheren Geschlechtsgenossinnen.«

Dieses Mal sagte ich nichts mehr und begleitete ihn schweigend durch einen Stadtteil, der einen beträchtlich unerfreulicheren Anblick bot als die Viertel, die wir bisher besucht hatten.

Die Häuser waren nicht höher als zwei Stockwerke und meist aus Holz gebaut. Sie waren schmutzig, hätten oft einen neuen Anstrich gebraucht und drängten alle zum Kanal hin, wo sie erst kurz vor dem Wasser aufhörten. Hier lagen schäbige Boote wie kleine, gestrandete Walfische auf steinigem Grund. Kurze Telegrafenmasten mit durchhängenden Drähten vervollständigten das unerquickliche Bild, und der Kanal selbst war die Krönung des Ganzen. Träge und morastig, vollgestopft mit häßlichen Schleppern – denn Wien wurde weitgehend auf dem Wasserweg versorgt –, erinnerte er mich an manche Abschnitte der Themse als an die schöne blaue Donau, die sich einige Meilen entfernt im Osten dahinzog, außerhalb des Sichtfeldes.

Hier und da unterbrach ein Speicher oder ein kleiner Pier die endlose Reihe der Mietshäuser, und gelegentliches Gelächter und Akkordeonklänge deuteten auf das Vorhandensein einer schmuddeligen Kneipe hin – das luxuriöse Café Griensteidl gehörte zu einer anderen Welt. Rechts von uns, etwa eine Viertelmeile entfernt, lag die Augarten-Brücke, wo das Abenteuer begonnen hatte.

»Eine deprimierende Gegend«, bemerkte Holmes und besah sich die triste Szenerie. »Jedes dieser Gebäude könnte unseren Mutmaßungen über Nancy Slaters Gefängnis entsprechen.«

»Nancy Slater?«

»In Ermangelung eines anderen Namens müssen wir

uns mit diesem begnügen«, erwiderte er friedfertig. »Ich bin kein Mediziner und kann sie nicht als Patientin bezeichnen; das Wort Klientin scheint unter den Umständen auch nicht passend. Schließlich ist sie nicht in der Lage, sich uns mitzuteilen oder gar unsere Dienste in Anspruch zu nehmen. Sollen wir zurückgehen? Ich glaube, Dr. Freud hat liebenswürdigerweise einen Abend in der Oper für uns arrangiert. Ich bin versessen darauf, Vitelli zu hören, obwohl man sagt, daß er seinen Zenit bereits überschritten hat. Auf jeden Fall muß ich sicherstellen, daß mir der Frack paßt, den Sie mir besorgt haben.«

Wir kehrten also um und verließen diesen traurigen Ort. Auf dem Heimweg redete Holmes kaum ein Wort, hielt aber in einem Postamt und gab ein Telegramm auf. Ich kannte ihn gut genug, seine Gedankengänge nicht zu unterbrechen. Statt dessen vertiefte ich mich in unser Problem und versuchte ohne Erfolg, den Tatsachen nicht vorzugreifen. Ich gab es schnell auf. Ich konnte nicht so logisch und diszipliniert denken wie mein Freund; ständig kamen mir romantische und gänzlich unwahrscheinliche Lösungen in den Sinn, die ich nicht gewagt hätte, anderen gegenüber zu äußern.

Eines war mir allerdings gelungen: Ich kannte Sherlock Holmes' Maße und hatte sogar etwas weniger angegeben, weil er so abgemagert war. Und der Frack, den ich bei Horn, dem eleganten Schneider am Stephansplatz, bestellt hatte, saß erstklassig.

Dr. Freud war schon zu Hause und erwartete uns mit den Informationen, die Holmes, wäre er mit der Stadt und der Sprache vertraut gewesen, sich selbst besorgt hätte. Seine Suche hatte einige Zeit in Anspruch genommen, aber immerhin war es ihm zusätzlich noch gelungen, einen seiner Patienten aufzusuchen. ›Wolfmann‹, ›Rattenmann‹, wer immer es war, er war ihnen gegenüber sehr gewissenhaft.

»Baron Karl Helmut Wolfgang von Leinsdorf«, so berichtete Freud, »war über seine Mutter ein Cousin zweiten Grades von Kaiser Franz Joseph. Er kam aus Bayern, nicht aus Österreich, und fast sein ganzer Besitz – Waffen- und Munitionsfabriken – befand sich in Deutschland, nämlich im Ruhrgebiet. Der Baron, obwohl er zurückgezogen lebte, war eine Säule der Wiener Gesellschaft. Er liebte das Theater. Verheiratet war er zweimal, in erster Ehe mit einer der unbedeutenderen Habsburger Prinzessinnen. Sie war vor zwanzig Jahren gestorben und hatte ihm einen einzigen Sohn und Erben hinterlassen.

Der junge Manfred Gottfried Karl Wolfgang von Leinsdorf erfreute sich keines so ehrenwerten Rufes wie sein Vater. Er war ein Verschwender, seine Spielschulden galten als ungeheuerlich und sein Charakter – vor allem was Frauen betraf – als ganz und gar skrupellos. Er hat drei Jahre in Heidelberg studiert, diese Universitätsstadt aber unter etwas mysteriösen Umständen verlassen. Seine politischen Ansichten waren extrem konservativ, und er war für die Rückkehr zum –«

»Und die zweite Ehe?« unterbrach Holmes.

Freud seufzte.

»Ging er zwei Monate vor seinem Tode ein. Auf einer Amerikareise lernte er in Providence die Textilerbin Nancy Osborn Slater kennen. Sie heirateten gleich darauf.«

»Warum die Eile?« wunderte sich Holmes. »Gewöhnlich werden die Verlobungs- und Hochzeitsformalitäten von reichen Leuten eher in die Länge gezogen.«

»Der Baron war beinahe siebzig«, erwiderte Freud achselzuckend. »Vielleicht – wenn man bedenkt, daß er so kurz nach der Heirat starb – hatte er eine Ahnung –«

»Ganz recht, ganz recht. Kurioser und kurioser«, fügte mein Freund, seine Grammatik vergessend*, hinzu. Er saß in seinem Frack vor dem Kamin in Freuds Arbeitszimmer; die langen Beine hatte er ausgestreckt, und seine Augen unter den halbgeschlossenen Lidern glänzten. Er preßte seine Fingerspitzen gegeneinander, wie immer, wenn er sich konzentrieren wollte.

»Sie kehrten irgendwann Mitte März auf der Alicia** nach Europa zurück«, nahm Freud die Erzählung wieder auf, »und begaben sich sogleich nach Bayern, in die Villa des Barons – sie soll fast vollkommen unzugänglich sein –, wo er vor etwa drei Wochen starb.«

»Etwas über zwei Monate«, überlegte Holmes. Dann öffnete er seine Augen und fragte: »Ist es gelungen, die Todesursache festzustellen?«

Freud schüttelte den Kopf.

»Er war, wie gesagt, nicht mehr der Jüngste.«

»Aber bei guter Gesundheit?«

»Soweit ich weiß.«

»Das ist interessant.«

»Hat aber nicht viel zu sagen«, warf ich ein. »Auch ein gesunder älterer Mann wird, wenn er eine halb so alte Frau heiratet –«

»Diesen Punkt habe ich bereits in Betracht gezogen«,

* Ich glaube nicht, daß Holmes, wie Watson annimmt, seine Grammatik nicht beherrschte, sondern daß er aus ›Alice im Wunderland‹ von Lewis Carroll zitierte. Watson war wohl mit dem Buch nicht vertraut (er bevorzugte Seemannsgeschichten), oder aber er hatte es vergessen. N. M.

** Durch ein merkwürdiges Zusammentreffen gehört das ungeklärte Verschwinden desselben Schiffes einige Jahre später zu den von Watson als ungeklärt aufgeführten Fällen. N. M.

bemerkte Holmes mit einiger Kälte und wandte sich dann wieder an Freud. »Und was ist aus der Witwe geworden?«

Freud zögerte.

»Ich habe es nicht herausgefunden. Sie scheint zwar hier in Wien zu wohnen, ist aber offenbar noch einsiedlerischer als ihr verstorbener Mann.«

»Was bedeutet, daß sie vielleicht gar nicht hier ist«, schlug ich vor.

Holmes verarbeitete diese Information schweigend. Offenbar versuchte er, das dafür zuständige Fach in seinem Gehirn zu finden.

»Vielleicht«, gab er zu, »aber die Zurückgezogenheit ist verständlich. Sie ist in Trauer, sie kennt, sollte sie nicht vorher hier gewesen sein, wenig Leute in diesem Land, sie spricht wenig oder gar kein Deutsch. Sicher hat sie sich nie zuvor in Wien aufgehalten.«

Er stand auf und blickte auf die Uhr.

»Ist Ihre Frau zum Gehen bereit, Doktor? Sie sagten doch, die Oper beginne um halb neun!«

Es ist schon zuviel und von besseren Federn als der meinen über das berühmte Wiener Opernhaus geschrieben worden, als daß ich mich an eine Beschreibung dieses herrlichen Theaters wagen würde. Zur Zeit unseres Besuchs war es auf dem Höhepunkt seines Glanzes, und ich habe nie wieder so viel Pracht an einem Ort gesehen. Die glitzernden Kronleuchter waren nur mit dem Schmuck der herrlich gekleideten Damen zu vergleichen. Wie sehr wünschte ich mir, Mary hätte dabei sein können! Diamanten blitzten auf Brokat, Samt und seidiger Haut. Man kann wohl sagen, daß die Zuschauer mit dem ihnen gebotenen Spektakel rivalisierten.

Es wurde an jenem Abend irgend etwas von Wagner gegeben, aber ich kann mich beim besten Willen nicht erinnern, was es war. Holmes verehrte Wagner; er behauptete, seine Musik fördere introspektive Betrachtung, was mir überhaupt nicht einleuchtete. Ich haßte Wagner leidenschaftlich. Ich tat mein Bestes, die Augen offen und die Ohren verschlossen zu halten, um den endlosen Abend zu überstehen. Holmes, der zu meiner Rechten saß, war vollkommen von der Musik hingerissen. Er sprach nur einmal, um mir den großen Vitelli zu zeigen, einen kurz gewachsenen Menschen mit einem unmöglichen blonden Toupet und fetten Waden, der die Hauptrolle innehatte. Daß die Waden fett waren, kann ich bezeugen, denn sein Bärenfellkostüm gab großzügig den Blick auf sie frei. Er hatte *allerdings* seinen Zenit bereits überschritten.

»Er sollte sowieso nicht Wagner singen«, kommentierte Holmes später, »es ist nicht sein Fach.«

Fach oder nicht, Zenit oder nicht, Holmes war für zwei Stunden in einer anderen Welt; seine Augen waren die meiste Zeit geschlossen, und seine Hände bewegten sich in seinem Schoß zu der Musik. Ich ließ meine Blicke rastlos im Theater umherschweifen, um der erstickenden Langeweile zu entkommen.

Wenn einer die Oper noch anstrengender fand als ich, dann war es Freud. Auch er saß mit geschlossenen Augen, aber nicht aus Gründen der Konzentration, sondern weil er schlief, worum ich ihn beneidete. Hin und wieder begann er zu schnarchen, dann stieß Frau Freud ihn an, und er erwachte mit gelindem Schreck und sah verwirrt um sich. Sein Musikverständnis reichte bis zum Walzer, nicht weiter. Er hatte uns nur eingeladen, weil ihm Holmes' Vorliebe für die Oper bekannt war. Zweifellos wollte er jedes Interesse an der Umwelt bei seinem Patienten ermutigen. Er selbst freute sich weder an dem

Gesang noch an den Bühneneffekten, die teilweise recht überzeugend waren. Gelangweilt sah er zu, wie der von einer äußerst komplexen Maschinerie verkörperte Drache erschien und der große Vitelli sich zum Kampf bereit machte.* Alsbald jedoch begann der Drache zu singen, und Freud versank erneut in Schlummer. Es muß ansteckend gewirkt haben. Das nächste, woran ich mich erinnere, waren die aufflammenden Gaslichter und der allgemeine Aufbruch des Publikums.

Während dieser ersten Pause reichte ich Frau Freud den Arm, und wir vier schlenderten auf der Suche nach einer Flasche Sekt zum Vestibül. Als wir uns den überhängenden Logen des ersten Ranges näherten, stand Holmes still und blickte zu ihnen auf.

»Wenn der Baron von Leinsdorf ein Theaterfreund war«, vernahm ich seine ruhige Stimme in dem Gedränge, »dann hat er sich vielleicht auch eine Loge in der Oper gemietet« Er deutete mit einem Flackern seiner Augenlider auf die Logen, hielt seinen Kopf dabei aber ruhig.

»Mit Sicherheit«, stimmte Freud mit einem unterdrückten Gähnen zu. »Aber ich weiß darüber nichts Näheres.«

»Versuchen wir, es herauszufinden«, schlug Holmes vor und machte sich auf den Weg zum Foyer.

Die adligen und reichen Familien, die eine Loge ihr eigen nennen durften, brauchten nicht im Gedränge auf ihre Erfrischungen zu warten; livrierte Diener servierten sie in den Logen. Für uns Sterbliche bedurfte es einer Mischung aus Erfindungsreichtum und Wagemut (wie an der Bar des alten Criterion), um durch den äußeren Kreis

* Es muß sich bei der Oper wohl um »Siegfried« gehandelt haben. N. M.

der Damen und den inneren der Herren zu gelangen, die die Bar umgaben.

Freud und seine Frau ihrem Geplauder überlassend, hatten Holmes und ich dieses Spießrutenlaufen auf uns genommen. Wir kehrten siegreich zurück; allerdings verschüttete ich fast den gesamten Inhalt meines Glases, als ich etwas zu spät versuchte, einem energiegeladenen Jüngling auszuweichen.

Wir fanden Freud im Gespräch mit einem großen und eleganten Herrn, der auf den ersten Blick jünger wirkte, als er war. Er war makellos gekleidet und betrachtete die Welt durch ein ungewöhnliches Pincenez mit den dicksten Gläsern, die ich bis dahin gesehen hatte. Seine Züge waren wohlgebildet und regelmäßig und von großem Ernst. Allerdings lächelte er, als Freud uns bekanntmachte.

»Darf ich Ihnen Herrn Hugo von Hofmannsthal vorstellen? Sie kennen meine Frau, und diese Herren sind meine Gäste, Herr Holmes und Dr. Watson.«

Von Hofmannsthal war zweifellos überrascht.

»Doch nicht etwa Herr Sherlock Holmes und Dr. John Watson?« erkundigte er sich. »Das ist aber eine Ehre!«

»Die Ehre ist auf unserer Seite«, gab Holmes mit einer liebenswürdigen Verneigung das Kompliment zurück, »wenn wir dem Verfasser von *Gestern* gegenüberstehen.«

Der ernste, nicht mehr junge Mann verneigte sich und errötete bis zu den Haarwurzeln mit einem schamhaften Entzücken, das ich ihm nicht zugetraut hätte. Ich hatte keine Vorstellung, von welchem *Gestern* Holmes redete, und verharrte in taktvollem Schweigen.

Für einige Augenblicke standen wir in einer kleinen Gruppe zusammen und schlürften müßig unseren Champagner. Holmes verwickelte von Hofmannsthal in eine angeregte Diskussion über seine Opern und fragte ihn nach seinem Komponisten aus, einem gewissen Richard Strauss, der aber, soweit ich feststellen konnte, nichts mit dem Walzerkönig zu tun hatte.* Unser neuer Bekannter bemühte sich, in unbeholfenem Englisch Rede und Antwort zu stehen, und erkundigte sich – unter Vermeidung von Holmes' komplexen Fragen über das von ihm für Komödien bevorzugte Versmaß – nach dem Grund unseres Besuchs.

»Sind Sie vielleicht mit einem Fall beschäftigt?« fragte er mit den neugierig leuchtenden Augen eines Schulkindes.

»Ja und nein«, erwiderte Holmes. »Sagen Sie«, fuhr er fort, bevor sein Gesprächspartner sein Thema verfolgen konnte, »ist der junge Baron Leinsdorf ein Opernfreund wie sein Vater?«

Die Frage kam so unerwartet, daß von Hofmannsthal sich für einen Moment vergaß und meinen Freund einfach nur anstarrte. Mir leuchtete dagegen die Logik ein; von Hofmannsthal war mit der Wiener Oper verbunden, also mußte er eine intime Kenntnis ihrer Schirmherren besitzen.

»Wie merkwürdig, daß Sie mich das fragen«, erwiderte der Dichter zögernd und drehte geistesabwesend den Stiel seines Glases.

»Warum?« fragte Freud, der die Unterhaltung mit Eifer verfolgt hatte.

»Weil ich bis heute abend mit nein geantwortet hätte.«

* Holmes' Interesse an von Hofmannsthal und seine Kenntnis der Zusammenarbeit mit Strauss zeigen, daß er in Dingen der modernen Kunst auf dem laufenden war. Zwei Jahrzehnte später entzückten die beiden Künstler die Welt mit dem »Rosenkavalier«. N. M.

Von Hofmannsthal sprach jetzt Deutsch, schnell, aber deutlich artikuliert. »Bisher hat er nicht das geringste Interesse gezeigt, und ich sage Ihnen ganz aufrichtig: Ich dachte, daß Wiens musikalische Welt durch den Tod des alten Barons einen schweren Schlag erleiden würde.«

»Und jetzt?« fragte Holmes.

»Und jetzt«, erwiderte der Dichter auf Englisch, »jetzt besucht er die Oper.«

»Er ist hier?«

Von Hofmannsthal, der das alles etwas rätselhaft fand, aber halb davon überzeugt war, daß Holmes' Fragen sich auf einen ›Fall‹ bezogen, nickte aufgeregt.

»Kommen Sie, ich zeige Ihnen den jungen Baron.«

Es hatte zum zweiten Akt geklingelt, und das Publikum war auf dem Rückweg. Von Hofmannsthal – der gar nicht im Parkett saß (und eigentlich nur ein Glas Sekt für einen offenbar immer noch durstigen Freund holen wollte, als er Freud begegnete) – führte uns zu unseren Plätzen. Dann drehte er sich um und gab vor, nach jemandem in den Rängen Ausschau zu halten. Er gab Holmes einen sanften Stoß mit dem Ellenbogen.

»Dort. Der dritte links von der Mitte.«

Wir folgten dem Hinweis und nahmen zwei Personen in der Loge wahr. Auf den ersten Blick fiel die prächtig gekleidete Dame auf, in deren kunstvoll frisiertem Haar Diamanten blitzten. Sie saß bewegungslos neben einem gutaussehenden Mann, der das Theater unruhig durch sein Opernglas betrachtete. Ein elegant gestutzter Bart umrahmte das Kinn und die schmalen, aber sinnlichen Lippen. Dieses bärtige Kinn kam mir auf eine unangenehme Weise bekannt vor, und einen Augenblick lang hatte ich den Eindruck, daß der bärtige Jüngling uns anstarrte – vielleicht weil Hofmannsthal sich so offensichtlich diskret gebärdete. Der Dichter hatte wohl von Berufs wegen einen Sinn fürs Dramatische und befand sich in dem Glauben, Holmes bei der Untersuchung eines Verbrechens zu unterstützen (was im Grunde ja auch tatsächlich der Fall war). Meiner Meinung nach ließ er sich aber zu sehr von der melodramatischen Seite der Sache hinreißen, wenn er es auch sicher gut meinte.

Plötzlich ließ der Mann in der Loge sein Opernglas sinken, und Freud und ich schnappten nach Luft. Es war der junge Schuft mit der Narbe, den Freud auf dem Tennisplatz im Maumberg geschlagen hatte. Wenn er uns erkannt hatte, so ließ er es sich nicht anmerken. Und falls Holmes unser Staunen bemerkt hatte, so reagierte auch er nicht darauf.

»Wer ist die Dame?« fragte Holmes, der hinter mir stand.

»Ah, ich glaube, das ist seine Stiefmutter«, sagte Hofmannsthal, »die amerikanische Erbin Nancy Osborn Slater von Leinsdorf.«

Ich starrte immer noch auf die kalte Schönheit, als die Lichter ausgingen und Holmes mich am Ärmel zog. Ich kehrte zögernd auf meinen Platz zurück und konnte der Versuchung nicht widerstehen, noch einen Blick auf das sonderbare Paar zu werfen – den stattlichen jungen Baron und seine statuenhaft reglose Begleiterin, deren Smaragde im Dunkel glitzerten, während sich der Vorhang zum zweiten Akt hob.

KAPITEL ZWÖLF

Enthüllungen

Es bedarf sicher keiner besonderen Erwähnung, daß mein ohnehin schwaches Interesse an der Oper durch Hofmannsthals Identifizierung der schönen Logenbesitzerin nicht eben erhöht wurde. Meine Gedanken wirbelten, als ich mich mühte, diese Information zu verarbeiten. Mit Holmes war nichts anzufangen; ich versuchte, ihm während des Vorspiels etwas zuzuflüstern, aber er legte mahnend den Finger an die Lippen, gab sich ganz der Musik hin und überließ mich meinen eigenen Spekulationen.

Eine Anzahl neuer Möglichkeiten tat sich auf. Entweder war diese Frau wirklich die legendäre Witwe des Munitionskönigs oder eine Hochstaplerin. War sie wirklich, was sie zu sein vorgab – und ich mußte zugeben, daß sie der Rolle ganz entsprach –, wer in aller Welt war dann unsere Klientin, und woher stammten ihre intimen

Kenntnisse, derentwegen sie (ohne Zweifel) entführt worden war?

Ich warf einen Blick zu Freud hinüber und sah, daß auch er dem Problem nachhing. Auf den ersten Blick schien er die Abenteuer des Mannes im Bärenfell zu verfolgen, aber die Bewegung seiner Augenlider verriet, daß seine Gedanken abschweiften.

Auf der Heimfahrt im Landauer war Holmes nicht bereit, sich zu der Sache zu äußern. Er beschränkte sich ganz auf Kommentare über die Vorführung.

Im Arbeitszimmer in der Berggasse wünschte Freud seiner Frau gute Nacht und bot uns Kognak und Zigarren an. Ich akzeptierte beides, aber Holmes begnügte sich mit einem Stück Zucker aus der Porzellandose in der Küche. Wir hatten es uns gerade in unseren Sesseln bequem gemacht, um unsere Strategie zu besprechen, als Holmes eine Entschuldigung murmelte und versprach, sogleich wiederzukommen. Sobald er aus dem Zimmer war, runzelte Freud die Stirn, kniff die Lippen zusammen und warf mir einen besorgten Blick zu.

»Entschuldigen Sie mich bitte auch für einen Augenblick, Doktor? Oder vielleicht kommen Sie besser mit.«

Er verließ den Raum in großer Hast und rannte mehr oder minder die Treppe hinauf. Ich folgte ihm verblüfft. Er stürzte, ohne zu klopfen, in Holmes' Zimmer. Dieser stand da und starrte auf eine Spritze und eine Flasche Kokain auf der Kommode. Er schien nicht überrascht, uns zu sehen, ich aber schnappte vor Erstaunen nach Luft. Auch Freud stand unbeweglich. Er und Holmes schienen eine Art stille Zwiesprache zu führen. Schließlich brach der Detektiv mit einem kläglichen Lächeln das Schweigen.

»Ich habe es gerade erwogen«, sagte er langsam und ein wenig bedauernd.

»Das hat mir Ihr Zuckerstück verraten«, sagte Freud. »Wir Mediziner haben manchmal Methoden, die den Ihren nicht unähnlich sind. Bedenken Sie gut, was Sie tun: Sie werden weder uns von Nutzen sein noch der jungen Frau, der Sie helfen wollen, wenn Sie diese Angewohnheit wieder aufnehmen.«

»Ich weiß.«

Wieder starrte er auf die Flasche, sein Kinn hatte er auf die Hände gestützt. Kokain und Spritze wirkten auf absurde Weise wie Opfer auf einem Altar. Ich schauderte bei dem Gedanken daran, wie viele Unglückliche von ihrer Sucht dazu getrieben wurden, in Rauschgiften einen Religionsersatz, einen Gott zu sehen, aber ich wußte, noch bevor Holmes aufstand und sich umwandte, daß er nicht mehr zu ihnen zählte.

Er nahm Gefäß und Nadel und überreichte sie wie beiläufig Freud (wie er ihrer habhaft geworden war, habe ich nie erfahren). Dann griff er nach seiner Shagpfeife und folgte uns aus dem Zimmer, wobei er leise die Tür hinter sich zuschloß.

Wir kehrten zu unseren Sesseln im Arbeitszimmer zurück. Freud ging auf den Vorfall nicht mehr ein, sondern berichtete von unserer Begegnung mit dem jungen Baron in Maumberg.

Der Detektiv lauschte schweigend, nur einmal bemerkte er: »Keine Rückhand? Interessant. Wie war sein Aufschlag?«

Ich unterbrach diese extravaganten Fragen und erkundigte mich, ob Holmes zu irgendwelchen Schlüssen gelangt sei.

»Nur zu ganz offensichtlichen«, erwiderte er, »und die

müssen vorläufig warten, bis wir weitere Fakten und schließlich Beweise haben.«

»Und wie werden die voneinander unterschieden?« fragte Freud.

»Leider vor Gericht. Wir können zu allen erdenklichen Schlüssen kommen: Wenn es uns nicht gelingt, sie zu beweisen, war alles umsonst.« Er lachte leise und bediente sich mit dem Kognak, den er vorher abgelehnt hatte. »Sie sind sehr geschickt gewesen, verteufelt geschickt. Und wo ihre Schlauheit nicht ausreichte, da hat die Natur geholfen, indem sie uns eine Zeugin zugespielt hat, deren Aussage nicht nur unergiebig ist, sondern vor Gericht zweifellos als fragwürdig oder gar ungültig erklärt würde.«

Er saß schweigend in Gedanken vertieft und zog an seiner Shagpfeife. Wir sahen zu und wagten nicht, ihn zu stören.

»Ich fürchte, meine Kenntnisse der europäischen Politik sind nicht sehr profund«, seufzte er schließlich. »Können Sie mir helfen, Dr. Freud?«

»Was wollen Sie wissen?«

»Oh, ein paar ganz allgemeine Tatsachen. Fürst Otto von Bismarck lebt doch noch, nicht wahr?«

»Soviel ich weiß.«

»Aber er ist nicht mehr deutscher Kanzler?«

Freud starrte ihn verwirrt an.

»Natürlich nicht; seit über einem Jahr nicht mehr.«

»Ah.« Wieder versank Holmes in tiefes Schweigen, während Freud und ich verwunderte Blicke tauschten.

»Aber, Herr Holmes, was hat denn von Bismarck mit – ?«

»Ist es möglich, daß Sie das nicht erkennen?« Holmes sprang auf und begann, im Zimmer hin- und herzugehen.

»Nein, nein, ich muß es wohl erklären.« Er kehrte zu seinem Sessel zurück und sagte: »Soviel ist klar, es braut sich ein europäischer Krieg zusammen.«

Wir saßen wie vom Blitz getroffen.

»Ein europäischer Krieg?« erwiderte ich atemlos.

Er nickte und sah sich nach einem Streichholz um.

»Und wenn ich es richtig sehe, wird er fürchterliche Formen annehmen.«

»Aber wie können Sie von Ihren heutigen Erfahrungen zu dieser Voraussage kommen?« Freuds Ton verriet nagende Zweifel an Holmes' Geisteszustand.

»Aufgrund der Beziehungen zwischen der Baronin Leinsdorf und ihrem Stiefsohn.«

»Aber mir sind keine besonderen Beziehungen aufgefallen«, fiel ich ein, der Skepsis unseres Gastgebers in nichts nachstehend.

»Weil es keine gibt.«

Er setzte sein Glas ab und sah uns mit seinen grauen Augen eifrig an.

»Dr. Freud, gibt es in Wien ein Amt, in dem Testamente aufbewahrt werden?«

»Testamente? Aber natürlich.«

»Dann wäre ich Ihnen sehr dankbar, wenn Sie morgen dort hingehen und feststellen könnten, an wen der Leinsdorfsche Besitz gefallen ist.«

»Ich habe um zehn eine Visite«, protestierte der Doktor automatisch, aber Holmes lächelte grimmig und hob die Hand.

»Werden Sie mir glauben, daß Millionen von Menschenleben auf dem Spiel stehen?«

»Nun gut, ich werde tun, was Sie wünschen? Und Sie?«

»Ich werde mit Hilfe von Dr. Watson die Achillesferse

unseres Feindes suchen«, erwiderte Holmes, indem er seine Pfeife ausklopfte. »Glauben Sie, daß Ihre Patientin morgen einen Ausflug unternehmen kann?«

»Einen Ausflug? Wohin?«

»Oh, innerhalb der Stadt. Ich möchte sie gerne mit jemandem zusammenbringen.«

Freud überlegte eine Weile.

»Ich glaube schon«, sagte er zweifelnd. »Sie scheint ganz gesund, abgesehen von ihrem Geisteszustand und der vom Hunger verursachten Schwäche, und da dürfte inzwischen schon einige Abhilfe geschaffen worden sein.«

Holmes stand auf, gähnte und klopfte sich mit dem Handrücken leicht auf den Mund. »Unser Tag war lang«, bemerkte er, »und da uns längere bevorstehen, ist es Zeit, schlafen zu gehen.«

Womit er sich verneigte und den Raum verließ.

»Wie kommt er nur auf diese Ideen?« verwunderte ich mich.

»Ich habe nicht die geringste Vorstellung.« Freud seufzte. »Auf jeden Fall hat er recht, was das Schlafengehen betrifft. Ich bin schon lange nicht mehr so müde gewesen.«

Auch ich war erschöpft, aber mein Gehirn arbeitete weiter, nachdem ich meinen Körper zur Ruhe gebettet hatte. Ich versuchte, das Puzzle zusammenzusetzen, an das wir bei unserem Aufenthalt in dieser schönen, aber zunehmend unheimlichen Stadt geraten waren. Ein europäischer Krieg! Millionen von Menschenleben! Die Fähigkeiten meines Freundes hatten mich schon oft erstaunt, aber noch nie hatte ich ihn auf einer so schmalen Basis so weitgehende Hypothesen aufbauen sehen. Und wenn er Recht hätte? Du lieber Himmel! Ich weiß nicht, wie Freud die Nacht verbrachte, aber meine Träume übertrafen noch die Ängste, die ich im wachen Zustand ausgestanden hatte. Die fröhliche und farbenfrohe Stadt des Johann Strauß drehte sich nicht länger zu seinen Walzerklängen, sie wirbelte zu den schrillen Tönen entsetzliche Alpträume.

Am nächsten Morgen nahmen wir ein gemeinsames hastiges Frühstück zu uns, bevor wir unseren jeweiligen Aufgaben nachgingen. Holmes aß mit einem Appetit, der zeigte, wieviel besser es ihm ging. Freud nahm entschlossen seine Mahlzeit ein, aber seine Schweigsamkeit und seine besorgte Miene verrieten, daß er wie ich eine unruhige Nacht verbracht hatte.

Wir wollten gerade an der Haustür auseinandergehen, als ein Telegramm für Sherlock Holmes eintraf. Er riß den Umschlag auf und verschlang gierig den Inhalt, dann steckte er es ohne Kommentar in die Tasche seines Tweedjacketts und gab dem Boten zu verstehen, daß er keine Antwort habe.

»Unsere Pläne bleiben unverändert«, sagte er dann, ohne Rücksicht auf unsere deutlich erkennbare Neugier zu nehmen, und verneigte sich leicht gegen Freud. Der Doktor verließ uns sichtlich verstimmt, und Holmes drehte sich zu mir. »Und jetzt, mein lieber Watson, wollen wir uns auf den Weg machen.«

Wir begaben uns mit dem Fiaker geradewegs zum Krankenhaus, wo ein Schreiben von Freud vorlag, das uns ermächtigte, seine Patientin mitzunehmen. Physisch schien es ihr besser zu gehen, obwohl sie immer noch furchtbar mager war und kein Wort sprach. Sie kam widerstandslos mit uns und bestieg gehorsam den wartenden Fiaker. Holmes hatte sich die Adresse unseres Ziels auf die Manschette geschrieben, und wir machten uns daran, unsere geheimnisvollen Pläne auszuführen. Zur Natur dieser Pläne wollte er sich in Gegenwart unseres stummen Fahrgastes offenbar nicht äußern.

»Alles zu seiner Zeit, Watson, alles zu seiner Zeit.«

»Was, glauben Sie, wird Dr. Freud im Standesamt finden?« fragte ich, entschlossen, mich von seinen Überlegungen nicht ausschließen zu lassen.

»Etwas, von dem ich *weiß*, daß er es finden wird.«

Er lächelte unsere Klientin ermutigend an, aber sie starrte, ohne darauf zu achten, mit ausdruckslosen blaugrauen Augen vor sich hin.

Der Fiaker überquerte den Donaukanal, und wir gelangten in ein Viertel mit stattlichen, teilweise palastartigen Villen. Sie lagen alle in einiger Entfernung von der Straße, die Ziertürme und die umfangreichen Gärten waren von Büschen und Hecken abgeschirmt.

In der Wallensteinstraße bogen wir schließlich in eine breite Einfahrt. Sie führte zu seinem häßlichen, leicht erhöht gelegenen Haus mit einem sorgfältig angelegten Vorgarten.

Unter der Wageneinfahrt stand eine geschlossene Equipage, und als wir mit unserer Klientin ausstiegen, öffnete sich die Haustür und ein mittelgroßer Mann mit dem geradesten Rücken, den ich je gesehen habe, trat aus dem Haus. Er trug zwar Zivil, bewegte sich aber mit der unverwechselbaren Präzision eines preußischen Militärs. Seine Gesichtszüge – die mir bekannt vorkamen – wirkten allerdings nicht preußisch. Sie erinnerten mehr an die eines höheren englischen Beamten. Er trug ein Pincenez, einen sorgfältig gestutzten Schnurrbart und erweckte den

Eindruck, als würde er nicht wissen oder sich nicht genau daran erinnern, wo er sich befand.

Er verneigte sich gegen uns, oder vielmehr gegen die Dame an meinem Arm, berührte leicht seinen Hut und verschwand in der Equipage, die ohne weitere Anweisung davonrollte.

Holmes starrte dem Fahrzeug einen Moment lang stirnrunzelnd nach.

»Können Sie sich entsinnen, diesen Herrn kürzlich gesehen zu haben, Watson?«

»Ja, aber ich kann mich beim besten Willen nicht mehr erinnern, wo. Holmes, wem gehört dieses Haus?«

Er lächelte und zog an der Klingelschnur.

»Es ist die Wiener Residenz des Baron von Leinsdorf«, erwiderte er.

»Holmes, das ist ungeheuerlich!«

»Warum?« Er entwand seinen Arm vorsichtig meinem spontanen Griff. »Der Baron ist zur Zeit nicht hier.«

»Aber wenn er zurückkäme! Sie haben keine Ahnung, was für einen Schaden eine solche Konfrontation anrichten könnte –«, ich zeigte verstohlen auf unsere Begleiterin. »Sie hätten die Sache mit Doktor –«

»Mein lieber Watson«, unterbrach er mich gelassen. »Ihre Gefühle und, soviel ich weiß, auch Ihr Urteil als Arzt machen Ihnen alle Ehre. Aber die Zeit drängt, und wir müssen etwas tun. Im übrigen zeigt sie keinerlei Reaktion beim Anblick des Hauses. Und wer weiß? Vielleicht ist ein Schock gerade das richtige für sie.«

Während er diesen Satz beendete, wurde die Tür schwungvoll geöffnet. Ein livrierter Diener erkundigte sich mit teilnahmsloser Miene nach unseren Wünschen. Holmes übergab ihm seine Karte und bat, sie der Dame des Hauses zu bringen. Er sprach Deutsch, das ihm während unseres Aufenthalts geläufiger geworden war.

Der Mann nahm die Karte, ohne eine Miene zu verziehen, und ließ uns in einem hohen, gewölbten Vestibül warten, von dem aus die enorme rechteckige Eingangshalle zu sehen war. Sie war genauso überladen und abscheulich wie das Äußere des Hauses, mit Eiche getäfelt und mit Wandteppichen, mittelalterlichen Waffen und goldgerahmten Porträts behängt, von denen ich nicht sehen konnte, wen sie darstellten. Spärliches Licht fiel durch die unverhältnismäßig kleinen, bleigerahmten Fenster.

»Haben Sie jemals einen scheußlicheren Ort gesehen?« murmelte Holmes neben mir. »Sehen Sie sich nur die Decke an?«

»Holmes, ich muß wirklich gegen Ihre Methoden protestieren. Sagen Sie mir wenigstens was hier vorgeht. Wer wird in diesen schrecklichen Krieg verwickelt sein?«

»Ich habe leider nicht die leiseste Ahnung«, antwortete er teilnahmslos und fuhr fort, mit Mißfallen die hölzernen Rokokoschnitzereien zu unseren Häuptern zu mustern.

»Wie in aller Welt können Sie dann –«

»Nun«, unterbrach er mich etwas gereizt, »es geht doch hier schließlich um die Kontrolle über eine unendlich produktive und ausgedehnte Munitionsfabrik. Es ist nicht schwierig, daraus zu schließen –« Er brach ab, als er den Butler durch die Halle kommen sah.

»Würden Sie bitte folgen«, sagte der Mann mit einer Handbewegung, »ich werde Sie zur Frau Baronin führen.«

Dies erwies sich auch als notwendig, denn das Haus

war wie ein riesiges Labyrinth, so daß wir ohne Beistand den Salon der Dame nie gefunden hätten.

Er war moderner möbliert als die anderen Räume, an denen wir vorbeigekommen waren, aber mit demselben miserablen Geschmack, ganz in protzigem rosa Chintz und mit Spitzendeckchen auf jedem verfügbaren Möbelstück.

Auf einer Couch inmitten dieser rosa Fülle saß – wie ein wundersamer Vogel in seinem Nest – die schöne Frau, die wir am Abend zuvor gesehen hatten. Sie erhob sich, als wir eintraten, und redete uns auf Englisch mit amerikanischem Akzent an.

»Mr. Sherlock Holmes, nicht wahr? Was verschafft mir die –« Sie brach plötzlich ab, ihre Hände fuhren unwillkürlich an ihre Brust, ihre schönen Augen weiteten sich vor Erstaunen, und sie rief: »Guter Gott! Ist das Nora?«

Sie stürzte auf unsere Klientin zu, nahm – ohne weiter auf Holmes und mich zu achten – ihren Arm, führte sie behutsam ans Licht und studierte aufmerksam ihr Gesicht. Unsere Klientin ihrerseits war so nachgiebig und gleichgültig wie immer und duldete die Musterung mit müder Teilnahmslosigkeit.

»Was ist geschehen?« rief die Dame und blickte verwirrt, aber gebieterisch von Holmes zu mir. »Sie ist vollkommen verändert.«

»Sie kennen die Dame?« fragte Holmes ruhig und beobachtete die Baronin dabei scharf.

»Ob ich sie kenne? Aber sicher kenne ich sie. Es ist mein persönliches Dienstmädchen, Nora Simmons. Sie war wochenlang spurlos verschwunden. Guter Gott, Nora, was ist geschehen, und wie bist du nur nach Wien gekommen?«

Ihre Züge drückten Verwunderung und Besorgnis über die Blässe der jungen Frau aus.

»Ich fürchte, sie ist nicht imstande, Ihre Fragen zu beantworten«, bemerkte Holmes. Er löste Nora Simmons (wenn sie es denn war) sanft von der Baronin und führte sie zu einem Sessel. Dann erklärte er der Dame des Hauses in aller Kürze, wie wir ihre Bedienstete gefunden hatten.

»Aber das ist ja ungeheuerlich!« rief die Baronin, als er geendet hatte. »Sie sagen, sie wurde entführt?«

»So scheint es«, erwiderte der Detektiv sachlich. »Habe ich richtig verstanden, daß sie mit Ihnen in Bayern war?«

»Sie war stets bei mir, vom Tag unserer Abreise an – abgesehen von ihren freien Tagen.« Das Gesicht der Baronin hatte vor Entrüstung eine dunkelrote Farbe angenommen. »Dann verschwand sie vor drei Wochen.«

»Am selben Tag, an dem der Baron starb?«

Die Dame errötete noch tiefer und preßte ihre Hände zusammen.

»Ja. Nora war nicht zu Hause, als das Unglück geschah; sie war unten in der Stadt – ich glaube, sie heißt Ergoldsbach. In der allgemeinen Verwirrung wurde sie von niemandem vermißt. Und es war, wie gesagt, ihr freier Tag. Als sie am nächsten Morgen nicht zurückkam, dachte ich, sie habe von der Tragödie erfahren und habe vielleicht aus irgendeinem Grunde Angst bekommen. Sie ist sehr erregbar und nervös, das weiß ich aus Erfahrung.« Sie machte eine Pause. »Sehen Sie, wir standen einander immer sehr nah – sehr viel näher, als es zwischen Herrin und Dienerin üblich ist –, als sie nicht zurückkehrte und kein Wort von sich hören ließ, begann ich mir Sorgen zu machen und informierte die Polizei. Ich hätte es wohl schon eher getan, wenn der Tod meines Mannes mich nicht so erschüttert hätte.«

»Sie sagen, Sie hätten sich Sorgen gemacht. Kam Ihnen denn kein Verdacht?«

»Ich wußte nicht, was ich denken sollte. Sie war fort —« Die Baronin brach mit einer flatternden Geste hilflos ab. Es war leicht zu sehen, daß allein schon die Erinnerung an den Vorfall sie überwältigte. Aber Holmes gab nicht nach.

»Und es war der Polizei nicht möglich, Ihr Mädchen ausfindig zu machen?«

Die Baronin schüttelte den Kopf, dann ergriff sie impulsiv die Hände der anderen und preßte sie liebevoll.

»Meine Liebe, wie froh ich bin, dich wiedergefunden zu haben!«

»Darf ich fragen, auf welche Weise Ihr Herr Gemahl den Tod fand?« fragte Holmes und ließ sie dabei nicht aus den Augen.

Wieder errötete die Baronin heftig und sah in beträchtlicher Verwirrung von mir zu Holmes.

»Sein Herz«, sagte sie einfach, mit fast unhörbarer Stimme.

Ich hustete, um meine eigene Verwirrung zu verbergen, während Holmes sich erhob.

»Ich bedauere, das zu hören. Nun, Watson, diese Angelegenheit ist erledigt«, sagte er in leichtem und, wie ich fand, gefühllosem Ton. »Unser kleines Geheimnis ist gelöst.« Er streckte seine Hand nach Nora Simmons aus. »Gnädige Frau, bitte verzeihen Sie, daß wir Ihre Trauer gestört und Ihre wertvolle Zeit in Anspruch genommen haben.«

»Aber Sie wollen sie doch nicht etwa mitnehmen!«

rief die Baronin und stand auf. »Ich habe sie doch gerade erst wiedergefunden, und ich versichere Ihnen, Mr. Holmes, ich brauche sie dringend für mein Wohlergehen!«

»In ihrem gegenwärtigen Zustand könnte sie Ihnen kaum von Nutzen sein«, bemerkte Holmes trocken. »Sie braucht ja selbst aufopfernde Pflege.« Erneut streckte er die Hand nach ihr aus.

»Oh, aber ich werde sie pflegen«, entgegnete die Dame mit Nachdruck. »Habe ich Ihnen denn nicht gesagt, daß sie mehr meine Freundin als meine Dienerin ist?«

Ihre Bitte klang so flehend, daß ich ihr schon beipflichten wollte, denn liebevolle Pflege kann manchmal Wunder wirken, wenn die Medizin versagt. Aber Holmes sagte mit Bestimmtheit: »Leider ist das gegenwärtig gar nicht möglich, denn Ihr Mädchen ist Patientin von Dr. Sigmund Freud im Allgemeinen Krankenhaus; wir sind schon sehr weit gegangen, sie ohne seine volle Zustimmung hierherzubringen. Ich habe es nur getan, weil ihre Identifizierung mir äußerst dringlich schien.«

»Aber –«

»Andererseits kann ich möglicherweise den Doktor dazu überreden, Ihnen die Patientin zur Pflege zu übergeben. Sie waren in Providence zweifellos in der Armenpflege für die Kirche tätig?«

»O ja, ich war sehr aktiv in unserer Pfarrei«, bestätigte die Baronin eilig.

»Das dachte ich mir. Sie können versichert sein, daß ich Dr. Freud davon unterrichten werde, und er wird es bestimmt mit in Betracht ziehen, wenn die Zeit für die Entlassung seiner Patientin gekommen ist.«

Sie wollte antworten, aber Holmes war von liebenswürdiger Beharrlichkeit, und wir verabschiedeten uns und nahmen die unglückliche Dienerin mit.

Unser Fiaker wartete auf uns, wo wir ihn verlassen hatten, und Holmes brach beim Einsteigen in ein lautloses Lachen aus.

»Eine ausgezeichnete Vorstellung, Watson. Unverfrorenheit und Einfallsreichtum, gepaart mit dem vollendeten Künstlertum einer Ellen Terry. Sie waren natürlich auf eine solche Eventualität eingerichtet. Die Frau ist gut vorbereitet worden.«

»Die Baronin ist also eine Hochstaplerin?« Es schien beinahe unmöglich, daß dieses herrliche Geschöpf eine Betrügerin sein sollte, aber Holmes nickte müde und wandte den Kopf unserem Fahrgast zu.

»Diese arme Frau hier ist die echte Baronin von Leinsdorf – was immer ihr das einbringen wird«, fügte er ernst hinzu. »Aber vielleicht gelingt es uns, ihr einige ihrer Rechte, wenn auch nicht ihren gesunden Verstand, zurückzugeben.«

»Wie können Sie wissen, daß die andere lügt?«

»Sie meinen, womit sie sich verraten hat – abgesehen von der unerhörten Geschichte von einer Dienerin, die ohne eine Nachricht zu hinterlassen, flieht, weil der Hausherr einem Herzfehler erliegt?«

Ich nickte und erklärte, daß mir das ganz plausibel erschienen sei.

»Vielleicht gibt es zwischen den beiden Ereignissen einen Zusammenhang, den wir nicht kennen und der ihre Handlungen erklären könnte«, fuhr ich fort, darum bemüht, eine Theorie zu entwickeln, die allmählich Formen annahm.

»Vielleicht«, stimmte er lächelnd zu. »Aber gewisse

Tatsachen sprechen für den Schluß, zu dem ich bereits gelangt bin.«

Die herablassende Rede meines Freundes irritierte mich mehr als sonst, was gleich mehrere Gründe hatte: Zum einen war die schöne Frau – im Gegensatz zu unserer eigenen, nicht eben geistig regen Kandidatin für diese Rolle – als Baronin ausgesprochen überzeugend gewesen. Und dann erstaunte mich die Selbstsicherheit meines Freundes, denn schließlich war er selbst noch eine Woche zuvor in den Klauen des Wahnsinns gefangen gewesen – aus denen er sich nur mit meiner Hilfe hatte befreien können.

»Und was sind das für Tatsachen?« fragte ich skeptisch.

»Es mag Sie interessieren«, erwiderte er, ohne die Feindseligkeit in meiner Stimme zu beachten, und reichte mir das früher am Tage eingetroffene Telegramm, »daß die Slaters von Rhode Island seit über hundert Jahren der religiösen Sekte der Quäker angehören. Quäker gehen nicht zur Kirche, sondern versammeln sich auf Treffen. Und sie würden auf keinen Fall Wohltätigkeitsarbeit ›in der Pfarrei‹ verrichten. Nein, nein, ganz gewiß nicht«, sagte er und begann aus dem Fenster zu schauen.

Diesmal konnte ich meine Überraschung nicht verbergen, doch bevor ich Gelegenheit zu einer Entgegnung bekam, ergriff Holmes erneut das Wort, ohne seinen Blick von der vorüberziehenden Landschaft zu wenden.

»Und mir ist im übrigen eingefallen, wo wir den Grafen von Schlieffen schon einmal gesehen haben.«

»Graf was?«

»Von Schlieffen – der Herr, dem wir am Eingang

begegnet sind. Sein Bild erschien vor einigen Monaten in der Times*. Haben Sie es nicht gesehen? Wenn ich mich recht erinnere, ist er soeben zum Chef des deutschen Generalstabs ernannt worden.«

* Selbstverständlich handelte es sich nicht um ein Photo. Eine Zeichnung des Grafen von Schlieffen erschien 1891 in der »Times«. N. M.

KAPITEL DREIZEHN

Sherlock Holmes entwickelt eine Theorie

Sherlock Holmes stand auf dem burgunderfarbenen Kaminvorleger im Arbeitszimmer der Berggasse 19 und hatte seine Ellbogen auf den Kaminsims hinter sich gestützt.

»Laut Testament fällt alles an die neue Baronin«, sagte er.

Dr. Freud blickte verstimmt von seinen Notizen auf.

»Wenn Ihnen der Inhalt des Testaments bekannt war, dann hätten Sie mir das sagen sollen«, bemerkte er schroff. »So habe ich eine Patientenvisite versäumt, wie ich Ihnen ja schon vorher sagte. Aber Sie behaupteten, mein Gang auf das Amt sei von überragender Wichtigkeit.«

Holmes lachte in seiner lautlosen Art und hob mit entschuldigender Geste die Hand.

»Sie werden mir sicher verzeihen, Doktor. Ich sprach

aus Überzeugung, nicht aus Kenntnis. Sie haben Ihren Morgen nicht vergeudet: Die Tatsachen haben meinen Verdacht untermauert. Aber ich schwöre, wäre mein Deutsch fließend genug, dann hätte ich Sie niemals daran gehindert, Ihren Patienten zu sehen. Dr. Watson wird Ihnen bestätigen, daß es nicht meine Gewohnheit ist, ihn ohne guten Grund seiner Praxis zu entreißen. Vergeben Sie mir? . . . Gut!«

Dann berichtete er Freud von unserer Exkursion. Freud blickte mißbilligend, als er hörte, wohin wir seine Patientin gebracht hatten, beruhigte sich aber, als ich ihm versicherte, daß weder das Haus noch seine Bewohner den geringsten Eindruck auf sie gemacht hatten.

»Nun wird es Zeit«, fuhr Holmes fort und nahm, ohne seine Haltung zu verändern, die gräßliche Tonpfeife aus der Tasche, »unsere Fakten zu ordnen und festzustellen, ob sie mit unseren Theorien übereinstimmen.« Er hielt inne, um mit der Feuerzange ein Stück Kohle aus dem Feuer zu nehmen, und zündete damit seine Pfeife an. »Lassen Sie mich Ihnen aber eine letzte Frage stellen, dann ist mein Fall komplett. Was für ein Mann ist Deutschlands neuer Kaiser?«

»Er ist seit 1888 an der Macht«, warf ich ein. Holmes nickte, löste jedoch den Blick nicht von Freud, der die Frage mit nachdenklicher Miene erwog.

»Müßte ich ihn mit einem Wort beschreiben, dann würde ich ihn unreif nennen«, sagte er schließlich.

»Was ist seine politische Linie?«

»Zur Zeit ist er vor allem mit Sozialgesetzgebung befaßt. Er hat eine Todesangst vorm Sozialismus; und seine Außenpolitik tendiert, soweit ich das von der Zeitungslektüre her beurteilen kann, zur Aggressivität, vor allem gegenüber Rußland – zum Beispiel in der Frage der Besitzrechte in den Balkanstaaten.«

»Sein Charakter?«

»Das ist schon schwieriger. Er ist offenbar intelligent, aber erregbar und verliert leicht die Geduld mit seinen Untergebenen. Ich glaube, es war so ein Konflikt, der die Entlassung des Fürsten von Bismarck zur Folge hatte. Der Kaiser liebt militärische Darbietungen – Uniformen, Paraden, Demonstrationen persönlicher Macht. Er –« Freud zögerte mit einem kurzen Lachen.

»Ja?«

»Ich habe seit geraumer Zeit meine persönliche Theorie, was den Kaiser angeht.«

»Ich würde sie sehr gerne hören«, versicherte Holmes höflich, ohne zu zögern.

»Sie ist nicht sehr subtil«, Freud erhob sich brüsk, als ärgere es ihn schon, daß er seine Theorie erwähnt hatte.

»Bitte lassen Sie mich beurteilen, wie wichtig sie für meinen Fall ist«, beharrte Holmes. Er lehnte mit zusammengepreßten Fingerspitzen am Kaminsims; die Pfeife, deren Rauch in einer Spirale aufstieg, hing zwischen seinen Zähnen.

Freud zuckte die Achseln.

»Sie wissen vielleicht von Bildern oder Berichten, daß der Kaiser einen verkümmerten Arm hat.«

»Einen verkümmerten Arm?«

»Das Resultat einer Kinderkrankheit – möglicherweise spinaler Kinderlähmung. Ich bin nicht sicher. In jedem Fall ist er ein physisch nicht intakter Mann.« Hier zögerte Freud und sah mich von der Seite an. »Sie sind die ersten, denen ich diese sonderbare Theorie anvertraue.«

Holmes betrachtete ihn hinter dem Schleier seines Pfeifenrauchs.

»Fahren Sie fort.«

»Nun, kurz gesagt, ich halte es für möglich, daß das Gewicht, das der Kaiser auf diesen Demonstrationen seiner Stärke legt, die Liebe für farbenfrohe Uniformen – insbesondere mit Umhängen, die seine Deformierung verbergen –, für Paraden, für die Orden, mit denen er sich schmückt, daß diese kriegerischen Vorlieben alle sein Gefühl persönlicher Unzulänglichkeiten manifestieren. Man kann sie alle als sorgfältig erdachte Kompensationen für den verkümmerten Arm auslegen. Ein gewöhnlicher Krüppel braucht diese Minderwertigkeitsgefühle nicht zu haben, aber er ist der Monarch und entstammt einer langen Reihe edler und heroischer Ahnen.«

Ich war so vertieft in die Ausführungen des Doktors, daß ich Holmes' Anwesenheit ganz vergaß. Als Freud geendet hatte, hob ich meinen Blick und sah, daß Holmes ihn aufmerksam und erstaunt betrachtete. Langsam ließ er sich mir gegenüber im Sessel nieder.

»Das ist höchst bemerkenswert«, sagte er schließlich. »Wissen Sie, was Sie getan haben? Sie haben meine Methoden genommen – Beobachtung und Schlußfolgerung – und sie auf das Seelenleben einer ganz gewöhnlichen Person angewendet.«

»Wohl kaum eine gewöhnliche Person.« Freud lächelte ein wenig. »In jedem Fall hoffe ich, daß Ihre Methoden – wie Sie sie nennen – nicht von einem Patent geschützt sind.« Sein Ton war milde, aber man hörte die Befriedigung heraus. Er war, wie Holmes, nicht ohne Eitelkeit. »Meine Vermutungen könnten sich allerdings als ganz falsch herausstellen. Sie selbst kennen die Gefahren einer Beweisführung ohne ausreichende Fakten.«

»Bemerkenswert«, wiederholte Holmes. »Es hört sich nicht nur wahr an – oder plausibel, wenn Sie das vorzie-

hen –, es verträgt sich auch mit gewissen Tatsachen und Theorien, die ich Ihnen jetzt unterbreiten werde.« Er stand wieder auf, unterbrach sich aber noch einmal. »Bemerkenswert. Wissen Sie, Doktor, es würde mich nicht wundern, wenn Ihre Anwendung meiner Methoden auf die Dauer mehr Bedeutung haben wird als der eher mechanische Gebrauch, den ich davon mache. Vergessen Sie aber nie die physischen Einzelheiten. Wie weit Sie auch in den Geist eindringen mögen, sie bleiben stets von höchster Wichtigkeit.«

Sigmund Freud nickte und verneigte sich, wohl ziemlich überwältigt von der unerwarteten und überschwenglichen Lobrede des Detektivs.

»Nun, also«, hob Holmes an, nachdem er sich gesammelt hatte, »lassen Sie mich eine Geschichte erzählen.« Er zündete seine erloschene Pfeife wieder an, während der Doktor sich zum Zuhören zurechtsetzte. Wie der Detektiv war Sigmund Freud ein guter Zuhörer, obwohl sich ihr Interesse in völlig unterschiedlicher Weise manifestierte. Freud lauschte nicht mit geschlossenen Augen und zusammengepreßten Fingerspitzen. Im Gegenteil, er legte seine bärtige Wange in die offene Handfläche, stützte seinen Ellbogen auf die Sessellehne, schlug ein Bein übers andere und beobachtete den Sprechenden mit großen, traurigen, unbewegten Augen. Selbst der starke Rauch der Zigarre, die er in der anderen Hand hielt, brachte ihn nicht zum Blinzeln. In solchen Momenten hatte man den Eindruck, als blicke er einem direkt in die Seele, ein Eindruck, der Holmes als sensiblem Beobachter nicht entging, während er seine Erzählung begann.

»Ein wohlhabender Witwer mit einem einzigen Sohn, den er nicht besonders schätzt – was auf Gegenseitigkeit beruht –, reist in die Vereinigten Staaten. Hier trifft er eine junge Frau, die nur halb so alt ist wie er, und trotz dieser Ungleichheit – oder vielleicht wegen ihr – verlieben sie sich ineinander. Er weiß, daß seine Lebensdauer begrenzt ist, und sie heiraten sofort. Die Frau entstammt einer begüterten Quäkerfamilie, und das Paar wird in einer Quäkerkirche, Andachtshaus* genannt, getraut. Als unsere Klientin diesen Ausdruck verwendete, mißverstanden wir ihn als ›Meat House‹, brachten ihn in Verbindung mit den hypothetischen Speicherhaus und gerieten so vorübergehend auf eine falsche Spur.

Das Paar begibt sich in das abgelegene Haus in Bayern, wo der Ehemann als erstes sein Testament zugunsten seiner Frau ändert. Ihre Religion und seine eigene, mit fortschreitenden Jahren veränderte Einstellung machen es ihm unmöglich, ein Imperium bestehen zu lassen, das der Herstellung von Kriegsmaterial dient. Da er weder die Kraft besitzt noch die Lust dazu hat, seine letzten Lebensjahre mit der Demontage seiner Fabriken zu verbringen, legte er einfach die ganze Angelegenheit in die Hände seiner Frau, die im Falle seines Ablebens verfahren kann, wie sie will.

Der alte Herr hat aber nicht mit der Wut seines ›verlorenen Sohnes‹ gerechnet, oder er hat sie unterschätzt. Der junge Teufel, der sich plötzlich eines Millionenvermögens beraubt sieht, ist bereit, drastische Schritte zu unternehmen, um es zurückzugewinnen. Politisch rechts stehend und im neuen Deutschen Reich aufgewachsen, besitzt er gewisse Kontakte, von denen er Gebrauch macht. Man nähert sich gewissen Leuten; Leuten, die nicht beabsichtigen, einer ausländischen Bürgerlichen – dazu noch einer Frau – die wichtigste Grundlage für des

* Engl.: ›Meeting House‹.

Kaisers Kriegsmaschinerie zur Demontage zu überlassen. Der junge Mann bekommt freie Hand, und es wird ihm zweifellos Unterstützung zugesagt. Wir wissen noch nicht wie, aber er führt den Tod seines Vaters auf irgendeine Weise herbei –«

»Holmes!«

»Dann läßt er seine Stiefmutter aus Deutschland verschwinden und versteckt sie in einem Speicherhaus am Donaukanal, hier in Wien. Das Testament des Vaters ist in den zwei Ländern, in denen er Besitz hatte, amtlich registriert, und die Witwe wird jetzt gedrängt, das Erbe auf den Sohn zu überschreiben. Sie weigert sich tapfer. Ihre Liebe und ihre religiösen Überzeugungen geben ihr die Kraft, Hunger und alle möglichen Drohungen zu ertragen. Ihr Geisteszustand wird von der Einsamkeit in ihrem Gefängnis angegriffen. Es gelingt ihr, sich zu befreien. Aber erst da wird ihr die Hoffnungslosigkeit ihrer Lage klar. Sie spricht kein Wort Deutsch, kennt niemanden und ist zu geschwächt für irgendeinen Initiative. Der Sprung von der Brücke ist die naheliegendste und einfachste Lösung, aber die zufällig vorbeikommenden Polizisten hindern sie daran, und sie zieht sich in den hilflosen Zustand zurück, den Sie, Doktor, schon so glänzend beschrieben haben.«

Er machte eine Pause und zog mehrere Male heftig an seiner Pfeife, um uns Gelegenheit zu geben, seine Erörterungen zu verdauen.

»Und die Dame, die wir in der Oper sahen?« fragte Freud, der sich gedankenvoll zurückgelehnt hatte und Rauchwolken aus seiner Zigarre stieß.

»Der junge Mann, gegen den wir ins Feld ziehen, ist wagemutig und verschlagen. Sobald er feststellte, daß seine Stiefmutter entkommen war, traf er eine rasche Entscheidung. Da ihre hilflose Lage ihm so klar ist wie ihr selbst, beschließt er, sie zu ignorieren. Soll sie ihre Geschichte jedem erzählen, dem sie sich verständlich machen kann – der Gedanke muß ihn amüsiert haben –, er läßt sich nicht auf eine Suche ein, die nur Verdacht aufkommen ließe. Er beschloß, jemanden anzuheuern, der ihre Rolle übernimmt. Die Testamentsangelegenheiten erledigte er mit einer gefälschten Unterschrift; denn wer würde schließlich die Entscheidung der Witwe anfechten? Ich weiß nicht, wo er seine gelehrige Schülerin fand; vielleicht ist sie selbst das Dienstmädchen, das sie zu erkennen vorgab, oder auch eine erfolglose und fern der Heimat gestrandete amerikanische Schauspielerin. Aber wer immer sie ist, man hat sie gut in ihre Rolle eingeübt und sicher auch gut bezahlt.

Für den Fall, daß die Stiefmutter auftauchte, versah er ihre Stellvertreterin mit einer glaubhaften Geschichte. Er muß gewußt haben, daß seine Stiefmutter vor ihrer Flucht den Verstand verlor. Er war zuversichtlich, daß sie vorläufig von niemandem ernst genommen werden würde. Sie werden sich entsinnen, Watson, daß die Frau, mit der wir heute sprachen, unsere Klientin als Nora Simmons bezeichnete. Das war eine geniale Idee des jungen Barons, obwohl es als Vorsichtsmaßnahme so extravagant ist, daß es meinen Verdacht erregte. Es könnte ein bedeutungsloser Zufall sein, daß Dienstmädchen und Herrin die gleichen Initialen haben, aber nicht, wenn man bedenkt, daß die Witwe während ihrer Gefangenschaft und ihrer Flucht vielleicht Kleider mit ihren Initialen trug. Vielleicht hätte er besser verbreitet, daß sie mit Kleidern ihrer Herrin aus dem Haus verschwunden sei«, fuhr er grübelnd fort, während er beim Sprechen die Alternativen erwog, »aber offensichtlich hat er der bayerischen Polizei diesen Teil der Geschichte nicht erzählt.«

»Dann wurde also das Verschwinden des Dienstmädchens der Polizei noch in der Nacht mitgeteilt, in der der Baron starb?« erkundigte ich mich.

»Oder am nächsten Morgen. Das würde mich nicht überraschen«, erwiderte mein Freund. »Unser Mann hat wohl das Kartenspiel von den Amerikanern gelernt.«

»Was meinen Sie damit?«

»Daß er immer einen Trumpf in Reserve hat. Die Frage ist jetzt –« Er wurde von einem Klopfen an der Tür unterbrochen. Paula schaute herein und verkündete, es sei ein Bote vom Allgemeinen Krankenhaus mit einer Nachricht für Dr. Freud da.

Sie hatte noch nicht zu Ende gesprochen, als Holmes mit einem Schrei aufsprang und sich mit der Hand vor den Kopf schlug.

»Sie ist fort!« rief er gellend: »Narr, der ich bin! Ich schwatze hier und bilde mir ein, sie zögern!«

Er stürzte an dem verblüfften Mädchen vorbei aus dem Zimmer und warf sich in der Eingangshalle auf den ahnungslosen Boten, den er mit beiden Händen am Revers packte.

»Sie ist fort, nicht wahr? Dr. Freuds Patientin ist fort?«

Der Mann konnte vor Schreck nicht antworten und nickte nur dumpf. Er war nur dazu da, die Botschaft zu überbringen, von ihrer Tragweite hatte er keine Vorstellung. Er übergab ein kurzes Schreiben von Dr. Schultz, in dem dieser sich nach dem Ergehen der Patientin erkundigte und gleichzeitig gegen ihren regelwidrigen Abtransport aus dem Krankenhaus protestierte. Er habe, so schrieb er, keine Gelegenheit erhalten, sie vor ihrer Entlassung zu untersuchen, und deutete an, daß er die Angelegenheit Meynert gegenüber erwähnen werde.

»Waren Sie dort, als man sie holte?« fragte Holmes den Boten, während er hastig seinen Mantel überwarf. Der Mann schüttelte den Kopf.

»Dann bringen Sie uns zu dem diensthabenden Pfleger«, ordnete er an und stülpte sich die Reisemütze mit den Ohrenklappen auf den Kopf. »Beeilung, meine Herren«, rief er über die Schulter, »wir haben keinen Moment zu verlieren. Zwar befindet sich am einen Ende unserer Spur nur eine geistesgestörte Frau, aber am anderen droht eine europäische Feuersbrunst!«

KAPITEL VIERZEHN

Wir nehmen an einem Begräbnis teil

Die Droschke schoß durch den Nachmittagsverkehr zurück ins Krankenhaus. Niemand sprach, nur Holmes trieb gelegentlich den Fahrer zur Eile an. Jeder war in seine eigenen Gedanken versunken. Der Krankenwärter sah von einem zum anderen und fragte sich offensichtlich, was zum Teufel, hier vorging. Er fuhr jedesmal zusammen, wenn unsere Droschke Straßenbahnen überholte und Straßenhändler zwang, sich mit einem Sprung auf den Bürgersteig zu retten. Sigmund Freuds breite Stirn furchte sich gedankenvoll, während sich Holmes in deprimiertem Schweigen nach vorne beugte und sich etwa alle dreißig Sekunden dazu aufraffte, den Fahrer anzufeuern.

Einmal kamen wir vollkommen zum Stillstand. Die Straße wurde von einem Trupp ungarischer Wachsoldaten auf ihrem Weg zur Hofburg versperrt. Holmes besah sich das Hindernis mit finsteren Blicken, dann sank er seufzend zurück.

»Es ist sinnlos«, verkündete er auf einmal. »Sie ist verloren, und wir sind geschlagen.« Er knirschte vor Wut mit den Zähnen, und seine Augen waren schmerzerfüllt.

»Warum?« fragte Freud.

»Weil er sie bei der ersten Gelegenheit umbringen wird, die sich ihm bietet.« Er zog seine Uhr heraus und starrte sie gramvoll an, während ich aus dem Augenwinkel einen Blick auf den entsetzten Krankenwärter warf. »Und jetzt ist es sicher schon passiert, Watson«, sagte er zu mir gewandt. »Sie hätten mich besser dem Kokain überlassen. Ich bin zu nichts mehr nütze.«

»Gestatten Sie, daß ich Ihnen in beiden Fällen widerspreche«, warf Freud ein, bevor ich eine Antwort geben konnte, »aber ich glaube nicht, daß die Dame in Lebensgefahr ist. Fahren Sie zu, Kutscher!« rief er, nachdem die Garde vorbeimarschiert war. Holmes sah ihn kurz an, sagte aber nichts. Der Wagen rollte vorwärts und beschleunigte die Fahrt.

»Sie müssen mir meine eigenen Schlußfolgerungen zugestehen«, fuhr Freud fort. »Mit denselben Methoden, die ich bei der Beurteilung des Kaisers anwende, komme ich zu dem Ergebnis, daß die Baronin in großer Gefahr schwebt, ich glaube aber nicht, daß ihr Stiefsohn sie jetzt, da sie wieder in seinen Händen ist, beseitigen wird.«

»Warum nicht?« Holmes klang nicht sonderlich interessiert. »Es scheint die praktischste Lösung.«

»Es wäre noch praktischer gewesen, wenn er sich ihrer zur selben Zeit entledigt hätte, zu der sein Vater starb, oder nicht?«

Die Frage erregte Holmes' Aufmerksamkeit, und er

wandte sich ganz dem Doktor zu. Freud ergriff die Gelegenheit und fuhr fort.

»Das wäre doch fraglos die einfachste Lösung gewesen. Man arrangiert einen Unfall, bei dem beide ums Leben kommen, und erbt automatisch den ganzen Besitz. So steht es im Testament, und das muß er gewußt haben.«

Holmes runzelte die Stirn.

»Warum hat er es nicht getan?« grübelte er.

»Wollen Sie meine Theorie hören?«

Holmes nickte, und seine Augen wurden lebendig bei dem Gedanken, daß noch nicht alles verloren sei.

»Es würde zu lange dauern, meine Recherchen in ähnlichen Fällen im einzelnen zu beschreiben«, begann Freud, »aber ich bin davon überzeugt, daß der junge Mann seine Stiefmutter mit einer Leidenschaft haßt, die nicht nur darauf beruht, daß sie ein Hindernis für seine politischen oder finanziellen Pläne darstellt.«

»Wie ist das möglich?« unterbrach ich unwillkürlich. »Man kann doch annehmen, daß er sie nur flüchtig kennt, wie kann er da einen solchen Haß entwickelt haben?«

Freud wandte sich mir zu.

»Aber Sie werden zugestehen, daß sein Verhalten gegenüber seiner Stiefmutter abscheulich war?«

»Oh, allerdings.«

»So abscheulich –«, die Droschke schleuderte nach einer Seite, unterbrach Freuds Redefluß und ließ uns für einen Moment in Erwartung erstarren, »so abscheulich, daß er – sowohl ein Mord viel simpler gewesen wäre – es vorzog, sie am Leben zu lassen, sie einzukerkern, sie aufs unerträglichste und bis zum Wahnsinn zu foltern, eine Entscheidung, die sich als gefahrbringend für ihn erwiesen hat.«

Holmes nickte und schürzte nachdenklich seine Lippen.

»Also müssen wir«, fügte Freud hinzu, während wir uns dem Hospital näherten, »unter Anwendung unserer Methode auf ein anderes Motiv schließen. Was würden Sie sagen, wenn ich Ihnen mitteile, daß dieser fanatische Haß schon bestand, bevor er die Frau seines Vaters traf, und auch gegen jede andere Ehepartnerin bestanden hätte?«

»Was?«

»Sehen Sie, daß außerordentliche Verhalten des jungen Mannes gegenüber seiner Stiefmutter kann nur auf eine Weise ausgelegt werden: Das Andenken seiner eigenen Mutter ist ihm so teuer, daß die Handlungen seines Vaters und der anderen Frau ganz elementare Tiefen seiner Persönlichkeit aufgewühlt haben. Für den Betrug des Vaters an seiner ersten Frau: die sofort vollzogene Todesstrafe. Für die Stiefmutter: qualvolles Überleben, auch wenn es unter anderen Gesichtspunkten unpraktisch erscheint. Das ist die einzige Theorie, die sich mit allen Fakten deckt, und, wie Sie, Herr Holmes, gelegentlich feststellen, ist die Wahrheit das, was übrigbleibt, wenn man die Unwahrscheinlichkeiten ausgeklammert hat – und sei sie noch so befremdend. Ich habe Ihre Methode korrekt angewendet, nicht wahr? Dann können wir also davon ausgehen, daß die Frau, wenn auch bedroht, noch am Leben ist. Hier sind wir.«

Holmes starrte ihn eine Sekunde lang an, dann sprang er aus dem Wagen und stürzte, den Wärter an der Hand mit sich ziehend, zum Tor. Dr. Freud und ich folgten, nachdem wir dem Fahrer aufgetragen hatten, auf uns zu warten.

Man brachte uns sofort zu dem Pförtner, der Freuds

Patientin entlassen hatte. Er sprach mit enervierender Genauigkeit und verbreitete sich wichtigtuerisch über seine persönliche Einstellung zu der unvorschriftsmäßig erfolgten Abreise der Patientin.

»Wenn das nun jeder täte, einfach einen Brief vorzeigen, ohne richtig –«, Holmes unterbrach ihn ohne viele Umstände.

»Beschreiben Sie bitte die Personen, die sie abholten«, forderte er ungeduldig, woraufhin der Mann sich langsam umdrehte und ihn musterte. Sein Verhalten beim Anblick meines aufgeregten Freundes – der dazu noch fremdartige Kleidung trug – ließ keinen Zweifel darüber, daß er in ihm einen potentiellen Insassen der psychiatrischen Abteilung vermutete.

»So lassen Sie uns doch nicht warten!« flehte ich, da der Mann gänzlich verstummt war. »Die Sache ist äußerst dringlich.«

»Beschreiben?« wiederholte der Dummkopf in aller Ruhe. »Gott helf mir, die kann ich nicht beschreiben. Aber Sie kennen die Leute doch«, wandte er sich an Freud.

»Ich?« erwiderte Freud verblüfft. »Ich würde Sie doch nicht um eine Beschreibung bitten, wenn sie mir bekannt wären.«

»Aber –«, platzte der frustrierte Mann heraus, »sie haben behauptet, Sie hätten sie hergeschickt.« Und er sah Freud an, als käme auch dieser für einen Daueraufenthalt in Betracht.

Einen Moment lang starrten wir einander verblüfft an. Dann begann Holmes, anerkennend zu lachen.

»Wie clever und wie unverschämt!« rief er kopfschüttelnd. »Ich selbst habe ihnen heute morgen in der Wallensteinstraße die Idee eingegeben – und sie wissen lassen, wo ihr Flüchtling zu finden war. Und jetzt, mein guter Mann, her mit der Beschreibung.«

»Also –«, der Pförtner erging sich in vagen Erinnerungen an zwei Männer, der eine klein, cholerisch, mit durchtriebenen Augen, der andere groß, würdevoll und unbewegt.

»Das muß der Butler sein«, unterbrach ihn Holmes. »Doktor« sagte er zu Freud, »Sie hinterlassen am besten eine Nachricht für die Polizei. Wir werden sie brauchen, bevor wir die Sache hinter uns gebracht haben. Weisen Sie darauf hin, daß eine Frau aus diesem Krankenhaus entführt worden ist, und hinterlassen Sie die Adresse in der Wallensteinstraße. Dahin machen wir uns jetzt auf.«

Freud nickte und wollte sich gerade an den Pförtner wenden, als uns zur Abwechslung das Schicksal einmal hold war, und zwar in Gestalt des Dr. Schultz, der eilig auf uns zukam.

»Ah, Dr. Freud«, begann er affektiert, »ich würde sehr gerne ein paar Worte mit Ihnen wechseln –«

»Ganz meinerseits«, unterbrach ihn Freud und teilte ihm das Vorgefallene mit, wobei er, wie Holmes vorgeschlagen hatte, einige zwar wesentliche, aber unwahrscheinliche Einzelheiten ausließ. Er beschrieb die Baronin in ihrer Rolle als Kammerjungfer und berichtete von ihrer Entführung.

»Rufen Sie so schnell wie möglich die Polizei«, schärfte er dem entsetzten Chirurgen ein, während er die Leinsdorfsche Adresse auf den Rand des Empfangsregisters kritzelte.

Ohne eine Erwiderung abzuwarten, rasten wir zu unserer Droschke und sprangen auf.

»Wallensteinstraße sechsundsiebzig!« schrie Holmes.

»Und fahren Sie so schnell, als würde es um Ihr Leben gehen!«

Der Mann brummte, daß er bei einem vernünftigen Tempo bessere Lebenschancen hätte, aber er schnalzte gehorsam mit den Zügeln, und wieder waren wir unterwegs. Ich glaube, wenn die Droschke den Raum dafür geboten hätte, wäre Holmes in ihr auf und abgegangen. Unter den Umständen mußte er sich jedoch darauf beschränken, an seinen Fingerknöcheln zu nagen.

»Haben Sie Ihren Revolver dabei, Watson?« fragte er mich. Ich versicherte ihm, daß ich die Waffe bei unserem Aufbruch in die Tasche gesteckt hatte. Er nickte anerkennend. »Er hat natürlich nicht mit Dr. Freuds Argumentation gerechnet, das heißt, er glaubte sich selbst in Sicherheit. Er handelt unter der Voraussetzung, daß wir annehmen, er werde die Frau so schnell wie möglich ermorden und ihre Leiche beseitigen. Vielleicht vermutet er uns noch nicht einmal auf seiner Spur –«, aber es klang nicht, als sei er wirklich davon überzeugt, und er verstummte, die Knöchel zwischen den Zähnen.

»Würde er so unklug sein?« überlegte ich, indem ich seinen Faden aufnahm. »Ich glaube nicht, daß sie in der Villa ist.«

»Ich fürchte, Sie haben recht«, gab er unwillig zu. »Aber wohin, *wohin*, kann er sie bringen?« Wieder verfiel er für einen Moment in nachdenkliches Schweigen. »Er weiß, daß er verfolgt werden wird, ganz gleich, ob wir ihm nun direkt auf den Fersen sind oder nicht. Er wird Auskunft geben müssen, wenn er –«, er brach wieder ab, und ich wußte aus Erfahrung, daß er jetzt versuchte, sich in die Lage des listigen jungen Barons zu versetzen, und unter Verwendung des Charakterbildes, das Freud so geschickt entworfen hatte, darüber nachdachte, wie er handeln würde, hätte das Schicksal ihm die Rolle des wahnsinnigen Aristokraten zugedacht.

Wir bogen mit schweißbedeckten Pferden in die Wallensteinstraße 76 ein und fanden dort die Polizei, die ziellos das Gelände patrouillierte. Von Dr. Schultzens Telefonanruf alarmiert, waren sie mit einem Automobil vorgefahren. Ein großer, gerade gewachsener Wachtmeister mit weißblondem Haar und wachen blauen Augen führte das Kommando. Er kam eilig auf uns zu und wendete sich mit einem zackigen Gruß an meinen Freund.

»Herr Holmes? Wir sind soeben eingetroffen, aber das Haus ist verschlossen und scheint leer zu sein.« Sein Englisch war hölzern, aber brauchbar.

»Wie ich mir dachte«, seufzte der Detektiv niedergeschlagen. »Wir sind zu spät gekommen.« Er blickte verstimmt umher.

»Ich hoffe, daß Sie damit nicht uns meinen«, sagte der Wachtmeister besorgt. »Wir sind sofort gekommen, als man uns benachrichtigt hat.«

»Nein, nein, es nicht Ihre Schuld, obwohl ich sagen muß, daß Ihre Männer das Gelände schlimm zugerichtet haben. Es sieht aus, als sei ein Trupp Ulanen darüber marschiert. Immerhin, wir werden einen Blick darauf werden.« Damit begann er, an der Seite des eifrigen Wachtmeisters, den Hügel zum Haus hinaufzusteigen.

»Herr Holmes, Ihr Name ist uns wohlbekannt, und ich habe Order vom Präfekten, mich mit meinen Leuten zu Ihrer Verfügung zu halten.«

»Wirklich?« Holmes stand verwundert still. »Es ist ein Jammer, daß man bei Scotland Yard nicht die Ansichten Ihres Präfekten teilt«, fügte er hinzu und begann, weiterzugehen. Seine Augen ruhten auf dem schlammbedeckten

Rasen. Ich hörte ihn etwas darüber murmeln, daß der Prophet nichts im eigenen Land gelte.

Freud wollte ihm folgen, aber ich hielt ihn am Arm zurück und erklärte ihm mit gedämpfter Stimme, daß wir in dieser Situation Holmes nur im Wege sein würden. Er nickte und blieb, wo er war.

Holmes' Inspektion des Hauses beschränkte sich auf eine eilige Untersuchung des Geländes um die Wageneinfahrt, unter der er, manchmal Kreise beschreibend, hin- und hertrottete, wobei er spitze Schreie ausstieß, die jeweils Befriedigung, Neugier oder Mißfallen verrieten. In solchen Momenten glich er auffallend einem Jagdhund; seine lebhaften Züge, vor allem die Adlernase, die vorgeneigte Körperhaltung und der trottende Gang gaben ihm das Aussehen eines Hundes, der einer Spur folgt. Wäre nicht das Vergrößerungsglas gewesen, das er hervorgezogen hatte, um die Erde zu untersuchen, dann hätte er mich stark an den eifrig schnüffelnden Toby erinnert.

Dr. Freud, der Wachtmeister und die übrigen Polizisten beobachteten die Vorgänge mit unterschiedlichen Ausdrücken des Erstaunens; Freud mit der großen Anteilnahme, die er für jede Facette von Holmes' Persönlichkeit zeigte; der Wachtmeister mit skeptischem beruflichem Interesse, wie einer, der gerne von einem Meister der Profession etwas lernen möchte, aber nicht recht glauben kann, daß ein so bizarres Benehmen zu irgend etwas anderem dient, als die Umstehenden zu beeindrucken; seine Untergebenen mit unverhohlenem Zweifel. Wenn sie überhaupt von Holmes wußten, dann nur vom Hörensagen, und diese Vorführung entbehrte für sie jeglicher Bedeutung. Sie betrachteten es wohl als reine Angeberei. Ich hätte sie eines Besseren belehren können;

Holmes neigte gelegentlich durchaus zu affektiertem Benehmen, aber im Augenblick konnte davon überhaupt keine Rede sein.

Plötzlich neigte er sich aufgeregt über irgend etwas auf dem Boden. Er warf sich nieder und blieb für einige Augenblicke liegen, dann stand er auf und kam in großer Eile den Hügel herunter.

»Alle Anzeichen sprechen dafür, daß die Frau in einem Schiffskoffer aus dem Land geschmuggelt wird.«

Der Wachtmeister war sprachlos vor Entsetzen über Holmes' Methoden, aber ich, der ich ihre präzisen Ergebnisse kannte, zog sie nicht in Zweifel.

»Aber Holmes, wohin bringt er sie?«

»Wohin?« Er überlegte, dann schnalzte er mit den Fingern.

»Nach Bayern natürlich! Einmal über die Grenze, ist er so sicher wie der Kaiser in Schloß Schönbrunn. Verdammt!« Letzteres bezog sich auf den abgekämpften Zustand unserer Droschkenpferde.

»Kommen Sie, Watson!« rief er und rannte die Einfahrt hinunter. »Wir müssen eine andere Beförderung zum nächsten Bahnhof finden!«

Freud, der Wachtmeister und ich – dicht gefolgt von den verwirrten Polizisten – rasten hinter Holmes durch das Gartentor und in die friedliche Straße.

Beinahe wären wir an der Ecke mit ihm zusammengestoßen, denn er war, mit wild flatternder Pelerine, plötzlich zum Stillstand gekommen. Vom anderen Straßenende näherte sich in angemessenem Tempo eine prunkvolle Begräbnisprozession – Leichenwagen, Pferde, Droschken und viele Trauernde zu Fuß, alle in Schwarz gekleidet. Wahrscheinlich war der Tod irgendeines Angehörigen des Hochadels oder eines reichen Geschäftsmannes der Anlaß zu dem feierlichen Schauspiel. Holmes' Augen leuchteten bei dem trübsinnigen Anblick auf, und er machte einen Satz nach vorne.

»Holmes!«

Er hörte nicht auf uns. Mit den Polizisten, Dr. Freud und mir im Schlepptau sprintete er auf die gewaltige, schwarze Kutsche gleich hinter dem Leichenwagen zu. Zweifellos enthielt sie die untröstlichen Anverwandten des Verstorbenen, womöglich lauter Herzöge und dergleichen, aber Holmes war nicht aufzuhalten: Er schwang sich auf den Bock, entriß dem wie vom Donner gerührten Fahrer die Zügel, lenkte das Gefährt aus seinem Platz in der Prozession und ließ die Peitsche knallen.

»Watson!«

Die Kutsche donnerte auf uns zu, und Holmes bedeutete mir, aufzuspringen. Es gelang mir sowie Freud und dem unerschütterlichen Wachtmeister, auf das Fahrzeug aufzuspringen.

Es ist mir unmöglich, die überraschten und entsetzten Mienen der Insassen zu beschreiben. Es waren vier, alle einheitlich in elegantes Schwarz gekleidet: Ein korpulenter Herr mit rotem Gesicht und einem altmodischen, weißen Backenbart verfiel in hilfloses Stottern; ein junges Mädchen von etwa sechzehn Jahren mit einem Halbschleier starrte uns aus weit aufgerissen Augen an; eine ebenfalls verschleierte, rundliche alte Dame war so in Trauer versunken, daß sie uns gar nicht bemerkte, sondern weiterhin heiße Tränen in ein schwarzes Batisttüchlein weinte. Neben ihr saß ein junger Mann, wahrscheinlich ein Sohn oder Neffe, der gleichzeitig versuchte, ihr Trost auszusprechen und sich unsere Anwesenheit zu erklären. Hin- und hergerissen zwischen seinen verwandtschaftlichen Pflichten und seiner Verwirrung, stufte ich ihn weder als besonders bedrohlich für uns noch als besonders tröstlich für die Trauernde ein.

All dies nahm ich in einem Bruchteil der Zeit wahr, die es dauerte, darüber zu berichten. Ich war damit beschäftigt, die Tür zu öffnen und gleichzeitig Holmes meinen Revolver zu geben, damit der Kutscher nicht auf dumme Gedanken kam.

Der Wachtmeister war auf der anderen Seite aufgesprungen und hielt seine eigene Pistole bereit. Aber die Fahrgäste blieben passiv und reagierten auch nicht, als er ihnen in äußerst offiziellem Ton versicherte, daß es sich um einen Notfall handele und daß kein Grund zur Beunruhigung vorliege. Zweifellos erschien ihnen das als eine in sich widersprüchliche Aussage.

Da innen nicht genug Platz war, mußte Freud mit wehendem Haar auf dem Trittbrett stehen und sich am Fensterrahmen festhalten. Sein Haar wurde vom Fahrtwind zerzaust. Die restlichen Polizisten und die Trauergemeinde ließen wir hinter uns.

»Wo ist der nächste Bahnhof?« rief Holmes dem Wachtmeister durchs Guckloch zu.

»Der Zug nach München geht nur von –«

»Zum Teufel mit dem Zug nach München! Der nächste Bahnhof, Mann!«

Der Wachtmeister erklärte ihm brüllend den Weg zum Heiligenstädter Bahnhof, und ich konnte wieder die Peitsche knallen hören.

Abgesehen von den Geräuschen der Pferde, dem Knarren der Geschirre und dem Schluchzen der alten Dame herrschte Schweigen. Der Wachtmeister, der sich das Kutscheninnere besah, stieß mich an und zeigte mit dem Kopf auf die Tür, auf der ein eindrucksvolles Wappen prangte.

»Ich hoffe, Herr Holmes weiß, was er tut«, flüsterte er mir zu.

»Ich auch«, bemerkte Freud. Er schaute durchs Fenster herein und hatte ebenfalls das Wappen auf der gegenüberliegenden Seite erspäht.

»Keine Sorge«, erwiderte ich, was unter diesen Umständen, wie ich mir selbst sogleich eingestand, eine recht idiotische Aufforderung war.

Nachdem wir wieder den Kanal überquert hatten, machte die Kutsche quietschend eine scharfe Rechtswendung – wie mir schien auf zwei Rädern. Als die Balance wieder hergestellt war, konnte ich auf der linken Seite Eisenbahndepots sehen und vermutete, daß wir auf den Bahnhof zufuhren.

Das war in der Tat der Fall. Wenige Minuten später kamen wir mit einem Ruck zum Stehen. Noch bevor wir anderen abgestiegen waren, rannte Holmes schon auf den Bahnhof zu. Während Freud und ich ihm nachstolperten, blieb der Wachtmeister zurück, um sich noch einmal bei den Trauernden für unser Eindringen zu entschuldigen. Er salutierte sogar zum Abschied, wohl aus Respekt vor ihrem hohen Rang.

Wir fanden Holmes in aufgeregter Konversation mit dem Stationsvorsteher, von dem er erfahren hatte, daß der Baron von Leinsdorf vor etwa drei Stunden mit einem Extrazug abgereist sei.

»Wir brauchen auch einen Extrazug«, forderte Holmes, aber der Mann erklärte ihm, daß allein das dafür notwendige telegraphische Räumen der Strecken etwa zwei bis drei Stunden dauern würde. Der Baron hatte offenbar seinen Zug bestellt, sobald wir sein Haus verlassen hatten.

Holmes lauschte mit halbem Ohr, während der brave

Mann ihm die Schwierigkeiten in allen Einzelheiten unterbreitete. Seine Augen schweiften über die Bahnsteige und blieben schließlich an einer Lokomotive mit Tender und einem einzelnen Wagen haften, die bereits Rauch ausstieß.

»Sie sehen also, mein Herr –«

»Ich habe leider keine Zeit für Diskussionen«, unterbrach ihn Holmes und zog meinen Revolver. »Wir nehmen diesen Zug da, wenn es Ihnen recht ist.« Er zeigte mit der Pistole auf die Lokomotive.

Der Mann war vor Erstaunen wie gelähmt, aber dem Wachtmeister schienen die Dinge jetzt doch etwas zu weit zu gehen.

»Ich muß doch sagen –«, begann er, doch mein Freund hatte kein Bedürfnis nach einer Auseinandersetzung.

»Benachrichtigen Sie telefonisch die Grenzstation«, ordnete er an. »Lassen Sie um jeden Preis den Zug anhalten. Sie sollen jede erdenkliche Ausrede gebrauchen, um das Gepäck zu durchsuchen. Sputen Sie sich, Mann, jeder Moment ist kostbar. Das Leben einer Frau und der Lauf der Geschichte hängen davon ab, daß Sie sich beeilen!«

Der Wachtmeister, der in jahrelanger Ausbildung darauf gedrillt war, scharfen Befehlen zu gehorchen, setzte sich ohne weiteren Einspruch in Bewegung.

»Sie werden die Güte haben, uns zu begleiten«, informierte Holmes den Stationsvorsteher, und der arme Mensch ergab sich achselzuckend in sein Schicksal. Der Lokomotivführer überprüfte gerade die Räder, wurde aber schnellstens ins Bild gesetzt. Er hob die Augenbrauen, als der Stationsvorsteher ihm zu verstehen gab, daß er ab sofort der Fahrer eines Extrazuges sei, traf aber alle nötigen Vorbereitungen, die Lokomotive aus der Station zu fahren.

»Wohin?« fragte er, als er sah, daß der Stationsvorsteher nicht die Absicht hatte, den Zug zu verlassen.

»Nach München«, befahl Holmes und zeigte ihm den Revolver. »Doktor«, wandte er sich gleich darauf an Freud, noch bevor der Lokomotivführer antworten konnte, »es ist nicht nötig, daß Sie mitkommen. Wollen Sie lieber hierbleiben?«

Sigmund Freud lächelte wehmütig und schüttelte den Kopf.

»Ich bin inzwischen zu sehr in die Affäre verwickelt, als das ich jetzt aufgeben könnte«, sagte er, tapfer, wie er nun einmal war, »und ich habe mein eigenes Hühnchen mit dem Baron zu rupfen. Außerdem ist die Frau meine Patientin.«

»Ausgezeichnet. Jetzt –«

»Aber wir haben nicht genug Brennstoff, um nach München zu kommen«, protestierte der Lokomotivführer, nachdem er den ersten Schrecken über den Revolver und das weit entfernte Reiseziel überwunden hatte, »und die Weichen – die Weichen sind falsch gestellt!«

»Mit dem ersten Problem werden wir schon fertigwerden, wenn die Zeit gekommen ist«, erwiderte ich. »Und die Weichen werden wir selbst während der Fahrt umstellen.«

»Sie setzen mich immer wieder in Erstaunen, Watson.« Holmes lächelte spöttisch. »Auf geht's – mit Höchstgeschwindigkeit!«

Lokomotivführer und Stationsvorsteher starrten einander hilflos an. Der Stationsvorsteher nickte resigniert, der Lokomotivführer stieß einen pessimistischen Seufzer aus, drehte ein Rad, und wir rollten davon.

KAPITEL FÜNFZEHN

Verfolgung!

Von Höchstgeschwindigkeit konnte natürlich gar keine Rede sein, schon gar nicht während der Ausfahrt aus Wien. Es mußten zu viele Weichen gestellt werden, und die Strecke, die um die Wiener Vororte herumführte, war nicht für Schnellverkehr angelegt. So war die erste halbe Stunde wirklich nervenaufreibend. Dr. Freud und ich mußten ständig von der Maschine springen, um nach den Anweisungen des Fahrers zahllose Weichen umzustellen, während Holmes mit Hilfe des Revolvers dafür sorgte, daß weder der Stationsvorsteher noch der Fahrer auf falsche Gedanken kamen.

Es wurde zusehends dunkel, was uns unsere Aufgabe zusätzlich erschwerte. Die Weichen waren schwer zu erkennen, und außerdem mußten wir sie aus Sicherheitsgründen wieder nach Vorbeifahrt des Zuges zurückstellen, denn wir wollten keinen Unfall verursachen.

Es wäre, wie Holmes feststellte, ironisch gewesen, wenn wir, um eine Frau zu retten, Hunderte von Menschen getötet hätten.

Dazu kam, daß die Weichen schwer zu bewegen waren. Es erforderte manchmal die Kraft zweier Männer, sie zu wechseln. Ich war dankbar, daß Freud sich entschieden hatte, uns zu begleiten. Ohne ihn wäre unsere Situation unerträglich gewesen.

Wir kamen durch den Hernalser Park, von dem ich der Dunkelheit wegen nicht viel sah, und fuhren weiter in Richtung Süden, um auf die Hauptstrecke zu gelangen. Sie startete von dem großen Bahnhof, in dem Holmes und ich einst – es schien Äonen her zu sein – angekommen waren.

Die Weichen nahmen kein Ende, und Freud und ich waren wirklich in Schweiß gebadet, nachdem der letzte Wechsel vorüber war und wir wirklich und wahrhaftig mit zunehmender Geschwindigkeit in die Nacht hineinrauschten.

Inzwischen hatte Holmes dem Lokomotivführer und dem Stationsvorsteher die Umstände erklärt, und sie waren wie ausgewechselt. Man brauchte sie nicht mehr mit dem Revolver zu bedrohen – den Holmes allerdings für alle Fälle in der Tasche behielt –, sie waren auch so bereit, ihr möglichstes zu tun.

Die Nachtluft war kühl, aber es gab genug zu tun, um uns warm zu halten. Wer nie in seinem Leben Kohle geschaufelt hat, der kann sich nicht vorstellen, wie anstrengend es ist. Aber um schnell genug zu sein, den Zug des Barons zu überholen, mußte der Kessel mit Kohlen vollgepackt werden.

Und wie wir packten! Während Städte und Felder in der Dunkelheit an uns vorbeiflogen, schaufelten Freud und ich, als ob unser Leben davon abhinge. Ich gab als erster auf. Meine Beinverletzung war während des Weichenwechsels immer schmerzhafter geworden. In meiner Erregung hatte ich es nicht bemerkt, aber jetzt machte mir der pochende Schmerz zu schaffen. Ich war der Jezail-Kugel, die mich vor so vielen Jahren bei der Schlacht von Maiwand in Afghanistan getroffen hatte, nur zu gewahr.

Bis Neulengbach hielt ich aus, dann mußte Holmes für mich einspringen. Er übergab mir die Waffe, und ich ließ mich, mit dem Rücken gegen eine der Eisenwände gelehnt, auf den Boden sinken und hielt mein Bein, ohne jedoch den Revolver aus den Augen zu lassen. Ich spürte jetzt die Kälte des Nachtwindes und begann zu zittern, aber ich biß die Zähne zusammen und ließ mir nichts anmerken. Meine Freunde hatten schon genug zu tun.

Aber Holmes, der sich mit einer leeren Schaufel umwandte, bemerkte meinen Zustand. Ohne ein Wort legte er die Schaufel hin, nahm seine Pelerine ab und warf sie mir über. Zum Sprechen war keine Zeit. Ich sah ihn nur dankbar an, und er nickte kurz und klopfte mir tröstend auf die Schulter, bevor er die Arbeit wieder aufnahm.

Es war ein Anblick, den ich nie vergessen werde – der größte Detektiv der Welt und der Begründer der Psychoanalyse Seite an Seite in Hemdsärmeln, die Kohlenschaufel schwingend, als ob sie zu dieser Arbeit geboren wären!

Freuds Kräfte ließen allerdings zusehends nach. Er hatte soviel getan wie ich, und wenn ihn auch keine alte Wunde behindert, so war doch klar, daß er solche Anstrengungen nicht gewöhnt war.

Holmes erfaßte die Situation und befahl ihm, zu pausieren. Er bat den Stationsvorsteher, den Platz des Doktors einzunehmen. Dieser war gerne dazu bereit und streckte die Hand nach der Schaufel aus. (Wäre der Raum zwischen Tender und Lokomotive nicht so schmal gewesen, hätte er uns zweifellos schon vorher geholfen, aber es war nur Platz für zwei.)

Freud weigerte sich, die Schaufel herzugeben, und behauptete, er sei noch stark genug. Aber Holmes beharrte darauf, daß Freud jetzt ausruhen müsse, um später jemand anderen zu entlasten. Die Meinungsverschiedenheit dauerte an, während wir Boheimkirchen passierten, aber Freud gab schließlich nach und überließ die Schaufel dem Stationsvorsteher, der sich energisch an die Arbeit machte.

Freud zog seufzend sein Jackett über und setzte sich mir gegenüber.

»Zigarre?« schrie er.

Er hielt mir eine hin, und ich nahm dankbar an. Freud rauchte vorzügliche Zigarren, und er rauchte sie ununterbrochen, ganz wie Holmes seine Pfeife. Nur war Holmes weniger wählerisch, was die Qualität des Tabaks betraf, was entsprechende Geruchseffekte zur Folge hatte.

Freud und ich rauchten schweigend. Holmes und der Stationsvorsteher fuhren fort, Kohle in den Kessel zu häufen, während der Lokomotivführer die Druckmesser, die Regler und die Schienen vor uns im Auge behielt. Sein besorgter Ausdruck verriet Mißbilligung über die Art und Weise, in der seine Lokomotive behandelt wurde. Einmal fordert er die Heizer nach kurzer Prüfung des Druckmessers auf, nicht so viel Kohle zu verbrennen.

»Sonst explodiert sie!« schrie er durch den Lärm.

»Das wird sie nicht!« erwiderte der Stationsvorsteher ärgerlich. »Achten Sie nicht auf ihn, Herr Holmes. Ich habe Lokomotiven wie diese gefahren, als er noch kurze Hosen trug. Explodieren!« wetterte er und warf eine gehäufte Schaufel voll in die Eingeweide der Maschine. »Diese Lokomotive wurde von der Firma von Leinsdorf gebaut, und wer hat jemals von einem Von-Leinsdorf-Kessel gehört, der explodiert ist. Ha! Hören Sie nicht auf ihn, Herr Holmes. Das ist die junge Generation: keine Courage, kein Unternehmungsgeist – und kein Respekt vor der älteren Generation!« Und er schwang seine Faust gegen den eingeschüchterten Lokomotivführer.

»Einen Augenblick«, unterbrach ihn Holmes. »Wollen Sie damit sagen, daß diese Lokomotive aus der Fabrik des Baron von Leinsdorf stammt?«

»Ja, mein Herr, allerdings. Sehen Sie diese Platte?« Er häufte noch eine Schaufel voll auf das weißglühende Feuer, dann wischte er mit seinem rußigen Taschentuch an einer verschmutzten Plakette über meinem Kopf herum.

»Sehen Sie?« brüllte er.

Holmes betrachtete die Platte neugierig und lächelte.

»Was ist, Herr Holmes?«

»Ironie, mein Freund, Ironie. Gehen wir wieder an die Arbeit.«

Und so brausten wir durch die Nacht. Der Stationsvorsteher ließ uns wissen, daß der Zug des Barons zwei Wagen mehr hatte und die Lokomotive, die in wenigen Stunden hatte aufgetrieben werden müssen, nicht so stark war wie unsere. Diese Nachrichten hoben unsere Lebensgeister. Wir passierten St. Polan, eine größere Stadt, in der eine Weiche gewechselt werden mußte, und Melk, letzteres in einer Geschwindigkeit, die ich nicht zu schätzen wagte.

»Wir müssen eine Entscheidung treffen«, brüllte der Stationsvorsteher durch den Maschinenlärm, nachdem wir Melk hinter uns gelassen hatten. »Wollen Sie durch Linz fahren?«

»Was gibt es für Alternativen?« rief Holmes dem Stationsvorsteher ins Ohr.

»Linz liegt an der kürzeren Route nach Salzburg«, erklärte uns der brave Mann und formte dieses Mal die Hände zu einem Sprachrohr, um sich besser verständlich zu machen, »aber Linz selbst wird uns aufhalten. Es sind viele Weichen zu wechseln. Die südliche Route bringt uns durch Amstetten und Steyr, das bedeutet weniger Weichen und weniger Eisenbahner, die uns beobachten könnten. Sie müssen sich entscheiden, bevor wir Pöchlarn erreichen. Die südliche Strecke ist wohl nicht so gut instand«, fügte er noch hinzu.

»Aber befahrbar?«

Der Stationsvorsteher drehte sich zum Lokomotivführer um, der die Schultern hob und nickte. Holmes blickte mit fragendem Gesicht zu mir und Freud hinunter.

»Woher wissen wir, daß der Baron in Richtung Salzburg fährt?« fragte Freud. »Vielleicht fährt er über Braunau.«

»Nein, das kann ich Ihnen versichern«, antwortete der Mann. »Wenn ein Extrazug bestellt wird, dann wird die Route festgelegt und der Weichenwechsel im voraus telegraphisch veranlaßt. Ich habe selbst die Strecke für den Baron frei gemacht, ich kennen also seine Route.«

»Das trifft sich glücklich«, warf Holmes ein. »Was schlagen Sie vor?«

Der Stationsvorsteher dachte einen Augenblick nach, wobei er an seinem Schnurrbart zerrte und ihn mit Ruß bestaubte.

»Ich bin für die Südstrecke.«

»Also gut.«

Und so verlangsamten wir unsere Fahrt im Städtchen Pöchlarn, und Holmes selbst stieg aus dem Zug, um die Weiche zu stellen.

Dr. Freud und ich waren inzwischen ausgeruht und bereit, die Arbeit wieder aufzunehmen, was wir auch taten, als wir auf Anstetten zufuhren. Ich stellte fest, daß unser Kohlenvorrat rapide abnahm, und teilte es Holmes mit, als ich mit einer Ladung aus dem Tender zurückkam. Freud blieb zurück und scharrte die Reste zusammen. Holmes nickte, sagte aber nichts, da er das Streichholz, mit dem er sich gerade eine Pfeife anzündete, vor dem Wind abschirmen mußte.

»Wieviel haben wir noch übrig?« fragte er schließlich den Stationsvorsteher. Dieser kehrte mit mir zum Tender zurück, dann inspizierte er die Meßinstrumente des Fahrers.

»Wenn wir es bis Steyr schaffen, haben wir Glück.«

Holmes nickte erneut, stand auf, ergriff das Eisengeländer des Tenders und wand sich außen daran entlang zu dem einsamen Weg hin, den wir hinter uns herzogen. Ich unterbrach mein Schaufeln und hielt den Atem an. Ich fürchtete, er könnte bei der schnellen Fahrt den Halt verlieren und hinuntergeschleudert werden. Seine Pelerine, die ich ihm zurückgegeben hatte, blähte sich um ihn wie ein Segel, und der Wind entriß ihm die Reisekappe mit den Ohrenklappen.

Für eine Weile geriet er außer Sichtweite, und ich kehrte zu Freud und meiner Kohlenschaufel zurück, aber seine anhaltende Abwesenheit beunruhigte mich. Ich wollte das gerade dem Doktor anvertrauen, als Holmes von hinten in den Tender kletterte und einen Haufen Vorhänge und anderes Brennmaterial auf den Boden warf.

»Nehmen Sie das«, instruierte er uns, »ich bringe mehr.«

Womit er wieder aus dem Tender verschwand.

Es wäre sicher lehrreich – und sogar belustigend –, im einzelnen zu beschreiben, wie wir den unglückseligen Wagen auseinandernahmen und ihn verbrannten. Stück für Stück, Sitz für Sitz, Fensterrahmen für Fensterrahmen, Tür für Tür. Es wäre interessant, aber eine solch ausgedehnte Abschweifung wäre hier nicht angemessen.

Es genügt zu sagen, daß wir alle daran mitwirkten außer dem Fahrer, der sich standhaft weigerte und uns vorwarf, Eigentum der Eisenbahn zu beschädigen. Der Stationsvorsteher bedachte ihn mit einem sehr eindrucksvoll klingenden deutschen Fluch, von dessen Inhalt ich nur soviel verstand, daß er sich in irgendeiner Weise auf des Mannes Mutter bezog, dann nahm er eine Axt aus der Nische über der Plakette und begann, mit gutem Beispiel voranzugehen und den Wagen zu bearbeiten.

Während wir auf unserer wilden Jagd durch die Nacht rasten, verschwand der Wagen Stück für Stück, und unsere Geschwindigkeit ließ nicht nach. Wir hielten nur an, um die Weichen zu stellen, die für unsere Umgehungsroute nötig waren, und einmal, gegen fünf Uhr morgens, hielten wir auf Anweisung des Lokomotivführers in Ebensee, um Wasser aufzunehmen. Das dauerte einige Minuten, und eine Masse Dampf stieg unter Pfeifen und Funkensprühen in die frühe Morgenluft, aber der Lokomotivführer schien sehr erleichtert. Wir eilten weiter und erbauten uns an den Versicherungen des Stationsvorstehers, daß der Baron auf dem großen Bahnhof von Linz sicher schlimmere Widrigkeiten durchzustehen hatte.

Morgenlicht brach durch die Wolken und leuchtete in roten und orangefarbenen Streifen, als wir die letzten

Weichen in Bad Ischl stellten. Ein paar verblüffte Eisenbahner starrten uns an und schrien uns nach, während wir durch den Bahnhof rasten. Ich lehnte aus dem Fenster und sah sie wie die Ameisen in ein Dutzend verschiedene Richtungen rennen.

»Sie werden zur nächsten Station telegraphieren«, prophezeite ich.

Der Stationsvorsteher nickte heftig und breitete hilflos die Hände aus.

»Das Risiko müssen wir auf uns nehmen«, entschied Holmes, »es bleibt uns nichts anderes übrig. Fahren Sie zu!«

Und wir schossen weiter voran, während hinter uns die Sonne aufging und einige liebliche Seen zu unserer Rechten in ihren Strahlen glitzerten. Die Landschaft war genau so prächtig, wie ich sie auf unserem Hinweg nach Wien gefunden hatte, nur war keine Zeit, sie zu bewundern.

Denn jetzt saß ich nicht müßig in einem komfortablen Abteil und bewunderte voll philosophischer Gedanken die schneebedeckten Gipfel durch das Fenster, nein, ich war im Begriff, ein ganz ähnliches Fenster zu demolieren, während Holmes mit einigen Werkzeugen auf dem Dach des Waggons stand, das er Stück für Stück auseinandernahm und durch ein Loch in den Gang darunter warf. Hier wurde es von Dr. Freud eingesammelt und in den Tender gebracht, von wo aus der Stationsvorsteher es auf unser immer noch brennendes Feuer warf.

Die Stadt Salzburg war jetzt klar zu sehen, und ich brachte eben eine neue Ladung zu dem Trümmerhaufen im Korridor, als uns Schreie des Lokomotivführers und des Stationsvorstehers nach vorne lockten.

Wunder über Wunder! Noch keine drei Meilen entfernt sahen wir einen Zug mit Lokomotive, einem Tender und drei Wagen in südwestlicher Richtung fahren.

»Da sind sie!« rief Holmes begeistert und mit strahlenden Augen. »Berger, Sie sind ein Genie!«

Er umarmte aufgeregt den erstaunten Stationsvorsteher, dann hielt er inne und beobachtete, wie der Zug ein oder zwei Meilen vor uns auf die Strecke nach Salzburg einbog. Wenn der Baron und seine Begleiter unseren Zug gesehen hatten oder irgendeinen Verdacht hegten, dann gaben sie es nicht zu erkennen. Nach einer weiteren Meile mußten wir anhalten und das letzte Paar Weichen wechseln, um uns unmittelbar an die Fersen des Barons zu heften.

KAPITEL SECHZEHN

Was dann geschah

»Jetzt brauchen wir allen verfügbaren Dampf«, befahl Holmes und gebrauchte die Hände als Sprachrohr. »Und keine Sorgen mehr wegen der Weichen. Die sind alle schon für den Zug des Barons umgestellt worden. Wir müssen ihrer habhaft werden, bevor sie die Grenze an der Salzach erreichen.«

Kurz zuvor noch waren wir alle bis zum Zusammenbrechen erschöpft gewesen, jetzt aber, angefeuert vom Anblick unserer Beute, befolgten wir willig Holmes' Anordnungen und rasten herum wie die Wilden, um mehr und mehr Überreste eines einstmals stolzen Eisenbahnwaggons auf das Feuer zu häufen. Als wir Salzburg näher kamen, begannen sich die Gleise vor uns in einem Labyrinth zu verzweigen, das so komplex war wie der menschliche Blutkreislauf. Wäre nur eine dieser Weichen schon zurückgestellt gewesen, wir wären alle nicht mehr am Leben. Der Lokomotivführer verlor gänzlich die Nerven. Sein Platz wurde sogleich von dem vitalen Stationsvorsteher Berger eingenommen, während der verängstigte Mensch sich darauf beschränkte, vorsichtig Holzstücke aufs Feuer zu werfen. Er wagte nicht mehr, hinauszusehen.

Wieder näherten wir uns dem Zug des Barons, und Holmes feuerte den Revolver in die Luft, um die Aufmerksamkeit der Insassen auf uns zu lenken. Es war überflüssig, denn sie hatten uns bereits gesehen. Ich konnte zwei Köpfe im Lokomotivfenster erkennen, und gleich darauf beschleunigte der Zug seine Fahrt.

Die Stadt Salzburg flog wie im Wirbel an uns vorüber. Ich fand – genau wie der unselige Lokomotivführer –, daß es besser war, nicht die Gleise anzusehen. Allerdings war es unmöglich, den Bahnhof und die entsetzt starrenden Leute darin zu ignorieren. Der Zug des Barons überschritt bei weitem die vorgeschriebene Geschwindigkeit, aber noch ein zweiter Zug, der ebenso raste – das war nicht nur erstaunlich, sondern auch gefährlich! Ich vernahm unscharf das Gellen verschiedener Pfeifen (eine davon war unsere, von Berger betätigt) und lautes Geschrei.

Nachdem der Bahnhof passiert war, ging es nur noch um Minuten, bis der Baron die Salzach erreichen und die Grenze nach Bayern überqueren würde. Blind und taub für alles andere, warfen wir jetzt die Reste des Waggons mit unglaublicher Eile aufs Feuer.

»Die Schranken sind geschlossen!« rief Freud und wies auf die Grenzbarrieren, die der Extrazug des Barons soeben passiert hatte.

»Wir müssen sie rammen«, gebot Holmes, und wir durchbrachen die Barriere und ließen Holzstücke und -splitter in alle Himmelsrichtungen fliegen.

Jetzt, in Bayern, begann unsere Lokomotive sich zu bewähren, und wir begannen ernstlich, unseren Flüchtling einzuholen. Während einer unserer Atempausen konnten wir jemanden seine Fäuste gegen uns schütteln sehen, und kurz darauf hörten wir Schüsse.

»Runter!« kommandierte Holmes, und wir ließen uns zu Boden fallen – alle, außer dem unbedarften Lokomotivführer, der ausgerechnet diesen Moment wählte, um einen Blick hinauszuwerfen, und eine Kugel in die Schulter erhielt. Er drehte sich wie eine am Faden gezogene Marionette und wurde gegen den Tender geschleudert. Holmes winkte mir, ihn zu betreuen, während er und Freud mehr Brennstoff holten. Ich kroch zu dem unglückseligen Mann hinüber und stellte fest, daß die Wunde nicht gefährlich, wenn auch schmerzhaft war. Ich stillte das Blut und verband ihn, denn ich hatte das Nötigste in der Reisetasche. Die Kugel zu entfernen, war mir im Moment nicht möglich. Unsere Lokomotive zitterte fürchterlich, und meine Skalpelle waren alle stumpf, nachdem wir sie zum Aufschlitzen der Sitze benutzt hatten.

Freud und Holmes kehrten mit einer letzten Ladung improvisierten Brennmaterials zurück und teilten mit, daß nun nichts Verwendbares mehr von dem Waggon übrig sei. Es war eine Frage von jetzt oder nie. Ging das Feuer aus – und es sah ganz so aus, als müßte es das –, war unser Spiel verloren.

»Hängen Sie den Rest des Wagens ab«, schlug der Stationsvorsteher vor, »das wird unser Tempo beschleunigen.«

Holmes nickte und bat mich, mitzukommen. Freud kümmerte sich um den Lokomotivführer. Wir kletterten durch den leeren Tender und standen über der Kupplung, die ihn mit dem Wagen verband. Unter uns sausten die Schienen in beängstigendem Tempo vorbei. Holmes grätschte über den riesigen Eisenklammern, während ich, auf dem Bauche liegend, seine Mitte umklammert hielt.

Erst entfernte er die schweren Ringe, die für den Notfall angebracht waren, und dann löste er die drehbaren Bolzen, die Wagen und Tender aneinanderketteten. Bei der hohen Geschwindigkeit und dem markerschütternden Getöse war das eine schwierige Arbeit, wie ich an seinen anstrengenden Bewegungen erkennen konnte. Ich konnte in meiner Stellung nicht genau sehen, was er tat, und meine Arme begannen langsam zu schmerzen, als ich eine plötzliche Entlastung und erhöhte Geschwindigkeit spürte. Hätte ich ihn nicht eisern festgehalten, wäre Holmes in seinen Tod gestürzt.

Ich hielt ihn fest und zog ihn langsam in den Tender, eine Aufgabe, die endlos zu dauernd schien und die ich nicht gerne noch einmal bewältigen möchte. Nachdem er sicher gelandet war, nickte Holmes heftig und beugte sich vor, um Atem zu schöpfen.

»Keiner soll sagen, Sie wären nicht mehr als mein Boswell, Watson«, stieß er hervor, als er wieder sprechen konnte, »keiner soll das sagen.«

Ich lächelte und folgte ihm durch den Tender, den wir mit Vorsicht überquerten, da immer noch Schüsse in unsere Richtung abgefeuert wurden. Allerdings war bei der Distanz und dem Tempo die Verwundung des Lokomotivführers wirklich eher zufällig gewesen.

Wir gelangten wieder in die Zugmaschine und blickten hinaus. Es gab keinen Zweifel mehr, wir waren dabei, den Zug des Barons einzuholen. Ich schlug vor, auch den Tender abzuhängen, da er sowieso keinen Brennstoff mehr enthielt, aber Berger warnte uns, daß er als Gegengewicht diene und daß es bei unserer Geschwindigkeit gefährlich sei, auf ihn zu verzichten.

Wir hatten jeden Fetzen brennbaren Materials verbraucht; wir hatten das Fahrgestell unseres eigenen Wagens abgehängt. Mehr konnten wir nicht tun. Konnten wir jetzt den Zug nicht einholen, dann waren alle unsere Bemühungen umsonst. Mir schauderte bei dem Gedanken an die internationalen Auswirkungen unserer Grenzüberquerung, ganz zu schweigen von der Art und Weise, mit der wir die Dienstvorschriften der Eisenbahn mißachtet hatten. Beschädigung von Eigentum der Bahn – das konnte man wohl sagen!

Ich konnte sehen, wie die Nadel an dem Druckmesser von ihrer bisher konstant gebliebenen Position (einige Grade rechts von der roten Gefahrenzone) abwärts sank, und Holmes stieß einen Seufzer aus, den man über das Röhren der Kolben und des Kessels hinweg vernehmen konnte.

»Wir haben verloren«, schrie er.

Und so wäre es auch gekommen, hätte der Baron, in seinem Drange zu entrinnen, nicht einen entscheidenden Fehler begangen. Ich hatte gerade ein gekünsteltes Wort der Ermunterung auf den Lippen, als mir der letzte Wagen vom Zug des Barons ins Auge fiel, der mit bedrohlicher Geschwindigkeit auf uns zuzukommen schien.

»Holmes!« Ich zeigte in die Richtung. »Er hat einen seiner Wagen abgehängt!« Berger hatte es fast gleichzeitig gesehen und warf die Hebel um, so schnell er konnte. Ich spürte, wie die Räder unter uns erstarrten, und sah die Funken von den Schienen sprühen. Zwanzig quälende Sekunden lang sausten wir quietschend, ohne merklich vermindertes Tempo, auf den Wagen zu. Jeder bereitete sich auf den Zusammenstoß vor, und Freud hielt den verwundeten Fahrer, aber im letzten Moment wurde uns klar, daß nichts geschehen würde. Der Baron hatte sich der Bürde an einem Gefälle entledigt, und der Wagen, der vorher mit scharfem Tempo gezogen worden war, rollte jetzt, den unumstößlichen Gesetzen der Triebkraft folgend, in munterer Fahrt vor uns durch die Berge. Er war allerdings langsam genug, um uns zu rammen, wäre Bergers Reaktion nicht so prompt gewesen.

Holmes, der die Situation durchschaute, warf seine Pelerine ab und bewegte sich auf das Vorderteil der Maschine zu.

»Öffnen Sie!« schrie er. »Wir können uns anhängen!«

Die Verwegenheit des Vorhabens ließ Berger einen Moment zögern, dann nickte er und öffnete die Klappe. Die Stangen, die am Kessel entlangliefen, waren heiß, und Holmes mußte seine Jacke ausziehen, um seine Hände zu schützen, während er sich an der schweren Lokomotive entlang arbeitete.

Freud, Berger, der Lokomotivführer (der auf die Füße gekommen war) und ich sahen atemlos zu, wie Holmes sich Zentimeter für Zentimeter voranbewegte, während der abgehängte Wagen des Barons wieder bedrohlich näher rückte.

Aber Berger war der Meister seines Fachs und glitt, so sanft es bei der Geschwindigkeit beider Fahrzeuge überhaupt möglich war, an den Wagen heran. Es gab einen kurzen Stoß, doch weder Lokomotive noch Wagen entgleisten, und als das Gefälle in eine Steigung überging, machte unser neuer Waggon keinerlei Schwierigkeiten.

Es gelang Holmes, ihn zu erklimmen, und er winkte uns, ihm zu folgen. Ich wollte mich aufmachen, aber Freud hielt mich am Arm fest.

»Das können Sie Ihrem Bein nicht zumuten«, schrie er

mir ins Ohr. Er zog wie Holmes seine Jacke aus und folgte dem Detektiv.

Er kehrte bald darauf mit einem Bündel Vorhänge zurück, die wir ins Feuer warfen, und Holmes, der mehr Brennstoff herbeischleppte, äußerte die Annahme, daß es nicht ungefährlich sei, auf den Tender zu verzichten. Berger gab zu, daß es möglich (wenn auch nicht ratsam) sei, und so machten wir uns daran, ihn abzuhängen, was nicht viel Zeit in Anspruch nahm. Holmes brachte wieder Brennmaterial, und unser Druckmesser begann zu steigen. Um das Gewicht des Tenders erleichtert und mit neuem Brennstoff versehen, begannen wir wieder aufzuholen. Holmes ging zu Berger hinüber und sprach eindringlich in sein Ohr. Der Mann fuhr erschrocken zusammen und starrte ihn an, dann resignierte er und schlug ihm auf die Schulter. Holmes kehrte zu mir zurück und verlangte den Revolver.

»Was haben Sie vor?« fragte ich und gab ihm die Waffe.

»Das, was in meinen Kräften steht«, erwiderte er, Freuds Antwort auf eine ähnliche Frage wiederholend. »Watson, alter Freund, sollten wir uns nie wiedersehen, bewahren Sie mich in guter Erinnerung.«

»Aber Holmes –«

Er ergriff meine Hand und drückte sie, daß mir die Worte vergingen, dann wandte er sich an Dr. Freud.

»Muß es sein?« fragte Freud. Er wußte so wenig wie ich, was der Detektiv vorhatte, aber es klang verhängnisvoll genug.

»Ich fürchte, es muß sein«, erwiderte Holmes. »Jedenfalls sehe ich keine andere Möglichkeit. Leben Sie wohl, Sigmund Freud, und möge Gott Sie segnen für alles, was Sie getan haben, und für den Dienst, den Sie der Menschheit erweisen; und dafür, daß Sie mein eigenes armseliges Leben gerettet haben.«

»Das tat ich aber nicht, damit Sie es jetzt aufs Spiel setzen«, protestierte Freud, und es schien mir, daß seine Augen feucht wurden, obwohl das wohl auch von der Hitze, dem Ruß oder dem Wind herrühren mochte.

Holmes konnte ihn ohnehin nicht hören, denn er war wieder unterwegs zu dem Wagen, den wir vor uns herschoben, während wir dem Zug des Barons immer näher kamen.

Wir waren so vertieft darin, Holmes Vorwärtskommen zu verfolgen, daß wir den Zug, der uns auf dem Parallelgleis entgegenkam, erst erspähten, als er uns fast erreicht hatte. Holmes, der auf seine Füße zu achten hatte, nahm ihn nicht wahr und konnte nicht unsere verzweifelten Rufe hören. Der Zug, der wenige Millimeter an ihm vorbeibrauste, erschreckte ihn so sehr, daß er seinen Halt verlor und beinahe in die Tiefe stürzte. Aber er griff schnell wieder nach und gab uns mit einem Ruck seines Kopfes zu verstehen, daß er unverletzt sei. Dann verschwand er in dem leeren Wagen.

Was sich dann abspielte, ist schwer zu beschreiben. Ich habe oft davon geträumt und auch Erinnerungen mit Freud darüber ausgetauscht, aber es geschah so schnell und inmitten solcher Konfusion, daß die Ereignisse sich in unserem Gedächtnis verwischt haben.

Berger hatte den Zug des Barons jetzt eingeholt und preßte den Wagen, den wir vor uns herschoben, in die beiden anderen. Während wir uns durch die enormen Berge wanden, paßte er sich dem Tempo des Barons an, indem er die Geschwindigkeit drosselte oder beschleunigte, je nachdem, was der andere Lokomotivführer tat.

Auf diese Weise schossen wir in einen Tunnel, und in

der Dunkelheit waren Schüsse zu hören, deren Echo sogar den Maschinenlärm der beiden Züge übertönte. Im nächsten Augenblick waren wir wieder im Freien. Ich konnte die Spannung nicht mehr ertragen und beschloß, ohne Rücksicht auf mein Bein, meinem Freund zu folgen. Freud wußte, daß er mich diesmal nicht davon abbringen konnte, und wir machten uns gemeinsam auf den Weg, als der Fahrer einen Schrei ausstieß.

Jemand kletterte über das Dach des letzten Wagens am Zug des Barons. Es war ein schwarz gekleideter Mann in glänzend polierten Stiefeln, der eine Pistole in der einen und einen Säbel in der anderen Hand hielt.

»Es ist der Baron!« rief Freud.

Oh, wie wünschte ich mir in diesem Augenblick, meinen Revolver oder irgendeine andere Waffe zu haben! Wenn er Holmes umgebracht hatte und jetzt beabsichtigte, auf uns zu schießen, dann waren wir verloren. Ohne den Tender waren wir ungeschützt vor dem Mann auf dem Wagendach. Ich fürchtete in diesem Moment nicht so sehr den Tod, als vielmehr den Gedanken, zu sterben, ohne Holmes gerächt zu haben.

Aber mein Freund war am Leben! Eine zweite Figur erschien auf dem Dach am anderen Ende des Wagens. Es war Sherlock Holmes, der wie der Baron mit Revolver und Säbel bewaffnet war. Wie die Säbel in den Zug geraten waren, erfuhr ich erst später.

Während wir die pittoreske bayerische Landschaft durcheilten, standen die beiden Männer sich an den entgegengesetzten Enden des Wagens gegenüber. Sie schienen fast bewegungslos, wenn man von ihren Versuchen absah, auf dem Dach des schwankenden Wagens das Gleichgewicht nicht zu verlieren. Eben das kostete Holmes einen Moment lang seinen Halt; er stolperte, und der

Baron riß den Revolver herum und feuerte. Er hatte allerdings nicht mit dem plötzlichen Rucken gerechnet, das auch Holmes hatte abrutschen lassen. Er war so heftig hin und her geschüttelt, während er zielte, daß der Schuß weit daneben ging. Er versuchte es wieder, als Holmes sich aufrichtete, aber sein Revolver schnappte nur. Entweder waren keine Kugeln mehr darin, oder er hatte eine Ladehemmung. Wütend schleuderte der Baron ihn beiseite. Automatisch hob Holmes seine Waffe und zielte.

Aber er gab keinen Schuß ab.

»Holmes! Schießen Sie doch! Schießen Sie!« schrien wir.

Er schien uns nicht zu hören, noch achtete er auf unsere Warnrufe, als ein Tunnel hinter ihm auftauchte. Der Baron wich keinen Zentimeter zurück, während der Tod in Form eines steinernen Bogens nur wenige Schritte von dem Detektiv entfernt war.

Ironischerweise war es der Baron, der ihn rettete. Als er den Tunnel sah, verlor er die Nerven und warf sich flach auf den Wagen. Holmes erkannte sogleich den Grund dieses Manövers und tat dasselbe, wobei ihm der Revolver aus der Hand flog.

Dieser zweite Tunnel schien kein Ende zu nehmen. Was ging dort oben vor? Wand der Schurke sich jetzt im Schutz der Dunkelheit auf dem Dach entlang, um meinen Freund zu erdolchen? Solche Momente können einen in den Wahnsinn treiben.

Als wir wieder ans Tageslicht kamen, sahen wir die beiden Gegner vorsichtig balancierend aufeinander zugehen, die Säbel in den Händen.

Im nächsten Augenblick hatte der Kampf begonnen, und die Säbel kreuzten sich und blitzten in dem klaren Sonnenlicht. Hin und her fuhren die Waffen, während die

Duellanten darum rangen, den Halt nicht zu verlieren. Beide waren keine Amateure. Der junge Baron hatte sich in Heidelberg geschlagen – und hatte zum Beweis seine hübsche Narbe vorzuzeigen –, und Holmes war ein vorzüglicher Stockfechter und ein Meister im Fechten. Ich hatte ihn jedoch nie zuvor einen Säbel handhaben sehen, war aber auch noch nie Zeuge eines Duells auf so gefährlichem Terrain geworden.

Die Wahrheitsliebe zwingt mich zu gestehen, daß der Baron Holmes mit dem Säbel überlegen war. Er drängte ihn allmählich und unbarmherzig rückwärts auf das Ende des Wagens zu. Seine satanischen Züge verzogen sich in grinsender Vorfreude, als er seinen Vorteil erkannte.

»Näher heran!« brüllte ich Berger zu, und er beschleunigte – nicht eine Sekunde zu früh. Wir rammten erneut den Zug des Barons, gerade als Holmes einen Schritt zurücktrat. Hätten die Wagen sich nicht berührt, dann wäre es ein Schritt ins Nichts gewesen.

Der Baron verfolgte ihn mit der Beweglichkeit und Grazie eines Jaguars, noch bevor Berger Zeit hatte, uns durch Verlangsamen der Fahrt ein weiteres Mal von dem Wagen zu trennen. Wieder stolperte Holmes, und sein Gegner stürzte sich auf ihn, ohne eine Sekunde zu verlieren. Der Detektiv rollte zur Seite, um dem Stoß zu entgehen, aber der Säbel des Barons hatte getroffen, und ich sah Blut aus dem Arm seines Opfers fließen.

Und dann war es vorbei. Wie es geschah oder was genau vor sich ging, habe ich nie herausbekommen. Holmes selbst konnte sich nicht erinnern, aber es scheint, daß der Baron seine Waffe zurückzog, um ein zweites Mal zuzustechen, dabei ausglitt und sich auf Holmes' abwehrend erhobenem Säbel aufspießte.

Der Baron fuhr mit solcher Gewalt zurück, daß der

Säbelgriff der Hand meines Freundes entglitt; aber der Schurke hatte sich so wild darauf gestürzt, daß er sich die Waffe nicht aus dem Leib ziehen konnte. Einen Moment lang stand er auf dem Wagendach, schwankend, sein böses Gesicht war vor Entsetzen erstarrt. Schließlich stürzte er mit einem grauenvollen Schrei – ich höre ihn manchmal in meinen Träumen – in die Tiefe. Holmes blieb noch einige Zeit auf den Knien, hielt seinen Arm und bemühte sich, nicht vom Dach des Waggons herunterzurollen. Dann blickte er um sich und sah uns an.

Freud und ich kletterten so schnell wie möglich aus der Lokomotive zu ihm. Wir bekamen ihn zu fassen und brachten ihn vorsichtig über die Leiter am anderen Ende nach unten. Freud wollte die Wunde untersuchen, aber Holmes schüttelte beharrlich den Kopf und behauptete, es sei nur ein Kratzer. Er führte uns durch die zwei Waggons, aus denen der Zug des Barons noch bestand. Im ersten fanden wir die ausgestreckte Leiche des langen Butlers, den Holmes beim Betreten des Wagens mit seiner Kugel getroffen hatte. In einer Ecke verkrochen, saß jammernd, die herrlichen Züge in unbeherrschter Hysterie verzerrt, die Frau, die so überzeugend die Baronin von Leinsdorf gespielt hatte. Sie reagierte nicht, als wir vorbeikamen, sondern saß nur schluchzend wie ein verhätscheltes Kind da und wiegte sich wild hin und her. Der Wagen selbst war so luxuriös ausgestattet wie die Wiener Villa des Barons. An den Wänden, zwischen den Fenstern und Wandbehängen, waren zur Zierde Waffen angebracht und daher stammten auch die Säbel, die Holmes und der Baron benutzt hatten. Wir standen still, um all die Pracht zu bestaunen, aber Holmes drängte uns voran.

»Schnell!« beschwor er uns mit immer schwächer werdender Stimme. »Schnell!«

Er trat in den ersten Wagen, der das Gepäck enthielt – und zwar in großer Menge. In verzweifelter Hast begannen wir unter der Aufsicht des Detektivs die Suche zwischen den zahllosen Koffern aufzunehmen.

»Suchen Sie nach den Luftlöchern«, keuchte Holmes. Er hatte sich schwer auf den Säbel gestützt und lehnte sich zudem noch gegen das vergitterte Fenster.

»Hier!« rief Freud plötzlich aus. Er ergriff den Säbel und ließ ihn hinter das Schloß eines enormen Koffers gleiten. Mit aller Kraft gelang es ihm, den Riegel zu lösen, und dann warfen wir gemeinsam die Spangen zurück und brachen den Deckel auf.

Und da saß sie, lebendig und unverletzt, in demselben Zustand, in dem wir sie das letzte Mal gesehen hatten – die blaugrauen Augen offen, aber leeren Blicks – Nancy Osborn Slater von Leinsdorf.

Sherlock Holmes starrte eine Weile auf sie herab. Er schwankte leicht.

»Keine Rückhand«, murmelte er, und nach kurzer Pause: »Laßt uns diese Züge anhalten –« Dann fiel er in meine Arme.

KAPITEL SIEBZEHN

Das letzte Problem

»Verhindert haben wir den Krieg nicht«, bemerkte Sherlock Holmes und stellte seinen Kognak ab. »Bestenfalls haben wir ihn verschoben.«

»Aber –«

»Es ist kein Geheimnis, daß sich die Flotten bei Scapa Flow versammeln«, erwiderte er mit einem Anflug von Ungeduld, wenn auch nicht unfreundlich, »und wenn der Kaiser wegen der Balkanstaaten gegen Rußland in den Krieg ziehen will, dann wird er Mittel und Wege dazu finden. Jetzt, wo der Baron tot und die Baronin immer noch geisteskrank ist, wäre ich nicht überrascht, zu hören, daß die Regierung das Testament für null und nichtig erklärt hat, um eine Intestaterbschaft anzutreten. Dann«, und er drehte seinen Sessel, um Freud anzublicken, wobei er darauf achtete, die Schlinge an seinem Arm nicht zu verschieben, »dann werden Sie und ich uns vielleicht auf gegnerischen Seiten wiederfinden, Doktor.«

Wir waren wieder einmal in dem vertrauten Arbeitszimmer in der Berggasse 19. Allerdings war es unser letzter Aufenthalt in diesem freundlichen Raum, dessen raucherfüllte Atmosphäre mich immer mehr an Holmes' Wohnung in der Baker Street erinnerte.

Sigmund Freud schüttelte in melancholischer Zustimmung den Kopf und zündete sich eine Zigarre an.

»Gerade um diese Entwicklung zu vermeiden, habe ich Ihnen geholfen, aber ich kann den Wahrheitsgehalt Ihrer Prophezeiungen nicht in Zweifel stellen.« Er seufzte. »Womöglich waren alle unsere Mühen umsonst.«

»So weit würde ich nicht gehen«, lächelte Holmes, während er seine Position im Sessel noch einmal veränderte. Die Wunde in seinem Arm war nicht unkompliziert, denn der Säbel des Barons hatte einen Nerv geritzt, und jede Bewegung war schmerzhaft. Mit großer Anstrengung hielt er die Pfeife in seiner Linken, brachte sie langsam an die Lippen, um sie anzuzünden, und ließ die Hand ebenso langsam wieder sinken. »Wir haben schließlich Zeit gewonnen, das ist das entscheidende Resultat unserer Bemühungen. Können Sie sich an Marvells herrlichen Ausspruch erinnern, Watson? Hätten wir nur Welt genug und Zeit?« Er drehte sich leicht und sah mich an. »Die Welt braucht nichts mehr als Zeit. Läßt man ihr Zeit, dann wird die Menschheit vielleicht die schlechten Seiten in sich überwinden, die immer sinnlose Vergeudung und Zerstörung anstreben. Wenn unsere Arbeit nur eine Stunde Zeit gewann, den Zustand der Menschheit besser verstehen zu lernen, dann war sie nicht vergebens.«

»Unsere Arbeit hat noch anderen, unmittelbaren Nutzen gebracht«, versicherte ich den beiden. »Erstens haben wir diese unglückliche Frau vor einem furchtbaren Schicksal gerettet und zweitens... » Ich zögerte und brach verwirrt ab. Holmes lachte leise und spann meine Gedanken für mich weiter.

»Und zweitens hat Dr. Freud mein Leben gerettet. Wäre ich nicht nach Wien gekommen, und hätte Ihre Kur, lieber Herr, mich nicht geheilt, dann wäre mir sowohl dieser als auch mancher andere interessante kleine Fall entgangen, den das Schicksal noch für mich bereithalten mag. Und«, fügte er hinzu und hob sein Glas, »hätten Sie, mein lieber Watson, mich nicht gegen meinen Willen hierhergeschleppt, dann hätte Dr. Freud nie die Gelegenheit gehabt, einen hoffnungslosen Süchtigen zu heilen. Es ist schon so, ich schulde Ihnen beiden mein Leben. Was Watson angeht, so werde ich Zeit genug haben, ihm die Schuld zurückzuzahlen, aber wie kann ich Ihnen, Doktor, meinen Dank erweisen? Wenn meine Voraussagen zutreffen, dann sehen wir einander das letzte Mal für geraume Zeit, vielleicht für immer. Was kann ich tun?«

Sigmund Freud gab nicht sogleich eine Antwort. Er hatte auf seine unnachahmliche Art gelächelt, während Holmes sprach. Jetzt streifte er die Asche von der Zigarre und sah meinen Freund fest an.

»Lassen Sie mir eine Minute, um es zu überdenken«, bat er.

Unsere Reisetaschen waren gepackt; der Fall war abgeschlossen. Der Baron war tot, und ich würde bald in London bei meiner Frau sein. Die falsche Baronin von Leinsdorf war – wie Holmes vermutet hatte – eine amerikanische Schauspielerin gewesen, die nach der

Heimkehr ihrer Truppe in Europa geblieben war. Ihr richtiger Name war Diana Marlowe, und sie war während eines Gastspiels in Berlin von dem jungen Baron verführt worden. Man ließ sie frei, nachdem sie eine Aussage unterzeichnet hatte, die einem Geständnis gleichkam (und in der sie die gesetzwidrige Affäre zugab). Außerdem hatte sie ihren Namen unter ein Dokument gesetzt, in dem sie schwor, alle Vorfälle, in die sie verwickelt gewesen war, und die Namen aller Beteiligten, eingeschlossen Sherlock Holmes', zu verschweigen. Und es war ihr verboten, je wieder nach Österreich oder Deutschland zurückzukehren.

Die Polizeibehörden beider Länder wollten einen umfangreichen Skandal internationalen Ausmaßes vermeiden. Die Tatsachen waren schnell ans Licht gekommen; Berger und der verwundete Lokomotivführer gaben ihre eidlichen Aussagen ab und wurden, wie auch wir selbst, zu ewigem Schweigen verpflichtet. Auch dem energischen Wachtmeister der Wiener Schutzpolizei und seinen Leuten wurde eine solche Schweigepflicht auferlegt, obwohl es eigentlich allen Beteiligten klar war, daß sie gar keine andere Wahl hatten, als Stillschweigen zu bewahren. Die Täter in diesem üblen Unternehmen hatten ihr verdientes Ende gefunden, und da einige Zeit vergehen konnte, bevor die Baronin wieder sprach, hielten die Regierungen des österreichischen und des deutschen Kaiserreiches es offenbar unter den gegebenen Umständen für weise, ihre politischen Intrigen und Allianzen der Öffentlichkeit vorzuenthalten. Übrigens erfuhr ich später, daß es nicht der alte Kaiser selbst, sondern sein ränkevoller Neffe, der Erzherzog Franz Ferdinand, war, der sich auf die Kabale mit dem Graf von Schlieffen, Baron von Leinsdorf und dem Kanzleramt in Berlin eingelassen hatte. Auf Umwegen bekam der Herzog Jahre später doch noch seinen Willen: Nach dem Attentat an ihm in Sarajewo stellte Deutschland Österreich seine Waffen zur Verfügung, und der darauffolgende Krieg kostete den Kaiser seinen Thron. Ich habe während jener dunklen Jahre, mit denen unser Jahrhundert begann, oft an das Bild gedacht, das Sigmund Freud – mit Hilfe seiner Theorie über den verkümmerten Arm – von diesem Mann gezeichnet hatte. Ob er zu den richtigen Schlüssen gekommen war, kann ich nicht sagen. Wie ich schon an früherer Stelle in dieser Erzählung festgehalten habe, waren wir in vielen Punkten ganz verschiedener Meinung.

Beim Packen hatten Holmes und ich natürlich die Möglichkeit diskutiert, unser Versprechen gegenüber diesen beiden unerquicklichen Mächten nicht einzuhalten und der Welt ihr skandalöses Verhalten zu enthüllen. Waren wir einmal zurück in England, konnte uns nichts davon abhalten; weder der gestohlene Zug, noch die Grenzverletzung oder der tote Butler konnten dort als Druckmittel verwendet werden, wie es hier in Österreich geschehen war. Vielleicht sollte die Welt besser erfahren, was ihre Großen sich für sie ausheckten?

Und doch beschlossen wir zu schweigen. Wir konnten die Folgen einer solchen Enthüllung nicht absehen – wir waren beide nicht politisch versiert genug, um ihre Bedeutung zu erfassen – und, was noch schwerer wog, wir hätten Dr. Freud als Komplizen offenbaren müssen. Da er in Wien wohnen blieb, konnten wir uns dazu nicht bereit finden.

»Ich will Ihnen sagen, was ich gerne täte«, erklärte Freud schließlich und legte mit einem entschlossenen Blick auf Holmes seine Zigarre nieder. »Ich möchte Sie gerne noch einmal hypnotisieren.«

Ich hatte keine Vorstellung gehabt, um was er bitten würde (im Grunde hatte ich sogar erwartet, er werde Holmes' Angebot ablehnen), aber dies hatte ich am wenigsten erwartet. Das galt auch für Holmes, der erstaunt aufschaute und hustete, bevor er eine Antwort gab.

»Sie wollen mich hypnotisieren? Warum?«

Freud hob mit dem gleichen ruhigen Lächeln die Schultern.

»Sie sprachen soeben vom Zustand der Menschheit«, sagte er. »Ich muß gestehen, daß dieser mich mehr als alles andere interessiert. Und da es heißt, um die Menschheit zu erkennen, müsse man den einzelnen studieren, dachte ich mir, Sie würden mir vielleicht noch einmal Einblick in Ihr Inneres gewähren.«

Holmes dachte kurz darüber nach.

»Also gut. Ich stehe Ihnen zur Verfügung.«

»Soll ich gehen?« fragte ich und erhob mich, um den Raum zu verlassen, falls Freud meine Gegenwart als störend empfand.

»Es wäre mir lieber, Sie blieben«, antwortete er, zog die Vorhänge vor und nahm noch einmal die Uhrkette zur Hand.

Es war jetzt einfacher, den Detektiv zu hypnotisieren, als damals, wo wir von der Methode so verzweifelt abhingen, um Holmes vom Kokain zu erlösen. Jetzt waren sie im Einvernehmen, nichts bedrückte sie, und sie hatten Zeit. Holmes schloß innerhalb von drei Minuten die Augen und saß reglos, geduldig auf die Anweisungen des Doktors wartend.

»Ich werde Ihnen einige Fragen stellen«, begann dieser mit leiser und sanfter Stimme, »und Sie werden mir antworten. Wenn es vorbei ist, werde ich mit den Fingern schnippen, und Sie werden erwachen. Dann werden Sie sich an nichts erinnern, was Sie während der Hypnose gesagt haben. Verstehen Sie mich?«

»Ausgezeichnet.«

»Sehr gut.« Er holte Atem. »Wann haben Sie zum erstenmal Kokain genommen?«

»Im Alter von zwanzig Jahren.«

»Wo?«

»Auf der Universität.«

»Warum?«

Keine Antwort.

»Warum?«

»Weil ich unglücklich war.«

»Warum wurden Sie Detektiv?«

»Um die Bösen zu strafen und die Gerechtigkeit zu schützen.«

»Haben Sie je eine Ungerechtigkeit mit angesehen?«

Es gab eine Pause.

»Haben Sie?« wiederholte Freud, befeuchtete seine Lippen und warf mir einen kurzen Blick zu.

»Ja.«

Ich hatte mich wieder hingesetzt und lauschte diesem Austausch mit äußerster Aufmerksamkeit und Faszination, vornübergebeugt und mit auf Knien gestützten Armen.

»Sind Sie persönlich einem Übel ausgesetzt gewesen?«

»Ja.«

»Was war es?«

Wieder zögerte der Hypnotisierte, und wieder wurde er zu einer Antwort ermutigt.

»Was war dieses Übel?«

»Meine Mutter hinterging meinen Vater.«

»Hatte sie einen Liebhaber?«

»Ja.«

»Und was war die Ungerechtigkeit?«

»Mein Vater tötete sie.«

Sigmund Freud fuhr auf und blickte einen Augenblick wild im Raum umher. Er war fast so außer sich wie ich selbst. Ich war aufgesprungen und stand wie erstarrt da, obwohl meine Augen und Ohren weiterhin funktionierten. Er erholte sich schneller als ich und beugte sich wieder vor.

»Ihr Vater hat Ihre Mutter ermordet?«*

»Ja.« Die Stimme erstickte ein Schluchzen, das mir das Herz zerriß.

»Und ihr Liebhaber?« fuhr Freud fort, während auch seine Augen zu blinzeln begannen.

»Er entfloh.«

Freud hielt einen Moment inne, um sich zu sammeln, bevor er fortfuhr.

»Was wurde aus Ihrem Vater?«

»Er nahm sich das Leben.«

Holmes blieb während des ganzen Gesprächs vollkommen reglos. Nur die Schweißperlen auf seiner Stirn verrieten etwas von seiner inneren Qual. Freud beobachtete ihn aufmerksam, als wäge er ab, wie weit er gehen könne, dann beschloß er, weiterzumachen.

»Kannten Sie den Liebhaber Ihrer Mutter?«

»Ja.«

»Wer war es?«

»Doktor –«, ich wollte ihm das Wort abschneiden. Der Name konnte heute niemandem mehr etwas bedeuten.

* Dieser außerordentliche Vorfall ist von Trevor Hall in seinem Aufsatz *The Early Years of Sherlock Holmes* deduziert worden. Der Aufsatz findet sich in dem meisterhaften Band *Sherlock Holmes – Ten Literary Studies*. St. Martin's Press, 1969. N. M.

Aber die Frage war heraus, und Holmes war bereit, sie mit der ihm eigenen (auch innerhalb der Hypnose) gewohnheitsmäßigen Präzision zu beantworten.

»Unser Hauslehrer.«

»Ihr und Mycrofts Hauslehrer? Professor Moriarty?«

»Ja«, die Antwort war wieder von unterdrücktem Schluchzen begleitet.

»Ich verstehe.« Freud zog seine Uhrkette hervor und starrte sie unglücklich an, dann steckte er sie wieder ein. »Gut, Herr Holmes, schlafen Sie jetzt, schlafen Sie. Ich werde sie bald wecken, und Sie werden sich an nichts von dem erinnern, was ich Sie gefragt habe, an *nichts*. Haben Sie das verstanden?«

»Ich sagte es schon.«

»Gut. Schlafen Sie jetzt.«

Freud beobachtete ihn eine Weile, um sicherzustellen, daß er ganz still war, dann stand er auf, kam durchs Zimmer und zog sich einen Sessel zu mir heran. Er kappte und entzündete schweigend eine neue Zigarre. Ich war in meinen eigenen Stuhl zurückgesunken.

»Ein Mann verfällt nicht dem Rauschgift, weil es Mode ist oder ihm Spaß macht«, sagte er endlich und blinzelte mich durch den Rauch seiner Zigarre an. »Sie werden sich entsinnen, daß ich Sie einmal fragte, was ihn an die Droge herangeführt habe. Sie wußten keine Antwort, und Sie erkannten auch nicht die Bedeutsamkeit der Frage. Aber ich wußte sogleich, daß irgend etwas die gefährliche Angewohnheit ausgelöst haben mußte.«

»Aber –«, ich warf einen Blick in Holmes' Richtung, »hätten Sie es sich träumen lassen –?«

»Nein. Ich habe niemals gedacht, daß es sich um so etwas handeln könnte. Aber, wie er selber sagen würde:

Lassen Sie uns sehen, was diese Tatsachen erklären. Wir verstehen jetzt nicht nur den Ursprung seiner Sucht und den Grund für seine Berufswahl; wir begreifen auch seine Abneigung gegen Frauen und die Probleme, die er im Umgang mit ihnen hat. Auch sein Haß gegen Moriarty ist erklärt sowie Mycrofts geheimnisvolles Druckmittel gegen den Mann. Und wir wissen, warum Ihr Freund aus diesem kleinen Professor« – Freud betonte den Titel mit der Abfälligkeit, die ihm gebührte – »den ›Napoleon des Verbrechens‹ gemacht hat. Unter dem Einfluß des Kokains nimmt Moriartys außereheliche Beziehung zu Herrn Holmes' Mutter ihre wahren emotionalen Proportionen an – und die sind ohne Grenzen!« Er lehnte sich vor und gestikulierte mit der Zigarre, als wolle er damit seiner Rede Nachdruck verleihen. Dann lehnte er sich zurück und ließ mir Zeit, seine Gedankengänge zu verarbeiten. »Natürlich«, fuhr er fort, nachdem er sich überzeugt hatte, daß ich ihm soweit folgen konnte, »hat er alle diese Schlußfolgerungen tief in seiner Seele vergraben – in einem Bereich, den ich vorläufig mit dem medizinischen Begriff ›Unterbewußtsein‹ bezeichnet habe – und er wird diese Gefühle sich selbst nie eingestehen, aber dennoch ihre Symptome zeigen – die Berufswahl, die Indifferenz gegenüber Frauen (von Ihnen mehrfach beschrieben, Doktor!) und schließlich seine Vorliebe für das Rauschgift, unter dessen Einfluß seine wahren, innersten Gefühle hervortreten.«

Die verblüffende Wahrheit von Dr. Freuds Behauptung ging mir schneller auf, als ich brauchte, um sie niederzuschreiben. Und sie erklärte auch Mycroft Holmes' exzentrische Weltflucht an einen Ort, wo selbst das Sprechen verboten war, und das eiserne Junggesellentum der beiden Brüder. Was Professor Moriarty und seine Rolle in der Geschichte anging, so machte ich mir schaudernd klar, daß Holmes ihn letzten Endes in gewisser Weise doch richtig beurteilt hatte. Ich wandte mich an Sigmund Freud.

»Sie sind der größte aller Detektive.« Ich wußte sonst nichts zu sagen.

»Ich bin kein Detektiv.« Freud schüttelte den Kopf und lächelte sein trauriges, weises Lächeln. »Ich bin ein Arzt, der die gestörte Seele betreut.« Der Unterschied schien mir nicht bedeutend.

»Und was können wir für meinen Freund tun?«

Er seufzte und schüttelte erneut den Kopf.

»Nichts.«

»Nichts?« Ich war sprachlos. Hatte er mich so weit gebracht, nur um jetzt einen Rückzieher zu machen?

»Nichts. Ich kann an diese Gefühle nur mit dem plumpen und ineffektiven Mittel der Hypnose herankommen.«

»Aber ineffektiv?« Ich protestierte und griff nach seinem Ärmel. »Sicherlich –«

»Weil der Patient in diesem Fall nicht willens – ich würde sogar sagen unfähig – wäre, die Tatsachen in bewußtem Zustand zu akzeptieren. Er würde mir nicht glauben. Er würde Ihnen nicht glauben. Er würde uns der Lüge bezichtigen.«

»Aber –«

»Geben Sie es doch zu, Doktor, wenn Sie nicht zufällig selbst Zeuge gewesen wären, hätten Sie es doch auch nicht geglaubt!«

Das mußte ich bejahen.

»Nun, darin liegt unser Problem. In jedem Fall ist es fraglich, ob er lange genug hierbleiben würde, um uns Gelegenheit zu geben, auf andere Weise in diese seine innersten Tiefen einzudringen. Er hat es schon jetzt sehr eilig, aufzubrechen.«

Wir argumentierten noch eine Weile, aber ich wußte im Grunde von Anfang an, daß er recht hatte. Die Methoden, die Sherlock Holmes helfen würden, mußten erst noch erfunden werden.

»Sie müssen Mut fassen«, ermunterte mich Freud. »Immerhin ist Ihr Freund ein funktionierender Mensch. Er tut wichtige Arbeit, und er könnte sie nicht besser tun. Er mag unglücklich sein, aber er ist dennoch erfolgreich und wird sogar geliebt.

Eines Tages wird die Wissenschaft den Geheimnissen des menschlichen Geistes auf die Spur kommen«, schloß er, »und wenn dieser Tag kommt, dann wird Sherlock Holmes sein Verdienst daran gehabt haben – auch wenn sein eigenes Hirn nie von seiner schrecklichen Last befreit wird.«

Dann verfielen wir beide in Schweigen. Schließlich machte sich Freud daran, den Detektiv aus seiner Trance zu wecken. Er konnte sich an nichts erinnern, wie es ihm vorgeschrieben worden war.

»Habe ich Ihnen irgend etwas von Bedeutung gesagt?« erkundigte sich Holmes und zündete sich eine neue Pfeife an.

»Ich fürchte, es war nicht besonders aufregend«, erwiderte Freud lächelnd. Es gelang mir, dabei in eine andere Richtung zu blicken, während Holmes begann, zum letzten Mal im Zimmer herumzuwandern und sehnsüchtig die zahllosen Bücher zu betrachten.

»Was werden Sie für die Baronin tun?« fragte er und griff nach seiner Pelerine.

»Was ich kann.«

Beide lächelten, und kurz darauf verabschiedeten wir

uns von den restlichen Mitgliedern des Haushalts: Paula, Frau Freud und der kleinen Anna, die dicke Tränen vergoß und mit einem nassen Taschentuch hinter unserer Droschke herwinkte. Holmes rief zurück, daß er eines Tages wiederkommen und die Geige für sie spielen werde.

Während der ganzen Fahrt zum Bahnhof war er in gedankenvolles Schweigen versunken. Er war in so melancholischer Stimmung, daß ich ihn nicht stören wollte, obwohl dieser plötzliche Stimmungswechsel mich überraschte und beunruhigte. Immerhin fühlte ich mich auf dem Bahnhof verpflichtet, ihn darauf hinzuweisen, daß wir uns irrtümlich auf dem Bahnsteig des Mailand-Expreß befanden. Er lächelte mich an und schüttelte den Kopf.

»Es ist kein Irrtum, Watson«, sagte er.

»Aber der Zug nach Dover fährt –«

»Ich kehre nicht nach England zurück.«

»Nicht?«

»Vorläufig nicht. Ich glaube, ich muß ein wenig allein sein, ein wenig nachdenken – und ja, ich muß lernen, mich zusammenzunehmen. Sie fahren ohne mich.«

»Aber –« Ich stockte, überwältigt von dieser Wendung. »Wann werden Sie zurückkommen?«

»Eines Tages«, erwiderte er vage. »Inzwischen«, fuhr er etwas lebhafter fort, »informieren Sie bitte meinen Bruder von meinem Entschluß, und bitten Sie ihn, Mrs. Hudson mitzuteilen, daß ich meine Wohnung behalten will und daß keiner hinein darf. Ist das klar?«

»Ja, aber –« Es war zwecklos. Er war fest entschlossen. Ich blickte mich hilflos auf dem geschäftigen Bahnhof um, voll Ärger über meine eigene Unfähigkeit, mit dieser Laune von ihm fertig zu werden. Ich wünschte sehnlichst Freud herbei.

»Mein lieber Freund«, sagte er nicht ohne Herzlichkeit und hielt meinen Arm, »Sie müssen es nicht so schwer nehmen. Ich sage Ihnen, ich werde gesund werden. Aber ich brauche Zeit. Vielleicht lange Zeit.« Nach einer Pause sagte er hastig: »Ich werde in die Baker Street zurückkehren, ich gebe Ihnen mein Wort. Bitte richten Sie Mrs. Watson meine besten Grüße aus«, schloß er und drückte mit Wärme meine Hand. Dann bestieg er den Zug nach Mailand, der bereits langsam aus der Station rollte.

»Aber Holmes, wovon werden Sie leben? Haben Sie Geld?« Ich lief neben dem Zug her, und meine humpelnden Schritte wurden immer länger.

»Nicht viel«, gab er mit sorglosem Lächeln zu, »aber ich habe meine Geige, und ich werde mich selbst schon ernähren können, wenn mein Arm erst einmal geheilt ist.« Er kicherte. »Wenn Sie wissen wollen, was aus mir geworden ist, verfolgen Sie nur die Karriere des Violonisten Sigerson.« Er hob die heile Schulter. »Sollte das fehlschlagen, kann ich immer noch Mycroft telegrafieren, er soll mir einen Wechsel schicken.«

»Aber –« Ich rannte jetzt neben dem Zug her. »Ihre Leser, *meine* Leser, was soll ich ihnen sagen?«

»Was immer Sie wollen«, war die Antwort. »Sagen Sie Ihnen, mein Mathematiklehrer habe mich ermordet. Sie werden Ihnen sowieso nicht glauben.«

Dann dampfte der Zug in einem Tempo davon, mit dem meine Beine nicht mehr mithalten konnten.

Meine eigene Rückreise nach England verlief ohne Zwischenfälle. Ich schlief die meiste Zeit, und als ich in Victoria Station ausstieg, stand da mein liebstes, bestes Mädchen mit einem glücklichen Lächeln und ausgebreiteten Armen.

Und es wird niemanden überraschen, daß ich beim Niederschreiben der Ereignisse Sherlock Holmes' Rat aufs Wort befolgt habe.

ENDE

NACHWORT

Es ist mir eine angenehme Pflicht, den Leser dieses Buches hinter die Kulissen zu führen und den Schriftstellern, Kritikern und Freunden, deren Werk oder Vorschläge SHERLOCK HOLMES UND DER FALL SIGMUND FREUD geformt und beeinflußt haben, meinen Dank auszusprechen.

Vor allem stehe ich tief in der Schuld von Sir Arthur Conan Doyle, der mit Sherlock Holmes und Dr. Watson die populärsten Figuren der erzählenden Literatur geschaffen hat. Ohne Doyle wäre dieses Buch nie erdacht und nie geschrieben worden.

Wer kein Sherlock-Holmes-AFICIONADO ist, hat sicherlich keine Vorstellung von dem enormen Umfang der kritischen und bibliographischen Holmes-Literatur, die Hunderte von Bänden füllt. Diese leichtherzigen Spekulationen ausgezeichneter Schriftsteller haben mich vor allem dazu angeregt, dieses Buch zu schreiben, und ich habe versucht, einige der phantasiereichsten Theorien in die Erzählung einzubauen. Die hauptsächlichen Quellen meiner Inspiration möchte ich dankend nennen.

Unter diesen ›Sherlockians‹ (wie sie in den Vereinigten Staaten genannt werden) hat der verstorbene William S. Baring-Gould die Rolle meiner Muse gespielt. Er ist der Verfasser von SHERLOCK HOLMES OF BAKER STREET, einer hinreißenden Biographie des Detektivs, und Herausgeber einer ausgezeichneten zweibändigen, kommentierten Ausgabe sämtlicher Erzählungen. Es war Baring-

Goulds Annahme, daß Moriarty der Mathematiklehrer des jungen Sherlock gewesen ist.

In jüngerer Zeit hat Trevor Hall in seinem unentbehrlichen Werk SHERLOCK HOLMES – TEN LITERARY STUDIES auf den Ehebruch der Mutter und ihre darauffolgende Ermordung durch den Vater geschlossen. Dieses Kapitel der Familiengeschichte erklärt auf plausible Weise eine Reihe von Holmes' Charakterzügen und seinen Beruf.

Der Psychiater Dr. David F. Musto schuf in einem glänzenden Essay im JOURNAL OF THE AMERICAN MEDICAL ASSOCIATION auf überzeugende Weise die Verbindung zwischen Holmes und Dr. Sigmund Freud, mit dem notorischen Kokain als Bindeglied. Und Irving L. Jaffee schien mir in seinem schmalen Band ELEMENTARY MY DEAR WATSON ebenfalls eine Beziehung zwischen Holmes und Freud anzudeuten.

Was die Viktorianische Zeit und die Beschreibung der Welt von Sherlock Holmes angeht, so bin ich Michael Harrison zu Dank verpflichtet, dessen vorzügliche Bücher IN THE FOOTSTEPS OF SHERLOCK HOLMES und THE LONDON OF SHERLOCK HOLMES auch denen eine faszinierende Lektüre bieten, die die Abenteuer des berühmten Detektivs nie gelesen haben.

Ich habe ferner mehreren Freunden und Verwandten zu danken, deren Ansporn und scharfsichtige Kritik mich ermutigten und mich zur Genauigkeit bezüglich der ›Sherlockismen‹ anhielten. Sean Wright, Vorsitzender der Los Angeles Sherlock Holmes Society (den ›*Non-Canonical Calabashes*‹), machte viele wichtige Vorschläge und Verbesserungen, ebenso Craig Fisher, Michael Pressman und Michael Scheff, meine Cousins in Fresno – die ganze Winston-Strong-Familie – und mein Vater, Dr. Bernard C. Meyer in New York City.

Tief empfundener Dank gilt auch Ruth Notkins Nathan und Harriett F. Pilpel, ohne deren Hilfe die Veröffentlichung dieses Buches nicht möglich gewesen wäre.

Schließlich muß ich Ms. Sally Welch Conner meinen besonderen Dank aussprechen. Ihr unerschöpflicher Enthusiasmus hat mich eigentlich dazu bewogen, das Buch zu schreiben. Sie hat außerdem die Korrekturen gelesen, das Manuskript ins reine geschrieben und – als freie Zugabe – den Titel beigesteuert.

Band 13 649

Richard Russo

Straße der Narren

Deutsche Erstveröffentlichung

Seit vor über zweihundert Jahren die Mineralquellen versiegten, geht es mit dem Städtchen Bath im Staate New York bergab. Jetzt will ein Banker namens Clive junior die Geldquellen des maladen Kurortes neu aufsprudeln lassen – mit dem Freizeitpark ›Zur letzten Ausflucht‹.
Aber kann ein Mann, der auf die Fünfzig zugeht und immer noch auf den Beinamen ›junior‹ hört, eine heruntergekommene Stadt sanieren? Nicht einmal die eigene Mutter traut ihm über den Weg.
Clives ärgster Feind ist der Untermieter seiner Mutter: Donald Sullivan, von allen nur Sully gerufen. Niemand hat sich so gründlich vor Verantwortung gedrückt wie er: als Vater, ›der seinen Sohn nie beeinflussen wollte‹, als Ehemann, dessen Frau längst das Weite gesucht hat, als Gelegenheitsarbeiter und überforderter Philosophiestudent und schließlich als Liebhaber, der die unvermeidlichen ›Anstandsphasen‹ seiner zwanzig Jahre langen Daueraffäre mehr genießt als die hitzigen Aufwallungen. Dennoch bleibt der notorisch zerstreute Sully unverbesserlicher Optimist. Was aber soll aus ihm werden, wenn Clive junior eines Tages Erfolg haben sollte mit seinen ewigen Bemühungen, Sully aus dem Haus seiner Mutter fortzuekeln?

BASTEI LÜBBE

Sie erhalten diesen Band im Buchhandel, bei Ihrem Zeitschriftenhändler sowie im Bahnhofsbuchhandel.

Band 13 631
Michael Clynes
Die Verschwörung von Florenz
Deutsche Erstveröffentlichung

England im Frühling 1553: Roger Shallot und sein Herr und Meister Benjamin Daunbey geben sich dem Müßiggang hin. Da werden sie von Seiner Majestät Heinrich VIII. höchstpersönlich nach London gerufen. Auf offener Straße ist Francesco Albrizzi, ein Edelmann aus Florenz, getötet worden. Der König ist außer sich, nicht nur weil Francesco sein persönlicher Gast war, sondern weil er seine Beziehungen zum reichen Florenz gefährdet sieht. Meister Daunbey und Roger Shallot sollen die Ehre des Königreiches wiederherstellen. Den beiden bleibt keine Wahl: Sie müssen eine abenteuerliche Seereise nach Florenz antreten.

Band 13 635

George Beahm

Stephen King – Leben und Werk

Deutsche Erstveröffentlichung

Von seinen prägenden Lektüre-Erlebnissen in der Kindheit – Lovecraft – über seiner ersten Schreibversuche – Short Stories für Science-fiction-Magazine – bis hin zu den großen Erfolgen wie ›Shining‹ und ›Dolores‹ erzählt GEORGE BEAHM die Geschichte des Stephen King – die des Schriftstellers, aber auch die des Menschen. Dabei kommen Jugendfreunde des zur Zeit erfolgreichsten Schriftstellers ebenso zu Wort wie frühere Lehrerkollegen.

In jeder Zeile erweist sich GEORGE BEAHM als intimer Kenner des Werkes von Stephen King und als psychologisch feinfühliger Erzähler.
Zweiunddreißig zum Teil erstmals veröffentlichte und ungewöhnliche Fotos und eine komplette Bibliographie runden dieses Buch ab, das für den Fan ebenso unentbehrlich ist wie für den Einsteiger.

BASTEI LÜBBE

Sie erhalten diesen Band im Buchhandel, bei Ihrem Zeitschriftenhändler sowie im Bahnhofsbuchhandel.